凤凰卫视
凤凰书品

陪你读到世界尽头

我读 Read

梁文道
主讲

凤凰书品 编

CTS
湖南文艺出版社
HUNAN LITERATURE AND ART PUBLISHING HOUSE

博集天卷
CS-BOOKY

目录

亲爱的生活

中国有多特殊

故国人民有所思

希特勒时代的孩子们

记忆所系之处

音乐使人自由

亲爱的生活

《快乐影子之舞》

艾丽丝·门罗：淡然现实主义

艾丽丝·门罗（Alice Munro，1931— ），加拿大作家，当代短篇小说大师，2013年诺贝尔文学奖得主。少女时代开始写作，著有《快乐影子之舞》《逃离》《亲爱的生活》等十余部短篇小说集，屡获加拿大总督奖、布克国际奖等文学奖。

她能用一种几乎不带感情的传统现实主义写法，用一种很淡然的态度、很简朴的语言去掌握现实，或者那些不可能被掌握的现实。

艾丽丝·门罗获诺贝尔文学奖让很多人既意外又高兴。门罗常年被很多内行认为是“作家中的作家”，获奖实至名归。过去华文世界那么漠视门罗，原因之一可能是对短篇小说有偏见。门罗一辈子专攻短篇小说，唯一的长篇小说《女孩和女人们的生活》并不太成功。门罗的短篇小说确实非常精彩，然而一个作家凭此就能获得诺贝尔文学奖吗？此前有很多人持怀疑态度，认为一个小说家只写短篇小说表明他没有实力写长篇。这个说法不太公平，反映出当今文学界的某种偏见。

文学作品传统上分为四大门类：小说、散文、戏剧和诗歌。随着戏剧越来越脱离剧本，变成一种可以由导演和演员在剧场空间创作出来的艺术品，剧本的重要性已经慢慢在下降。尽管莎士比亚仍然是世人心目中最伟大的文学家之一，但今天鲜少有作家单凭剧本就能攀上文学高峰。散文更是很早就被踢到圈外，今天只写散文不会被视为严肃的作家，而诗人甚至被当作一种截然不同的生物来看待。英语世界分得很清楚，短篇小说叫作“story”，只是故事而已。身处这种背景下，我们于是认为一个好的作家就应该是一个小说家，而一个短篇小说家能摘得世界文学的桂冠很不可思议。

有人认为门罗是“当代的契诃夫”，而契诃夫是举世公认的“短篇小说之王”。有意思的是，契诃夫没拿过诺贝尔文学奖。这没什么大不了，有太多好作家没拿过诺贝尔文学奖。我一度以为门罗也会跻身这个“荣誉榜单”，孰料她宣布封笔不久竟然获得这项至高荣誉。不过，门罗获奖又在情理之中。颁奖那天下午，很多记者让我预测一下，当时村上春树是大热门，但我说他可能不会得奖，因为诺贝尔文学奖常常会考虑地缘、政治等因素，2012年颁给了莫言，次年再颁给中国的邻居日本似乎不太合理。有记者耐着性子问我预测谁可能得奖，我当时真的猜了一下门罗，可惜记者们不太有兴趣追问，因为大家没怎么听说过这个人。

为什么我猜会是门罗呢？因为加拿大有很多很好的作家，却从未有人获过奖，而其中最有名的恰巧是两位女作家——门罗和玛格丽特·阿特伍德[1]。门罗相较而言更有趣，一是她一辈子几乎只写短篇小说，二是她的水准太稳定了，而阿特伍德写得好的时候很好，不好的时候出现很多败笔败篇。

自1968年出版第一部短篇小说集《快乐影子之舞》开始，门罗几乎没有一部作品集失败过，我甚至敢大胆地说她几乎没有一篇短篇小说是差的。门罗几十年来非常稳定地保持一个水准，这是非常难的事。这并不是说门罗的写作一辈子没有变化，其实她的变化相当大。我的意思是说，门罗从一开始就表现出很成熟的写作能力，某些素质后来跟了她一辈子，比如她能用一种几乎不带感情的传统现实主义写法，用一种很淡然的态度、很简朴的语言去掌握现实，或者那些不可能被掌握的现实。

我有一阵子把门罗和安妮·普鲁[2]搞混了。门罗一直在写她熟悉的加拿大东部安大略省，而安妮·普鲁喜欢写美国西部怀俄明州，这两个地方给人感觉有点相似。两位女作家都喜欢用一种略带回忆

---

[1] 玛格丽特·阿特伍德（Margaret Atwood，1939— ），加拿大诗人、小说家、文学评论家，著有《盲刺客》《荒野指南》等30多部作品。

[2] 安妮·普鲁（Annie Proulx，1935— ），美国作家，著有《船讯》《明信片》《近距离：怀俄明故事》等数部长篇小说及短篇小说集，其中短篇小说《断背山》曾被改编成同名电影并获奥斯卡金像奖。

而又不全是怀旧的眼光去描写不可追回的过去，或者曾经繁荣而今败落的景况。不过，两人的一个非常不同之处是文笔。门罗的语言很特别，更简洁，也更经济。

门罗一辈子专写小事、家庭、女性和人际关系，而且全都发生在一个相对固定的背景下，很多中国人会说这可不像是大作家，大作家要写大时代、大东西嘛。我觉得限制对于创作来说有时候非常重要，等于是给自己一个框，那个框就像画布一样，有个尺寸在那儿，你在上面画画就得考虑空间、构图和布局，假如画布无限宽广，如何去画呢？

除了地理空间的限定，门罗的小说在人物类型、题材方面的重复程度也相当惊人，比如婚外恋、小女孩的成长主题反复出现。这样说来，门罗的小说有什么好看的呢？不过，门罗能够从中开掘出非常丰富的变化。这样一种写作风格，再加上她为人低调，不太接受记者访问，就很容易被人忽略乃至歧视。她刚出道的时候，就有一些很傲慢的男评论家说门罗算什么东西，没听说她写过什么呢！

20世纪五六十年代，一个女人不去做家务而去写作，这在加拿大一些比较偏僻的地方被认为很奇怪。我觉得《办公室》这篇小说很有趣，开篇第一句是："某天晚上，我在熨裙子的时候，我人生的解决方案突然跳进了我的脑海。"于是，这个家庭主妇跟丈夫说，她想在外面租间办公室写作。读到这里，敏感的读者会联想起弗吉尼亚·伍尔夫[1]的散文《一间自己的房间》。对女人来说，家就是一个劳作的地方，她们渴望暂时摆脱家庭生活的负担去追求自我。

家对于男人和女人有着不同的意义，门罗在小说里写得很直白："对一个男人来说，房子用来工作挺合适。他把工作带回家，为此还特意清出一块地方给他工作。为了尽可能地配合他的需要，房子的布局要重新安排。谁都能看出来他的工作存在。没人指望他接电话，也不会指望他能找到找不到的东西，或者孩子哭了他能起来看看，更不会盼着他去喂猫。他完全可以关上房门。我说，想想吧，要是一个妈妈关上了房门，而所有的孩子都知道她就在门后头。为什么孩子们都会觉得这样对待他们太粗暴？一个女人，坐着那里，看着空气，看着一片乡村的田野，但她的丈夫并不在这片田野中，她的孩子也不在，人们就会觉得这是违反人类天性的。所以，房子对女人的意义和男人不一样。她不是走进屋子，使用屋子，然后又走出屋子的那个人。她自己就是这房子本身，绝无分离的可能性。"

---

[1] 弗吉尼亚·伍尔夫（Virginia Woolf，1882—1941），英国作家，被誉为20世纪现代主义与女性主义的先锋。著有《达洛维夫人》《到灯塔去》《海浪》等多部名作，1941年因抑郁症投河自尽。她在《一间自己的房间》中提出一个观点："一个女人如果打算写小说的话，那她一定要有钱，还要有一间自己的房间。"

门罗的小说有一些女性主义元素，但她并不是一个标准意义上的女性主义者。这篇小说并不是要抗议父权的压迫，反而让我们可怜起那个性格古怪的男房东。那个男人过分关心别人的事情，非常想侵犯人家的隐私，最终伤害了这位租他房子写作的女人，却让人产生一种同情的理解。那个男人常常说他被人背叛和伤害，其实那些故事可能是他虚构出来的，而门罗一贯的风格是不解释为什么。我们知道世间的确有这样一种人，他们的存在本身就是可怜的。可怜什么呢？不知道，只是一种可怜的情绪油然而生。

《快乐影子之舞》出版于1968年，那是全球青年反抗运动风起云涌的一年。当时中国正在进行“文化大革命”，法国掀起“五月风暴”[1]，美国开始反越战运动、嬉皮士运动。反叛的浪潮和急遽的变化是那个年代的气氛，很多加拿大人也投入一线的社会运动和变革之中，而门罗的小说让人觉得她似乎是一个不管世界政治、经济局势的人。但在我看来，门罗不是真的不管大时代的变化，只观照小地方一些小家庭的故事和小人物的成长，而是让人看到你就算是嬉皮士、反战分子或者红卫兵，你回到家一样要面对某些问题。那些问题是什么，它们如何受到外界环境的影响，这是门罗想给我们看的东西。

[1] 1968年3月22日，巴黎大学生率先发起抗议政府的活动，随后引发全国性学生运动和工人罢工，到5月，整个法国社会陷入瘫痪，最终演变成由左翼主导的要求戴高乐总统下台的政治运动。

门罗喜欢写女性，但笔下没带太强烈的女性主义色彩。她经常写小女孩的成长或者老太太的衰亡，那是很多人一生必有的经历。《男孩和女孩》是一篇非常出色的作品，讲一个小女孩在牧场长大，从小被当成男孩一样来养，要照顾弟弟，还帮爸爸做事。这家人养殖狐狸，会给每只狐狸取名字，天天呵护它们，而时候一到就剥它们的皮，卖给商人制作皮草。剥狐狸皮的场面相当恶心，满屋子充盈着狐狸尸体的怪味，而小女孩居然觉得这是一种令人镇定的季节性的味道，用“橘子和松针的清香”这么漂亮的气味来形容。当然，这在当时是一种盛行的合法行业，今天我们在保护动物的意识下会觉得不对。

我们知道男孩和女孩未发育成熟时区别不太大，经常混在一起打闹，小说中的小女孩曾经也觉得自己像男孩一样勇敢，然而她终究是要长大的。有一次，她家要杀老马喂狐狸。哪来那么多马肉？这时候我们就看到时代背景了：20世纪30年代的加拿大，马已经被拖拉机取代，农场的马被大批淘汰，卖给牧场当饲料。有些健康的马会被牧场圈养，养到差不多的时候再杀掉，说起来相当残酷。小女孩11岁时，家里养了两匹马，她跟它们熟了，谁知它们终究难逃厄运。次年春天，当她爸爸要开枪射杀其中一匹母马时，她故意敞开门让马跑掉。她以为自己会被惩罚，没想到爸爸在饭桌上笑话她到底是个女孩子。她没有反驳，甚至连抗议的念头都没有，心里想也许这是真的。

这篇小说并不是要告诉我们女孩就是女孩，而是描述女孩如何到了某个阶段就开始认命自己是个女孩，这个过程有一点点屈辱，但又似乎很自然。门罗几乎没做任何判断，只是把每个女孩都经历过的过程轻描淡写出来。门罗早年的小说已经显露出她后来一以贯之的冷静态度，不煽情，不过分夸大，一切似乎理所当然。

（主讲　梁文道）

《逃离》

水波不兴，暗流涌动

她的每一篇短篇小说都像是一部长篇小说的水库，里面储藏了很多东西。

中国内地最早出版的艾丽丝·门罗的著作是《逃离》[1]，一些敏锐的文学评论家已从中发现贯穿她一生创作的特点。第一个特点是，门罗每篇短篇小说其实都像长篇小说，都具有写成长篇小说的潜质，只不过她没有那样做。她的每一篇短篇小说都像是一部长篇小说的水库，里面储藏了很多东西。这是说她的短篇小说是发育不全的长篇小说吗？不是，而是说她的短篇小说蕴藏着很多可能性，只是她没有过度去展开，笔法非常经济。

这种笔法使得门罗的小说更有味道和余韵，于是出现了第二个

[1] 艾丽丝·门罗于2004年出版短篇小说集《逃离》（*Runaway*），2009年由北京十月文艺出版社推出中文版。本书是门罗的代表作，曾获2009年布克国际奖等文学奖。

特点。我们阅读短篇小说集时习惯一篇接一篇地读下去，然而每读完门罗一篇短篇小说，似乎都要停顿很久才能开始读第二篇，那种感觉就跟刚读完一部好的长篇小说一样。因为你每次读完她的短篇小说，都会觉得要思考的东西太多了，或者你会被里面某个东西勾住，不断回想那个场景，想象种种将发未发的可能性，以及隐藏于其中的奇怪东西。

门罗小说的第三个特点是时间的跳跃。短篇小说一般写较短时间内发生的故事，而门罗小说的时间跨度很大，常常一下子跳跃几十年，仿佛把一部长篇小说浓缩在这么短的篇幅里。当然，门罗的短篇小说不算太短，很多时候接近中篇小说。奇怪的是，那么短的篇幅浓缩了那么多东西，却不会让人觉得节奏太急促。门罗小说时间的跳接是前后挪移，忽然跳到几十年前，忽然又转回现在，或者忽然跳到几十年后。小说人物在做这种记忆的跳跃时会出现有趣的东西，比如对记忆的修改，而我们知道人的记忆确实很不可靠。这样的跳跃让你不觉得突兀，会觉得衔接得非常合理。那是因为门罗的文字那种表面水波不兴的假象掩盖住了底下非常剧烈的变化，时空的跃动和情感的激流都被包裹起来了。

跟门罗其他短篇小说集类似，《逃离》里面有三篇小说是相关联的，相同的人物贯穿始终。表面上看，你会觉得短篇小说果然因为篇幅太短，写一系列故事方能展现长篇小说才能处理的那种阔度。事实并非如此，门罗的系列短篇小说只是彼此有点联系而已，累加起来并不能构成一部长篇小说。系列短篇小说跟长篇小说最大的区别是，所展示的是人物在生命中不同时刻的一个个片段，这些片段搁在一起只是有些共振、回响而已，跟长篇小说那种一口气讲述人物几十年人生所产生的效果截然不同。

这部小说集的三连篇小说是《机缘》《匆匆》《沉寂》，女主角朱丽叶从小就养成独立的、理性的态度，20多岁时跟一个丧偶男人同居，生了一个女儿叫佩内洛普，后来女儿离家出走去寻找自己的精神世界。在《匆匆》中，朱丽叶带着一岁多的女儿回家看望父母，发现从前小鸟依人的母亲患上了心脏病和老年痴呆症，而父亲喜欢上在家帮忙的女护工，只是感情还不太强烈。最悲哀的是，母亲一直在跟朱丽叶说话，却几乎认不出眼前这个人正是自己的女儿。朱丽叶在家写了一封信给远方的同居男友，语调特别快乐，以至于她多年后重读时一个劲地倒吸凉气，所有人在发现自我虚构的那些让人感到尴尬的痕迹时都会这样。朱丽叶为自己巧妙的美化手法惊诧不已，寻思当时必定发生了一些观念上的变化，“因为你试着去保护，想尽可能好地、时间尽可能长地加以保护的，总是发生在家里的那些事”。

即使是很哀伤的故事，门罗的写法也很淡然。你不要以为那是一种雅致的淡然，有时你会觉得门罗有点冷酷。朱丽叶的女儿佩内洛普长大后离开家在外飘荡，后来跟母亲断绝音讯。小说《沉寂》的结尾是："She keeps on hoping for a word from Penelope, but not in any strenuous way. She hopes as people who know better hope for undeserved blessings, spontaneous remissions, things of that sort." 中译本译为："她仍然希望能从佩内洛普那里得到只言片语，但再也不那么特别耗费心神了。她像更谙世故的人在等待非分之想、自然康复或是此等好事时那样，仅仅是怀着希望而已。" 尽管译者李文俊[1]对加拿大文学很有研究，整本小说基本上译得很好，但门罗的某些东西有时还是很难译出来。他倒装处理，以"怀着希望而已"结尾，而门罗的原意其实更冷，她写的不是希望，即使那是一个不可能实现的希望，她写的是希望本身的琐碎，跟那些没什么意义的东西一样。

这种态度相当残酷，门罗有时候甚至直接书写残酷本身，或者让你隐然感觉到它的威胁。这部小说集的开篇是同名小说《逃离》，女主角卡拉有点神经质，总想逃离家庭去寻找所谓真实的生活感受。她少女时代逃离原生家庭，嫁给一个有点流氓习气和暴力倾向的男

[1] 李文俊（1930— ），广东中山人，复旦大学新闻系毕业，曾在《译文》和《世界文学》杂志任职，翻译过《喧哗与骚动》《变形记》等名著。

人。夫妻俩在乡下开一个马场，教人练习骑马，但生意不太好，后来婚姻也出现一些问题。邻居贾米森太太是个大学老师，卡拉经常去她家做帮工。有一天，卡拉向这位太太倾诉痛苦，并在她的帮助下离家出走。这次逃离行动最终失败了，因为卡拉途中情绪不稳定，对未来的生活充满恐惧，便乖乖回到丈夫身边。丈夫警告她说："要是你还想从我身边跑开，瞧我不抽烂你周身的皮肤。"

小说中有个重要角色是一只白山羊，在卡拉离家出走前失踪了，在卡拉出走的那天晚上突然在贾米森太太家里出现。这只母山羊是卡拉夫妇的宠物，是一种能让人际关系和谐安乐的慰藉。卡拉后来从贾米森太太的信中得知，这只失而复得的山羊那天晚上跟着她丈夫回家了，但卡拉未曾在家中见过它的踪影。它到底去哪儿了？卡拉从此心里有一个永远深藏着的诱惑，她知道自己只需抬眼朝某个方向望去，也就是秃鹫聚集的枯树跟前，或许就能见到草丛里肮脏、细小的骨头，头盖骨说不定还粘连着几丝血迹至今尚未褪净的皮肤。她可以像捏茶杯似的捏着那个头盖骨，一切也就都捏在了手里。她心想也可能不是这样，那里面什么都没有，丈夫说不定放走了它，把它丢弃在远方，不让它再来提醒他们。日子一天天过去，她不再朝那个想象中的山羊埋尸地点走去，抵抗着那样做的诱惑。多么可怕的结尾！

（主讲　梁文道）

《好女人的爱情》

真相迷失在谎言中

人生中，到底什么叫悔罪？什么叫坦白？什么叫记忆？这一切悬而未决地纠结在一起，有谁能做最后的判断呢？

我一些朋友觉得艾丽丝·门罗的小说很沉闷，一直在写她家乡安大略省方圆百里的范围，来来去去就那么几个主题，好像讲不出什么新东西。门罗笔下的人物无非就是医生、已婚妇人等几个典型，婚外恋、母女纠葛、记忆的错误与修正等题材也反复出现。

我觉得比较一下莫言和门罗如何描写家乡很有趣，从他们不同的处理路线就能看出各自的高明之处。台湾作家骆以军[1]非常羡慕莫言这一代大陆作家，觉得他们有丰富饱满的经验和故事可以叙说，家乡土壤里埋有几千年的积累，他们又经历过种种不可思议的时代遭遇，有着取之不尽的写作题材。比如莫言把家乡高密变成一个虚幻与

[1] 骆以军（1967— ），祖籍安徽无为县，生于台北，台湾中生代作家。著有《西夏旅馆》《遣悲怀》《月球姓氏》等。

现实层层叠加的多重世界，编织出一幅幅神奇的五彩缤纷的织锦画。相形之下，门罗的家乡不像高密是一个有着厚重历史和神妙传说的空间，似乎没有那么多故事可写。面对有限乃至贫瘠的现实，门罗如何去提炼和提升它，那就需要扎实的观察能力和卓绝的写实功夫。

通过短篇小说集《好女人的爱情》里的同名小说，我们看到门罗如何对一些相当传统的写作技巧做了改变和提高。这篇小说具有典型的门罗特色，把短篇小说写成像长篇小说一样丰厚。小说开头讲镇上一个验光师连人带车陷进一条小河的泥沙地里，可能不是意外事故，而是遭人谋杀。最先发现这起事件的是四个小男孩，门罗仔细而耐心地描写他们发现案发现场的情节，人物形象刻画得活灵活现，差点让人以为他们是小说的主人公。这些男孩在回家路上不像往常那样瞎闹，忽然变成大人似的，心里沉甸甸地压着一个问题：去哪儿，做什么？他们隐隐觉得自己在某个时候会忍不住尖叫，冲到镇上到处嚷嚷这个消息，把所有人都震住，让他们目瞪口呆。他们最终没有这样做，到了一个路口便各自回家，在饭桌上也不跟大人提起。他们看到谋杀案现场有一种奇异的兴奋感，但为什么不张扬呢？只是描写，不做判断，也不解释，这是门罗很典型的写法。

谜题就这样留着，门罗继续往下编织故事。这样一个铺垫对故事情节的发展有帮助吗？绝对有。这起谋杀案一开始就是以秘密的形式出现，而秘密到底是什么呢？门罗没有解释，留给读者在心里慢慢发酵。慢慢地，门罗把视角转移到小说主人公伊内德身上。伊内德是个女护理员，在高中同学鲁佩特家里照顾他病重的太太。鲁佩特在学生时代是一群女生戏弄的对象，伊内德后来觉得有点对不起他。不过，鲁佩特似乎并不在意女生戏弄他，也没太在意伊内德想对他好点。鲁佩特的太太临终前跟伊内德说，那起谋杀案是她丈夫干的，鲁佩特发现验光师对她有不轨行为就把他杀了。伊内德从此执着于一个念头，想要鲁佩特亲口承认是不是杀过人。她认为杀人犯不一定要去自首，但应该悔罪，至少鲁佩特应该在她面前悔罪。因为她觉得跟鲁佩特有一种特别的关系，他们是老同学，感情又有点复杂，虽然或许只是她一厢情愿地爱着他。

然而，随着故事的发展，我们会怀疑一个垂死病人讲述的谋杀案是否可信。伊内德有时心想鲁佩特的太太是在说谎。“有人能编出这样细致、这样可怕的谎言吗？答案是肯定的。病人的思想中、垂死之人的脑袋里，可以充满各种无稽之谈，足以组织成令人信服的说法。……那种性质的谎言可以在一个人的思想角落里等待，像黑暗中悬挂的蝙蝠，一旦夜幕降临便伺机而动。你永远不能断言无人能编出这种谎言。看看梦境吧，它们何等逼真啊，层层叠叠的，以至于你能够记下并加以描述的仅是其冰山一角。”

门罗喜欢在故事中自如穿插一些片段，那往往是些过去的回忆，当然不是无的放矢。伊内德回忆起四五岁时，她在父亲的办公室撞见一个女人坐在他的膝盖上，一个乳头塞在他嘴里。告诉妈妈这件事时，伊内德说："她前面那两个东西里有一个塞在爹地嘴里呢。"伊内德当时还不会说"乳房"这个字眼，妈妈就说，瞧你在说些什么呀，前面那东西是什么？伊内德形容道："像冰激凌蛋筒一样。"妈妈就说你肯定是在做梦，有时候人会做一些非常蠢的梦。小女孩伊内德心想对呀，冰激凌蛋筒不可能那样倒扣在女人的胸脯上，也不可能那么大。多年以后，伊内德一直在想究竟是妈妈不想承认事实而说谎，还是她本人的记忆在说谎。

鲁佩特的太太去世后，伊内德下决心要让鲁佩特坦白交代是不是杀过人。有一天，他们一起去鲁佩特家附近那条发生过命案的河上划船。两人到了河边，鲁佩特说他要去寻找藏起来的船桨，然后钻进灌木丛里不见了。这个结尾落入俗笔一定会变得非常悬疑，而门罗的结尾是开放式的。伊内德静静地站在河边，我们感觉到似乎山雨欲来：鲁佩特会不会杀人灭口？或者这一切只是我们的幻觉？我们还不能肯定以前那起谋杀案是否真的发生过，故事这时候却停了下来。

门罗用通俗小说中那种制造悬疑效果的开放式结局来传达一种更深层的东西：人生中，到底什么叫悔罪？什么叫坦白？什么叫记忆？这一切悬而未决地纠结在一起，有谁能做最后的判断呢？就连小说的作者也不能，于是就让它停在那儿，读者要停顿好长一段时间想想到底发生了什么。

（主讲　梁文道）

《恨，友谊，追求，爱情，婚姻》

熊从山那边来

如果你打算只看门罗一篇小说的话，那就看这部短篇小说集的名篇《熊从山那边来》吧。

像艾丽丝·门罗这种一辈子写作水准稳定的小说家，你很难说出哪篇作品是她最好的代表作。如果你打算只看门罗一篇小说的话，那就看这部短篇小说集的名篇《熊从山那边来》（*The Bear Came Over the Mountain*）吧。这篇小说被认为是门罗最经典的小说，2006年被改编成电影*Away from Her*（中译名《柳暗花明》）。

*Away from Her*电影海报

这篇小说的主题是门罗中晚期创作经常触及的人的衰老与退化问题，不只是身体机能、记忆力退化，整个世界似乎也随之一起退化。女主角菲奥娜是一个很开朗的女人，从小生长在一个富裕的高等知识分子家庭，后来嫁给看起来老实的乡下男孩格兰特，婚后感情相当好。格兰特其实很风流，在一所大学教北欧文学时跟很多女学生有染，但他始终很爱菲奥娜，从不在外面过夜。菲奥娜似乎略知一二，但没有说穿。菲奥娜晚年记忆力严重退化，格兰特只好把她送进一家疗养院，那里专收老年痴呆或记忆力退化的老人。熬过一个月的隔离期后，格兰特发现菲奥娜竟然不认得他了，还在那里结识了一个男朋友叫奥布里。菲奥娜很客气地跟格兰特说话，让他不知如何是好。

接下来我们看到很多非常漂亮的门罗式写法。门罗把格兰特探访疗养院变成一种社会观察，通过他的眼睛去看社会众生态，为我们呈现一整代老人的生存状况。周末有很多人去疗养院探访亲人，女人们似乎热衷于此，男人们在这种情境中感到恐惧，青少年巴不得早点离开，小孩子则在里面嬉戏玩耍，甚至挂在老人的轮椅后面搭便车。“被探访的人坐在轮椅上，或者拄着拐杖歪歪斜斜地，或者孤立无援、僵硬局促地走在队列前面，为自己高涨的人气自豪，但在这种紧张和压力下，他们或是眼神空洞，或是绝望地唠叨个不停。被各式各样的外来者簇拥着，这些住客的确看起来不像正常人。”

故事发展到最后有一个出人意料的结局。奥布里被太太接回家，菲奥娜很失落，精神濒临崩溃。格兰特于心不忍，竟然跑去跟奥布里的太太商量，说你能不能偶尔安排奥布里去看看我太太？真是莫名其妙，人家太太能同意吗？接下来发生了一件很奇怪的事情：奥布里的太太居然对格兰特产生好感，于是格兰特想通过诱惑她来达到目的，说服她让奥布里去疗养院探访，好让菲奥娜开心。这个过去风流成性的丈夫现在对太太这么好，除了爱，是不是还有一丝忏悔，所以想成全太太的婚外恋呢？

很多人说这个故事有一个感人的喜剧性结尾，但我觉得那不能叫喜剧。这个故事有点荒谬和奇幻，但门罗了不起之处在于，所有奇怪的事情在她笔下都显得那么真实。其实，世界上很多事情本来就够离奇了，无须用更魔幻的笔法去写，只需把它写得让人感觉真的会发生在身边。门罗用一种不动声色的、毫不煽情的、有点冷酷的笔法，谱写了一段段令人信服的奇情。

通过分析这篇经典名篇的写作技巧，我们发现这个看起来没什么大不了的故事被人称颂是有理由的。剧烈的时间跳跃是门罗常见的一个技巧。小说开头写年轻时代的美好，当时菲奥娜和格兰特还是大学生，菲奥娜很可爱，喜欢开玩笑瞎胡闹，人很聪明，也很自信。有一天，菲奥娜和格兰特在海滨逐浪戏耍，海水是那么蓝，阳光是那么灿烂，她忽然叫喊道：“你觉得我们结婚会好玩吗？”格兰特接受了她的求婚，于是两人结婚了。然后故事忽然一转，说菲奥娜的头发已经从淡金色变成白色，原来她已是古稀之年的老妇人。

我们知道短篇小说容量不大，要讲述一个完整的人生必须浓缩，这就需要通过时间的跳跃来实现。有时这会带来问题，只有故事梗概而忽略了细节。但门罗的小说里面细节非常丰满，让人觉得像是长篇小说。这篇小说时间跳跃的意义在于：我们刚刚目睹了男女主人公年轻时的活力和快乐，那是一个仿佛明天有无限可能的美好世界，然后一下子切换到晚年，一切都在急遽恶化。为了烘托这种气氛，门罗还写了小镇附近的住宅区如何退化，年轻人都搬走了，只剩下一些老人，整个世界都在老化。

门罗典型的写法是从很小的事情切入。当菲奥娜在家里到处贴黄色的便条时，我们发现她原来正在逐渐丧失记忆力，需要用这种东西来提醒自己该做什么事。有一次，菲奥娜一个人在街上瞎转，有个警察怀疑她神志不清，先问她的名字，她爽快地回答了，接着又问她国家总理的名字，没想到她居然很俏皮地说：“如果你连这都不知道，好心的年轻人，你真的不应该做这么重要的工作了。”那个警察笑了。不过，菲奥娜接下来犯了一个错误，问他是否见过她的两条狗，其实它们早就死了。

门罗的小说里有很多流行文化的背景，却被很多译者忽略了。这篇小说的名字就很有意思，源自非常有名的英文儿歌“*The Bear Went Over the Mountain*”，说有一只熊想翻过山去看看那边是什么，结果翻过山便是在走下坡路，发现山那边也不过如此。如果你知道这个典故，就会明白这篇小说为什么把“went over the mountain”改成“came over the mountain”。熊已经翻过山了，现在归来了。年轻人通常会觉得前面的人生好漂亮，然而翻过山之后就慢慢衰老了，整个世界不断分崩离析，包括记忆的沦丧和感情的沦丧，一切都被拆毁掉。虽然这篇小说有一个看起来还挺感人的结尾，但我们知道夕阳无限好，终究是要下山的。

（主讲　梁文道）

《亲爱的生活》

人生说不清为什么

人生总有那么多意外，你哪能说得准将来的事呢？

2013年有两个重量级的英语作家宣布“退休”，以后不再从事文学创作。其中一个是数次被提名诺贝尔文学奖的美国当代小说大师菲利普·罗斯[1]，宣布再也不写小说了；另一个是80多岁的加拿大老太太艾丽丝·门罗，宣称《亲爱的生活》这部小说集是收官之作。没过多久，门罗获诺贝尔文学奖，被记者追问时好像有点想改变主意。这不是门罗第一次宣布封笔。她在2006年曾经宣称不再写作，后来竟又出版了两部小说集——《幸福过了头》（2009年）和《亲爱的生活》（2012年）。人生总有那么多意外，你哪能说得准将来的事呢？就像她笔下的小说世界一样，我们也不知道门罗的人生接下来会怎样，她还会不会写小说献给读者。

---

[1] 菲利普·罗斯（Philip Roth，1933— ），著有《再见，哥伦布》《美国牧歌》等30多部作品，是当代获奖最多的美国作家之一。

《亲爱的生活》这部小说集有很多典型的门罗式写法，还带有强烈的晚期风格。门罗早期还会尝试在短篇小说中经营一个完整的人生，但现在不了，直接就像画素描一样，迅速进入一个人生片段当中。例如《亚孟森》这篇小说一开头就写一幕火车站站台的场景，叙事者坐在一张长凳上，发现凳子另一端坐着一个女人，手里拎着一只网兜，里面装满生肉。门罗总是这样非常迅速地从小说人物生命的中途切入，让读者真的像旁观者一样直接进入某个人生场景。门罗喜欢用现在时时态，哪怕是发生在过去的事情都像是正在进行的人生，让我们介入其中看着眼前这一切的发生。

这部小说集有三四篇小说跟火车有关，其中一篇标题干脆就叫《火车》。这篇小说讲一个刚从二战战场回来的军人，本来应该回家看未婚妻，然后快乐地生活在一起，但小说开头讲他乘坐的那趟火车开得非常缓慢，他抓住一个时机跳下车。这个退役军人为什么不回家跟未婚妻团聚呢？小说并没有一个很完整的解释，故事就这样展开了。门罗经常不去解释人物一些复杂行为的动机，只是让这些行为在她笔下展开得真实可信，把“为什么”留给读者掩卷思考。因此，我们每次读完她的小说都得停一停。

文学圈围绕这部小说集有过一场争论。2013年6月，英国《伦敦书评》[1]杂志的编辑Christian Lorentzen撰写文章*Poor Rose*《可怜的罗斯》，借着门罗新著《亲爱的生活》的出版来抨击这位他认为不那么出色的作家。他说大家老是称赞门罗，尤其是作家群体把她捧得像圣人般，但他觉得她没什么了不起，写来写去就那些玩意儿，用的技法也很相似。门罗的小说太过中产化，单篇夹在《纽约客》那样的杂志里发表，比如前面讲叙利亚内战，后面讲农村的荒败，中间夹一个中产阶级的小小哀伤，倒也无伤大雅，结集来看则相当闷。他把门罗的十几本小说连着看下来，到这本《亲爱的生活》实在是看不下去了。有人回应说，谁叫你连在一起看呢？我相信很多读者有同感。门罗的写作一辈子非常稳定，会让人以为她前后几十年差别不大，其实这是个错觉。

这部小说集的最后四篇作品是《眼睛》《夜晚》《声音》《亲爱的生活》，门罗很特别地加了一段名为“终曲”的序言，说这些作品并不完全是虚构的故事，就情感而言具有自传的性质，“它们说出了关于我的生活我要说的最初，最后，也最亲密的话”。这四篇小说讲一些莫名其妙的感觉，比如一个小女孩出于某种奇怪的心理，总是虚构一些理由来不孝敬母亲，而后又感到后悔。这种母女之间复杂的

[1]《伦敦书评》（*London Review of Books*），1979年创刊的一份刊登文学与知识分子随笔的双周刊，目前为欧洲发行量最大的文学类刊物。

感情纠葛究竟是一种什么状况，门罗没有具体讲出来，只是提出这样一种感情及其发生的背景。小说结尾写道："妈妈最后一次发病时我没有回家，也没有参加她的葬礼。我当时有两个年幼的孩子，温哥华没有人可以照顾他们。我们难以负担旅费，而且我丈夫鄙视仪式。但为什么要把责任推到他身上呢？我也有同样的想法。我们会说起某些无法被原谅的事，某些让我们永远无法原谅自己的事。但我们原谅了，我们每次都原谅了。"

（主讲　梁文道）

《狼厅》

坐看都铎王朝云卷云舒

希拉里·曼特尔（Hilary Mantel，1952— ），英国作家。大学期间攻读法律，1974年开始创作，已出版《一个更安全的地方》《黑暗深处》等十余部作品。凭借历史小说《狼厅》及其续集《提堂》，成为第三位两度获布克奖的作家。

让你真的置身于那个时代，看着时间如水般在身边静静流淌过，仿佛能够跟那些人一起聊天，听见他们呼吸的声音。

历史小说其实不太好写，有时为了介绍一些人物关系、历史背景乃至常识，作者会让人物说出一些不太像当时人说的话，顿时变得很不可信。如何把一些很重要的历史信息安排进情节，让它很自然地呈现出来，这是件很难的事。更难的是，如何让读者感觉真的回到那个年代，与那些人物一起观看时代风云变幻，甚至仿佛能够听见那个时代下雨的声音。

有这样的历史小说吗？有，比如《狼厅》（*Wolf Hall*）。作者希拉里·曼特尔是一个在英语世界非常有名的作家，《狼厅》获2009

年布克奖[1]，续集《提堂》[2]也不差。很多评论强调《狼厅》用的时态是现在时，其实这并不是很新鲜的事。我们平常说起过去的事也会这么干，主要是为了让听者更加专注，仿佛它正在发生一样。我认为希拉里·曼特尔最特别之处是，她不仅用现在时写过去的事，而且不是以全知视角来写历史小说。大多数作者会忍不住设置一个全知者的角度，或者让人感觉到他们是在用后见之明来安排情节，而希拉里·曼特尔不是这样。

《提堂》封面

[1] 布克奖（The Man Booker Prize，简称Booker Prize）创设于1969年，被誉为当代英语小说界的最高奖项。获奖作品几乎成为“最好看的英语小说”的代名词，约有三分之一被改编成影视剧，如《辛德勒的名单》《英国病人》《少年Pi的奇幻漂流》等。

[2]《提堂》（*Bring Up the Bodies*）于2012年获英国两大文学奖——布克奖和科斯塔文学奖。希拉里·曼特尔正在创作“都铎王朝三部曲”之完结篇《镜与光》（*The Mirror and the Light*），计划于2015年问世。

如果你只喜欢看紧张刺激的历史小说，那《狼厅》就不对你的胃口了。整部小说行进得非常缓慢，给人一种时间在慢慢往前走的感觉。因为里面充满了细节，一个人物甚至一段对话都细细雕琢，有的地方写得非常美。希拉里·曼特尔不是用后人的眼光把历史故事整理得干干净净再告诉你，而是让你真的置身于那个时代，看着时间如水般在身边静静流淌过，仿佛能够跟那些人一起聊天，听见他们呼吸的声音。

我想提醒大家的是，《狼厅》原著使用了相当多都铎王朝[1]时期的英文，母语不是英语的读者会不太习惯，要慢慢看才能看得懂。小说用40多万字的篇幅去写亨利八世[2]执政期间八年的故事，那段时期在英国历史上非常重要，必然牵涉到很多事件和人物，幸好开篇附有人物表，否则读者会看得头昏脑涨。

讲英国王朝的故事会不会离中国人太遥远了？有可能，不过你

[1] 都铎王朝（Tudor dynasty），1485年由英格兰的兰加斯特王室后裔亨利·都铎（即亨利七世）推翻约克王朝后建立，1603年因亨利八世之女伊丽莎白一世终生未婚绝嗣而亡后终结，被斯图亚特王朝取代。

[2] 亨利八世（Henry Ⅷ，1491—1547），亨利七世次子，1509年继位，为都铎王朝第二任君主。一生有过六次婚姻，其中第一任和第四任王后被迫与他离婚，第二任和第五任王后被他斩首，第三任王后因产褥热病逝，末任王后在他死后改嫁。

如果看过前几年很红的电视剧《都铎王朝》[1]，就很容易明白《狼厅》在写什么。亨利八世为了跟第一任王后离婚，然后娶她手下的一名侍从女官，不惜跟罗马教皇翻脸，脱离了天主教会，创立了英国国教，国王的权力也随之扩大。亨利八世在位期间发生过很多令人不齿的事情，比如他先后娶过六个老婆，其中两个被他休了，还有两个被他砍头了。他还先后除掉三位首席国务大臣，让人觉得真的是伴君如伴虎。

跟这位英国著名君主做过伴的，很多都是响当当的大人物，其中最有名的是托马斯·莫尔[2]。这个人写过一本名著叫《乌托邦》，“乌托邦”（utopia）这个词即来源于此。他还是一个著名的护教者，本来是亨利八世的老朋友，后来反对亨利八世跟罗马教廷决裂，一直不肯让自己的信仰屈服于强权，最终被斩首。当时还有一个人物很重要，那就是跟托马斯·莫尔对立的托马斯·克伦

[1]《都铎王朝》（*The Tudors*）是一部由爱尔兰、加拿大和美国联合制作的历史剧，2007年在美国娱乐时间电视网（Showtime Networks）首播，至2010年播出4季共38集。

[2] 托马斯·莫尔爵士（Sir Thomas More，1478—1535），英格兰政治家、作家，欧洲早期空想共产主义者，1516年用拉丁文写成名著《乌托邦》。曾就读于牛津大学，当过副财政大臣、国会下议院议长、大法官等职，一度为仅次于国王的第一号要人，后因反对亨利八世的《至尊法案》被斩首。

威尔[1]。这个人在历史上完全被丑化成丑角，最会讨国王欢心，最终下场也很凄惨。大家不要搞错，这个人不是弑君者奥利弗·克伦威尔[2]，不过他俩有亲戚关系。《狼厅》里面有个人物叫理查德·克伦威尔，原名理查德·威廉斯，是托马斯·克伦威尔的外甥，亦即奥利弗·克伦威尔的曾祖父。

如果你熟悉这段历史，知道托马斯·克伦威尔向来被说成是很不堪的大坏蛋，你就会发现希拉里·曼特尔有多么同情他。当一部历史小说让一个负面人物当主角，你就知道它一定会颠覆大家原有的历史观。好的历史小说常常能发挥这样的效果。短短八年的历史被写成这么厚的一部小说，虽然没有那么多史料做支撑，但你读完之后会很信服，因为它仿佛真的在解剖托马斯·克伦威尔这个人，让我们触摸到他的为人和性格，看到他所处的环境以及他如何应对。

---

[1] 托马斯·克伦威尔（Thomas Cromwell，约1485—1540），英国政治家，亨利八世的亲信大臣。平民出身，当过雇佣兵、听差、律师等，后任国会议员、财政大臣、掌玺大臣、首席国务大臣等要职，并获封埃塞克斯伯爵（Earl of Essex）。辅佐亨利八世推行宗教改革和政治改革，为英国向近代化转型打下基础，1540年失宠后被斩首。

[2] 奥利弗·克伦威尔（Oliver Cromwell，1599—1658），英国政治家、军事家。曾任国会议员，在17世纪40年代的英国内战中率军击败保王党，1649年处死国王查理一世，宣布成立共和国。1653年自任“护国主”，1658年病逝。

《狼厅》以同情的眼光去看托马斯·克伦威尔，让我们惊讶地发现这个在历史上被妖魔化的人物原来竟是这样一个人：聪明能干，允文允武，很会赚钱，什么事都想办好，而且对主子忠心耿耿。在他得宠之前，托马斯·沃尔西[1]主教权倾朝野，是亨利八世最大的宠臣。托马斯·克伦威尔非常忠心于这位主教，后来又非常忠心于亨利八世，尽力服侍好每一个主子。小说中的托马斯·克伦威尔不像是奸险的人，只是在尽力打好每一份工，完全是一个忠仆的角色。他很爱护小动物，也爱护家人。太太和两个女儿得传染病去世后，他常常会思念她们，有时感觉女儿无声无息如尘埃般飘近他的身边。

托马斯·克伦威尔对朋友很忠诚友善，对街上的乞丐也很好，甚至对敌手托马斯·莫尔也如此。一向被认为非常正派的托马斯·莫尔在小说中变成一个很可怕的人，而事实上他的确如此。当大法官期间，他不断用宗教法庭压迫异教徒，大肆刑讯逼供。托马斯·克伦威尔一直很尊敬他，希望能保住他的性命，甚至在他被斩首之后，还吩

[1] 托马斯·沃尔西（Thomas Wolsey，约1475—1530），罗马天主教会神职人员，任约克大主教、红衣主教、教廷使节。曾被亨利八世任命为大法官、国王首席顾问，后因未能说服罗马教皇同意宣布亨利八世与第一任王后的婚姻无效，1529年被国王革职并没收财产。

咐手下去交代管伦敦桥[1]的长官，说莫尔的女儿会去请求允许她把父亲的头颅带回去安葬，到时千万不要为难她，而且要保密。对敌人都这么用心良苦地关照，这个人能坏到哪里去?

或许是因为太聪明、太优秀、太成功，托马斯·克伦威尔生前就惹来很多非议。很多人说他这不好那不好，说他杀人如麻，说他如何狡诈，他听说之后不置可否。不过，这并不表示他不在乎自己的形象。他曾经请一位著名的肖像画家为他作画，小说中《画家的眼光》那一章写得太精彩了！他和家人、朋友一起看画的时候，三种视角下的他都不太一样，以至他把握不清自己的形象。最后他跟儿子说，他听见有人说他看起来像个杀人犯，他儿子回答道："您难道不知道吗？"

托马斯·克伦威尔肖像（德国画家小汉斯·荷尔拜因/绘）

[1] 伦敦桥（London Bridge），英国泰晤士河上一座几经重建的大桥，公元50年左右由罗马人始建，为伦敦历史最悠久的桥。托马斯·莫尔生前被关押在附近的伦敦塔（Tower of London），1535年7月以叛国罪在塔丘（Tower Hill）被斩首。按惯例，叛国者的头颅要挂在伦敦桥南端的门楼上示众一个月，然后被扔进泰晤士河。

既然是历史小说，我们知道过去的事已经有了结局，托马斯·克伦威尔是什么下场早已摆在那儿。亨利八世曾经那么信任他，让他大权在握，一人之下万人之上，最终还是处死他，指控他叛国。我们早就知道这个结局，而《狼厅》想让我们看到他究竟是个什么样的人。用这种方式解读历史，所带来的冲击会比用全知视角去为主人公辩说更有力，也更有效。

（主讲　梁文道）

《第七天》

以离奇容纳离奇

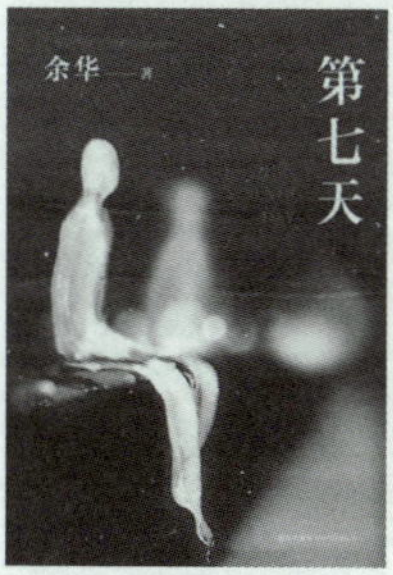

余华（1960— ），作家。1983年开始写作，著有《活着》《兄弟》《许三观卖血记》《在细雨中呼喊》等。

“那里没有贫贱也没有富贵，没有悲伤也没有疼痛，没有仇也没有恨……那里人人死而平等。”简直是一个漂亮的乌托邦！那是什么地方呢？死无葬身之地。

今天中国作家感觉到一种巨大的呼召。中国社会需要一些有良知的独立作家挺身而出，过去很多人指责中国作家不喜欢面对现实，或者没有能力把握现实。面对这种呼召，中国作家如何回应呢？今天很多社会现象比小说还离奇，连电视剧都编不出来，作家的困惑就来了：现实对你来说太过离奇，甚至比你写出来的故事还离奇，你该怎么办？

谈到如何处理社会现实这个问题，我们可以看看余华一本备受争议的小说——《第七天》。继《兄弟》之后，余华七年没有出版过长篇小说，主要写一些散文或时事评论。《兄弟》虽然特别畅销，但争议也特别大，很多人觉得上、下部区别太大，下部的语言变得很粗糙。余华有过所谓的先锋时期，但他的文字从来不是以特别精美著称。很多人说《第七天》比以前的作品更粗糙，余华写得太急了。一个作家蛰伏七年拿出来的作品让人感觉写得太仓促，这不是很奇怪吗?

大家知道小说的开头很重要，有点像开火车，行驶的轨道如果从一开始就歪了0.5厘米，之后肯定会出事。我觉得《第七天》的开头写得非常好："浓雾弥漫之时，我走出了出租屋，在空虚混沌的城市里孑孓而行。我要去的地方名叫殡仪馆，这是它现在的名字，它过去的名字叫火葬场。我得到一个通知，让我早晨九点之前赶到殡仪馆，我的火化时间预约在九点半。"这让大家有了悬念：怎么会有人预约火化自己的时间呢？疑虑一被调动起来，大家就会追着往下读。这本小说的确很好读，一个晚上就可以读完。

小说主人公叫杨飞，以第一人称"我"来叙事。杨飞当年去见亲生父母前，养父希望他穿得体面一点，就带他去市里最大的购物中心买西装。养父看见一家外国品牌店的入口处挂着几排领带，有些吃惊地说一根领带要280元，杨飞说你看错了，是2800元。小说写道："我父亲脸上的神色不是吃惊，是忧伤了。他囊中羞涩，木然地站在那里。此前的日子里，虽然生活清贫，因为省吃俭用，他始终有着丰衣足食的错觉，那一刻他真切地感受到自己的贫穷。他不敢走进这家外国品牌店，自卑地问走过来的导购小姐：‘哪里有便宜的西装？’”这段文字不能叫精美，不过人物形象还是非常鲜活地立在眼前。

这本小说真的给人感觉写得非常急，从杨飞跟太太李青的恋爱故事就可见一斑。婚前李青是人见人爱的美女，有很多成功人士、高干子弟想追她，她怎么会跟公司里一个不起眼的小职员结婚呢？原来有一次他俩乘同一趟电梯，她问杨飞：“你是不是觉得我有点冷酷？”她指的是不久前有个男同事当众向她下跪求爱，被她羞辱了一番。杨飞说：“我觉得你很孤独，你好像没有朋友。”小说写道：“说完这话我的眼睛湿润了。我不会在深夜时刻想到她，因为我一直告诫自己，她是一个和我没有关系的人，可是那一刻我突然为她难过了。她的手伸过来碰了碰我的手臂，我低头看到她递给我一包纸巾，抽出一张后还给她时没有看她。”就这样，两人开始谈恋爱，一年后结婚了。

这个看起来像肥皂剧里才有的感情故事，在余华这种分量的作家笔下本来可以写得更细致饱满，但他急着去写别的事情。在他眼里，这段感情如何开始并不重要，重要的是它的结局。他的重心不是放在仔细雕琢这段感情上，而是着眼于这个美女最终还是离开了没出息的杨飞。李青是一个很有上进心、聪明能干的女人，后来跟一个商人在一起做生意，成为女富豪。再后来她成为某高官的情妇，当纪检人员准备把她带走协助调查腐败案时，发现她在家中的浴缸里割腕自杀了。这才是余华要关心的事情，即他困难地与之搏斗的社会现实。

这个故事听起来是不是有点熟悉呢？没错，我们经常看到类似的新闻。种种奇怪的社会事件在这本小说中不胜枚举，比如把人家的房子一夜之间拆掉了，有人甚至被掩埋在废墟底下。又如，某位市长在殡仪馆举行遗体告别仪式，在他被火化之前，别的焚化炉都得停下来。官方如何解释市长的死因呢？因工作操劳过度突发心脏病去世。网上流传的民间版本则是，市长在一家五星级酒店的行政套房床上与嫩模共进高潮时突然心肌梗死，嫩模吓得跑到走廊上又哭又叫，忘记自己光着屁股。再如，有27个死婴被丢进河里，医院坚称这些是医疗垃圾，医院没有做错，垃圾就应该倒掉。

现实事件如此奇诡，该如何安放它们呢？余华设置了一个超脱现实的奇幻情境，用一个幽魂四处游荡的七天经历来搭建小说的基本结构。小说弁言引述了《旧约·创世记》里面的一段话："到第七日，神造物的工已经完毕，就在第七日歇了他一切的工，安息了。"但我觉得更好理解的线索是中国人的"头七"丧葬习俗。在余华笔下，死者如果还没被火化，就不能得到安息，成为孤魂野鬼四处游荡。杨飞的幽魂到处漫游，七天内碰到一大堆死人，都是死于种种意外事故或凶杀案的人。比如有个男子被一名警察伤害过，上访无门后便冲进公安局砍杀那名警察，最后被判处死刑。

这些在现实世界中很可怜的人，到了余华笔下的幽魂世界会如何呢？比如那个被杀害的警察和杀他的凶手，因为死后多年未被火化，皮肉都腐烂掉了，成为两具骷髅，但他们很快乐地在一起下棋，前世的仇恨被挡在了外面。在幽魂世界里，大家还继续上饭馆吃饭，但吃得很愉快，因为这里没有毒大米、毒奶粉、毒馒头、假鸡蛋、皮革奶、石膏面条、化学火锅、大便臭豆腐、苏丹红、地沟油。有个幽魂说，全中国只有两个地方的食品是安全的，一个是这里，一个是国宴。

余华描述说幽魂世界是一个美好的地方，那里“水在流淌，青草遍地，树木茂盛，树枝上结满了有核的果子，树叶都是心脏的模样，它们抖动时也是心脏跳动的节奏。我看见很多的人，很多只剩下骨骼的人，还有一些有肉体的人，在那里走来走去”。小说结尾是杨飞对一个新来的幽魂说：“走过去吧，那里树叶会向你招手，石头会向你微笑，河水会向你问候。那里没有贫贱也没有富贵，没有悲伤也没有疼痛，没有仇也没有恨……那里人人死而平等。”简直是一个漂亮的乌托邦！那是什么地方呢？死无葬身之地。

看到这里我们明白了，余华处理现实的做法是，想象出一个更加离奇的环境来容纳他所看到的离奇现实。余华是我的好朋友，也是我很尊敬的作家，但我现在看到一向有敏锐观察力的他放弃了对现实的理解，所做的只是罗列种种社会怪现象。我知道他心中一定怀有很大的悲愤，借着这本小说表达一种难言的悲愤之情：这个世界太不堪了，怎么办？死了算了。即使死不瞑目，死无葬身之地，也比在人间轻松快活。这真的是一个生不如死的世界。然而，当余华发出这种感慨的时候，也就仅仅停留于感慨而已，失去对现实持续的关注和理解。

（主讲　梁文道）

《炸裂志》

男盗女娼发家史

阎连科（1958— ），河南嵩县人，作家，中国人民大学文学院教授。1978年应征入伍，次年开始写作，著有《日光流年》《受活》《丁庄梦》《四书》等数十部作品。因多部作品在中国内地争议甚多被禁，获外号“禁书作家”。

如果说《第七天》表达的是一种死不瞑目的悲情，《炸裂志》表现的则是男盗女娼的现实。

中国作家生活在今天这个社会，一定跟很多人一样对现实有诸多困惑和不满，比如余华就在《第七天》里表达了生不如死的悲愤之情。我不是说作家要放弃情绪的表达，而是说不能放弃显微镜般的眼睛。如果作家仔细去看那些奇怪的事件发生在什么情境下，那个情境是怎么样构成的，人物为什么会处在那个位置上，人与人之间为什么会发生那样的互动关系，这样写出来的东西会比现实事件更加丰富多面。

政治评论家可以直接谈论一些制度、政策问题，而小说家应该寻找一些重新框架整个现实的方法。不过，什么叫作现实？同样的事件放在不同的坐标、框架下，所谓的现实就全变了，有些作家引起争议就是因为他看到了不一样的现实。有些作家对现实的回应则迟到了很多年，但你不能说他不尽责，其实他可能是尽了更大的责任。比如普鲁斯特[1]经历过法国非常轰动的"德雷福斯事件"[2]，当年他没像左拉那样振臂一呼，可能是因为他还没那么高的社会地位，十几年后才姗姗来迟地在《追忆似水年华》第三卷里铺写那起事件。我认为他仍然是一个对社会、对时代负责任的作家，因为他多年后说出来的是在当年那个热烘烘的气氛下说不出来的话，或者即使说了也会被愤怒的噪声掩盖，而他后来对事实的框定和掌握是当年那帮法国人所看不到的现实。

当一个作家在处理现实题材时，我们要对他怀有好奇心。我们知道阎连科一向给人的感觉是非常勇猛，写的东西非常沉重，文字像铅块那样一块一块坠落下来，他还很喜欢写性，写过很多颠覆性的东

[1] 马塞尔·普鲁斯特（Marcel Proust，1871—1922），法国小说家、意识流小说大师。自幼患有哮喘病，青年时期因健康问题放弃工作，闭门写作。1913年出版《追忆似水年华》第一卷，此后又陆续出版六卷，被誉为法国文学的代表作。

[2] 1894年，法国陆军总参谋部犹太裔军官阿尔弗雷德·德雷福斯（Alfred Dreyfus，1859—1935）被怀疑向德国提供机密军事情报，随后被雷恩军事法庭以叛国罪判处无期徒刑，流放到法属圭亚那魔鬼岛。1896年有情报官员发现此案误判，但法国政府为了维护军方的面子不愿重审，并宣判那名真正的间谍无罪。1898年1月13日，法国著名作家左拉（Émile Zola，1840—1902）在《震旦报》发表致总统的公开信——《我控诉！》，抨击法国政府对德雷福斯案的处理不公和反犹政策，引来马塞尔·普鲁斯特等众多知识分子声援。在社会舆论压力下，德雷福斯案于1899年被发回重审，改判有期徒刑十年。随后德雷福斯接受不再上诉的条件，获得法国总统赦免，直到1906年才被军事委员会正式宣告无罪。

西。我觉得《炸裂志》虽然跟以前的作品有相似之处，但文字的感觉不一样了，好像变得轻快了起来，开始飞了起来。这可能跟他越来越强调“神实主义”的文学主张有关。中国当代作家深受拉美魔幻现实主义文学的影响，阎连科也不例外，但他说自己写的是“神实主义”。按他的理解，现实主义小说的因果关系是一个事件推动了另一个事件的发生，魔幻现实主义小说所写的那些魔幻东西则不一定导致现实世界发生什么，而神实主义小说所表现的内真实却会促使事件发生。

我认为所谓的“神实主义”包含三个层面的东西：一是现实本身就很神奇；二是“神实”指人的一种神意、精神，是一种抽象的情绪、心理状态；三是作家在理解现实时会产生种种臆想，用这些东西作为根底来支撑小说。阎连科诉诸一种相当抽象而又让人感觉得到的“精意神”来理解中国现实，写出来的东西可能就不像以前那么沉重，可能会更夸张，离奇到原本沉重的东西都飘了起来，变成闹剧。

《炸裂志》中的“炸裂”是一个地名，说是过去因火山爆发导致地裂，人们跑到附近一个地方聚集成村落，形成炸裂村。这本小说《史记》般地记载了这个小村庄如何变成中国最牛、最繁华的超级大都市。阎连科仿照地方志的写法，分成舆地沿革、人物篇、传统习俗、综合经济、自然生态、防卫事宜、后工业时代等章节来写，但整本小说其实采用了顺叙法。我阅读的时候忍不住在想，假如它严格按照传统地方志的写法来写，那会出现什么样的效果呢？

如果说《第七天》表达的是一种死不瞑目的悲情，《炸裂志》表现的则是男盗女娼的现实。小说开头写“文化大革命”期间，男主角孔明亮的父亲被村长朱庆方送进监狱，改革开放之初当然要拨乱反正，于是出现了很原始的报复行为。孔明亮发财后当上村长，叫村民们一起为他父亲报仇。在他父亲朝老村长朱庆方的脸上吐痰后，谁要是也跟过去吐痰，每口痰给20元。有个年轻人带头吐了很多痰，果然得了很多钱，于是“人们就羡着喜着都去朱庆方的身上吐痰了。咳痰呸吐的声音在黄昏如是雷阵雨，转眼间，朱庆方的头上、脸上、身上就满是青白灰黄的痰液了。肩头上挂的痰液如帘状瀑布的水，直到所有村人的喉咙都干了，再也吐不出一滴痰液来，朱庆方还蹲在痰液中间一动不动着”，像是用痰液凝塑的一尊像，原来是被痰液呛死了。多恶心！

孔明亮用金钱报了仇，但朱庆方毕竟是个老党员，死后还是很体面地下葬了。朱家人在尸体上覆盖了旗帜，还念了充满激情和境界的悼词，青石墓碑上写着“最忠诚的老党员朱庆方之墓”。从此，写照着一个时代的人从这个村庄消失了。旧时代结束了，新时代是什么呢？20世纪80年代初，政府鼓励出“万元户”，能致富就光荣。炸裂村首位“万元户”孔明亮的发财之道很简单，就是去“扒火车”，其实就是从火车上偷东西。炸裂村附近经常有运煤和焦炭的火车驶过，火车爬山坡时速度很慢，孔明亮就举起长竹耙将煤和焦炭从车厢上扒下来，然后拿去倒卖，就这样实现了资本原始积累。当上村长后，他指挥全村人集体“扒火车”，果然都发财了。他规定全村人不准说“偷”，应该说“卸”。

孔明亮后来遇到一个跟他同台竞选村长的女对手，这个名叫朱颖的女人不久后成为他的太太。朱颖是谁呢？老村长朱庆方的独生女。朱颖很漂亮，很风骚，在她父亲死后离家出走，回来已是大富婆。她是怎么发财的呢？她出去做小姐，后来还当上老鸨，开娱乐城赚了很多钱。她和孔明亮结为夫妻后，带领村里另一帮人跟着她发财。她让全村姑娘去大江南北闯天下，也就是下海做小姐，然后把钱运回来让家人享受。当参观团来观摩取经时，炸裂人不愿说是靠男盗女娼致富，就说是勤劳致富。

小说中有一些非常荒谬的情节，比如炸裂村后来升级为县，有一次为了吸引美国一家大公司来投资，居然活生生再现了越南战争。那位美国总裁觉得炸裂县很好，酒喝得热闹，姑娘也好玩，但他还是想去越南投资。他曾经在越南待过六年，手下很多员工也是越战老兵，对越南有种怀旧情绪。县长孔明亮如何搞定这帮美国人呢？他说，走，我现在就让你回到四十年前去。说话间，他写了一张条子，让人立刻送出去。过一会儿，他带着那帮美国人朝县政府外面走，过了几条马路，来到一条大街上。天哪，一眨眼工夫，炸裂县彻头彻尾变成了越南！街景布置得跟四十年前的越南城市一模一样，墙壁上画满越南的河流和棕榈树，来往走动的男人们穿着当年越南人穿的粗布白褂子、肥腿大裤子，女人们穿着土织布裙衣和布衫，头上戴着竹编尖顶的遮阳帽，肩上背着竹篓。

不仅如此，炸裂县还逼真地上演了一幕战争剧。炸裂人从外面找来一些形似越南姑娘的女子，让她们去蛊惑这帮越战老兵："战争残酷，生死未卜，今天你享受了这姑娘，明天到了战场上，就是死了也少了遗憾呢。"这帮美国老兵就跟着姑娘们走进写着"怡红院"的院落，进屋后推开越南式的小窗户，打开挂在墙上的越式摇头电风扇。半个小时后，炸裂县模拟的越南小镇枪声大作，"待那些美国老兵从各个屋里冲出来，越南的游击队和美国军营里的军人正在镇街上开枪交战，双方射击。有几具死去的美国士兵的死尸，被越南游击队挂在街头的柳树上。待游击队从小镇中心撤走后，美国军队从军营冲出来，对小镇进行了清洗和搜索。结果到黄昏降临时，整条街上都堆着越南人的死尸和残肢，血像河水样追着美国企业老兵的脚步流"。

这场惊心动魄的大戏终于搞定了这帮美国人，是不是很荒谬呢？更荒谬的是，孔明亮的三哥孔明耀居然搞出一支军队，每月都要搞一场阅兵式，自封司令的他穿着将军服，站在阅兵台上的一柄遮阳伞下，望着从他面前正步走过去的方队敬着礼，雄壮的军乐声像蒸汽一般鼓荡着方块队的脚步和胸脯。炸裂县先是升级为市，最后又升格为超级大都市，走完了一个村庄的神奇蜕变旅程，然后炸裂人陷入彻底的疯狂。孔明耀宣称要带领炸裂人出去征服全世界，用三天时间搞定欧洲和美国。小说写到这里，以一个悲闹剧式的结尾收场。

这些故事是不是既荒谬又熟悉呢？我们感觉今天中国的确就是这样子。如果说现实是“果”，我们就要去找“因”。小说家有责任去解释为什么会这样，但我在这本小说中看不出“因”，阎连科没有解释这到底是怎么回事。我由此发现了“神实主义”实践在这本小说中存在一个问题：当阎连科试图理解现实时，他诉诸一种比较神奇的心理性的集体情绪、一种空气中飘荡着的集体意志，但他没有解释这些东西是怎么来的。急于用一种荒诞闹剧的形式书写现实的阎连科，欠缺一点点耐心去完成这最后的关键一步，即解释这种“精意神”到底是怎么来的，把那个“神”的来源说得更清晰一些，为我们呈现因果链条。

（主讲　梁文道）

《日夜书》

串味的暧昧

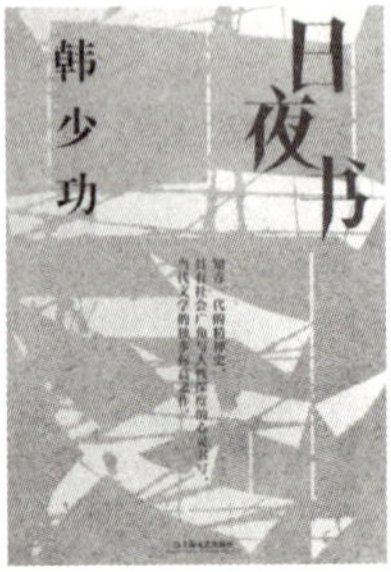

韩少功（1953— ），作家。生于湖南长沙，1968年初中毕业后赴湖南汨罗县下乡插队。作品主要以“文化大革命”时期的经历为素材，1985年首倡“寻根文学”。著有《爸爸爸》《马桥词典》《暗示》《山南水北》等。

他们一口咬定自己只有悔恨，一不留神却又偷偷自豪；或情不自禁地抖一抖自豪，稍加思索却又痛加悔恨。

“‘是那山谷的风，吹动了我们的红旗；是那狂暴的雨，洗刷了我们的帐篷。……’这是当时一首流行歌。一代少年对远方的想象，几乎就是由这一类作品逐渐打造成形。远方是什么？远方是手风琴声中飘忽的草原，是油画框中的垦荒者夕阳下归来，是篝火与帐篷的镜头特写，是雕塑般的人体侧影，是慢镜头摇出的地平线，是高位旋转拍摄下的两只白鸥滑飞，是沉默男人斜靠一台拖拉机时的忧伤远望……哦，忧伤，忧伤太好了，太揪心了，男人的忧伤简直就是青铜色的辉煌。”

这是知青曾经有过的一种情怀，对即将奔赴的那个陌生农村世界的一种想象。“远方”不仅空间上遥远，心理上也遥远，却被视为某种革命事业的起点。知青那一代人相当特别，有一批人十几年前下岗了，已经被社会遗忘了，与此同时有另一群人活跃在聚光灯下。是什么东西塑造了知青那一代人？当年他们下乡插队到底在干什么？同在一个地方插过队的人，是什么东西改变了他们的命运？坦白讲，知青文学已经太多了，还有什么好写的呢？韩少功觉得意犹未尽，所以继续在写。

《日夜书》弥漫着知青情怀，有些故事虽然似曾相识，但在韩少功笔下还是相当生动。比如知青好斗，有时候是文斗，斗谁见多识广，但其实往往是虚张声势。有一场读书人之间的口水仗是这么打的："'你们读过《斯巴达克思》？''哎呀呀，通俗文学在这里就不必谈了吧？''那你们读过吉拉斯的《新阶级》？''也就看两三遍吧，不是太熟。''说说《资本论》吧。''不好意思。请问是哪个版本？是人民版，还是三联版？还是中译局的内部译本？我们最好先约定一下范围，不要说乱了。''你们知道谁是索尔仁尼琴？''你是说《伊凡·杰尼索维奇的一天》还是《玛特辽娜的家》？你要是想听，我都可以给你讲一讲。''那……请问你们如何评价奥威尔的《1984》？'……"

韩少功写道："这种对话像打牌，各方都决心压对方一头，四连炸，同花顺，一个个都争相拍出大牌。对方读过的书，那就没什么好谈了，没读过的才应该成为话题，才是缺口、软肋以及决战机会，必须一举发现，狠狠抓住，穷追猛打，打得对方晕头转向。”这的确塑造了知青那一代人的某种集体性格和某种文化气氛，那种东西直到今天仍在很多中国人身上看得到。不过，能说它们只属于知青吗？我不太肯定。

小说背景设在“白马湖茶场”，当年有一群知青在那里插队。整本小说没有一个特别突出的主角，有一个叙事者叫陶小布，另有五六个主要人物穿插其间。小说不是采用顺叙法，叙事线索前进一下又倒退一下，在回忆下乡往事时会忽然切换到人物近况。这种叙事结构使得小说看起来有点松散，韩少功说是人物列传，但我不太赞同。人物列传的形式是，虽然人物之间的故事有所交叉，但彼此还是分割得相当清楚的，叙事方式也不会这样忽前忽后。这本小说更像是韩少功对知青经历的回忆和感怀，以及一些他觉得不可不发的牢骚、思考和无奈的慨叹。

马涛是小说中一个特别有意思的人物。这个人好像是个出类拔萃的奇才，好像什么都读过，好像什么都懂，自负得不得了，甚至有狂妄的政治野心，想建党搞革命，后来当然给逮去坐牢了。坐牢期间，全家人倾囊而出给他买营养品，但他仍然觉得不够，认为你们对我不好就是对中国思想界的打击，就是对国际文化事业、革命事业的打击。这种自大一直陪伴着他，后来他以一种半流亡者的身份跑到国外，继续做一个疯狂的民间思想家，在文人圈子里跟人争风吃醋。这种气氛和感觉，我觉得韩少功写得非常到位，今天我们还能见到很多这样的人。我每年都会收到很多莫名其妙的书，那些作者写完书稿就寄给我，或者找一些名不见经传的小出版社自费印刷，书中都宣称破解了人类某个千年谜题，创建了某种新学派、新主义，颠覆了过去所有的一切。那些作者认为众人皆醉他独醒，大家都看不懂反而证明他高明。

这种极度狂妄和自闭到底是怎么来的？今天中国有形形色色非常古怪的人：有一些是像马涛那样狂妄自大的思想家；有一些是庸碌无为的地方官员，你不能说他是坏人，他有时甚至想做点好事；有一些艺术家搞出一堆莫名其妙的东西，一天到晚混迹江湖，把自己搞得像个大小孩，也不知道他心里在想什么；还有一些浮浮沉沉的小商人，有点鬼精灵，有时想搞点诈骗……

这本小说对各种人物性格的描写很到位，至少抓住了知青那一代人的某些性格特征。这些人的性格是怎么形成的？其中一个重要的养成环境是他们少年时代在农村生活的环境。那个环境当然也有好玩的东西，但也经常发生一些很奇异的事情，比如打赌敢不敢吃死人骨头。有一次为了赚50张饭票，陶小布闭眼想一想电影里舍身炸碉堡的英雄，然后大喊一声“毛主席万岁”，开始大嚼猛咬死人碎骨，吃到反胃才拔腿跑到溪边呕吐，从此恶名昭彰，大家都怕他。这个人是不是毫无信仰呢？不见得。在大家都饿得发晕的非常态时期，为了得到饭票，再加上少年意气以及某种气氛，一切就变得合情合理了。这件事对一个少年的性格会产生什么影响呢？一个连死人骨头都敢吃的人，长大后还有什么不敢干的事呢？不过，我们发现陶小布后来不算太坏，是个有点良心的厅级官员。是不是因为陶小布身上承载了作者很多想法，所以没让他变得太负面？这很难说。

知青群体靠什么维系呢？一起下乡的经历，经营多年的友谊，以及定期的聚会。当年带领陶小布下乡的郭又军是白马湖知青维系情谊的核心人物，组织了一年一度的聚会。有时晚辈也来参加聚会，老知青就会说："我们那时候，哪有你们这样浪费？""我们那时候，一担谷一百八还上坡。你哭都哭不动吧？""你们这些蜜罐子里泡大的，根本不知道什么是苦。""像你这么大的时候，我一天打蛇七八条，不算稀奇。""我们那年月，连一罐猪油也是大家分，没人敢独吃。""给鸡打青霉素，你不会吧？"……这些知青似乎在夸耀什么，然而他们真实的想法是什么呢？

向来喜欢发议论的韩少功这样认为："比较而言，启蒙前辈也好，卫国老兵也好，怀旧态度大多是单色调，只有自豪，绝少悔恨，几乎是雄赳赳的一心一意。但从白马湖走出来的这一群要暧昧得多，三心二意得多。他们一口咬定自己只有悔恨，一不留神却又偷偷自豪；或情不自禁地抖一抖自豪，稍加思索却又痛加悔恨。他们聚集在郭又军这只老母鸡的翼下，高唱一首首老歌，津津乐道往事，结伴寻访旧地，深情看望老房东或老邻居，接受当地新一代官员的欢迎和赞美，甚至编影集，排节目，办展览，筹建纪念碑……一切英雄怀旧的外形都有了，但他们的表情始终要低几度，口气总是要带点躲闪，有点强打精神的意味，似乎是对一笔亏损的生意，不便大吹大擂和恋恋不舍。他们的自豪与悔恨串味，被一个该死的白马湖搞得心情失调。”

郭又军后来混得很不好，改革开放后工人阶级出身变得不再重要，工人阶级现在变成打工仔，社会环境彻底变了。在国有企业和集体企业倒闭的大潮中，知青们的聚会更多时候是在抱怨。“‘地狱’‘劳改’‘大迫害’‘大骗局’‘水深火热’‘暗无天日’‘九死一生’‘万劫不复’……这些出现在媒体上的流行用词，对于他们来说最为顺耳，最为解气，最能记住。他们几乎不假思索就认定：说得太好了！事情难道不是这样吗？若不是因为下乡，若不是因为白马湖，他们哪会沦落到眼下这个地步？”然而，有一个问题大家几乎忘了问：“白马湖的农民会这样说？他们当然也觉得知青崽很苦，离乡背井更是可怜，但再苦也就是几年，顶多是服了几年兵役吧，而他们在白马湖活过了世世代代，甚至一直活得更苦和更累，那又怎么说？他们甚至不能享受知青的‘病退’和‘困退’的政策，没有招工和升学的优先待遇。”

韩少功认为知青那一代人过得并不好，“他们是被一些知识精英昨天认定必须赶下岗的人（为了效率），也是被同一批精英今天鼓吹必须闹上街的人（为了公平），是某种流行理论时厌时宠的那些影子”。对他们来说，谎言是必要的镇痛剂，谎言是另一种形式的真理。这时候我们看到韩少功一种很暧昧的态度：一方面，很多人觉得他不会光说知青年代的黑暗面，还看到光明面；另一方面，他并不是这么简单地做一种政治判断，更关注的是知青那一代人该怎样活下去，如何把自己像一格一格播放的电影般的人生说得完整而又有意思。中国的现实真的太复杂了，不是单单某一种意识形态就能解释清楚的。

（主讲　梁文道）

《黄雀记》

往事如囚笼

苏童（1963— ），江苏苏州人，作家。北京师范大学中文系毕业，当过教师、编辑。著有《妻妾成群》《红粉》《米》《河岸》等，多部作品被改编成影视剧。

今天发生的很多事情都是过去造成的，尽管每个人好像都很无奈，但你当年做过那些事，你就得还债。

如果放在如何解读中国的现实这个脉络下，苏童的《黄雀记》不太容易让人读得下去。这本小说不像余华的《第七天》那样赤裸裸血淋淋地书写现实，不像阎连科的《炸裂志》那样对现实进行夸张地描写以抓住某种神态，也不像韩少功的《日夜书》那样用人物传记群像的写法透过一代人的经历看中国，而是写回了苏童所熟悉的香椿树街。很多人觉得比起那些大气磅礴的作家，苏童的格局显得太细微了。

《黄雀记》讲述三个少年的成长故事，他们之间发生了一些纠纷，最终引发了一起谋杀案。这起谋杀案有点像杨德昌[1]拍的《牯

[1] 杨德昌（1947—2007），台湾电影导演，代表作有《恐怖分子》《独立时代》《一一》等。1991年执导的《牯岭街少年杀人事件》取材于20世纪60年代发生在台北牯岭街的一起少年杀人案，曾获台湾金马奖最佳原著剧本等电影奖项。

岭街少年杀人事件》，电影再现的是台湾一起非常轰动的少年杀人案。假如作家抓住一桩命案，一层一层地解剖它，仔细剥开一个个人物，把整个事件还原出来，那会是什么效果呢？《黄雀记》就是这样从一桩命案一路回头看它到底是怎么发生的，看看改革开放后二三十年间一些人怎样失了青春和天真。

小说男一号保润爱上了一个女孩，两人是在精神病院认识的。祖父有点失心疯，保润经常在精神病院照顾他，在那里认识了老花匠的孙女。这个名叫仙女的女孩天真、单纯、可爱，为自己的美丽而骄傲。一对少男少女的交往方式是，游戏的色彩越来越少，恶毒的人身攻击越来越多，保润甚至想把骂人的标语刷在她家墙上。一个男孩喜欢一个女孩，居然用这种非常幼稚的羞辱方式，像不像小孩子打闹？这种稚气未脱的情感装在一个充满青春躁动的身体里，终于发展成了悲剧。

小说的一个关键情节是，保润和朋友柳生设计把仙女带到水塔里，然后悲剧发生了。仙女发现两只心爱的兔子不见了，简直要疯了。她认定是保润干的，两人立即展开白刃战。“保润费了很大的劲儿才夺下那只空兔笼。笼子里腐烂的菜叶和黑色颗粒状的兔粪纷纷撒落在他身上，那个粉红色的塑料标牌晃荡着，染上了一抹鲜红的血迹。**我爱你**。**我爱你**。”兔笼的标牌上印着“我爱你”三个字，苏童在此处用黑体字写出来，那明显是保润的心里话，只是他说不出口。其实，兔子是被柳生拿去做了红烧兔肉，接下来还有更阴暗的事情发生。

在这本小说中，苏童用他一贯非常细密的、耐心的、漂亮的文字，让我们缓缓看着一群心智尚未成熟的少年承载着各自的家庭问题，在那个缺乏教养和管教的时代，如何一步步被环境和人际互动关系鬼使神差地推向无法挽回的地步。整个中国是不是也像这样被各种细节、失误和意外一步步地推到如今这个地步呢？今天我们走到这一步，看似命中注定，其实很多时候是情非得已。

仙女后来沦落风尘，成为白小姐。小时候她只知道自己长得美丽，长大后却懂得利用美丽。尽管她一直小心算计着，仍不可避免地发生了很多令她难堪的事情。今天我们会直接怪罪说这个女人怎么那么下贱，跟几个有钱的老板搞在一起。我们对这种女人往往欠缺同情，不去想她们为什么会变成这个样子。我觉得苏童对他笔下的人物一方面很残酷，但又怀有同情心，同情到想为他们找一个说得过去的理由。比如说，仙女曾经被人强奸过，后来也就堕落了。这是一个很常见的说法，我觉得有点落入俗套。

我们后来发现仙女对被强奸一事好像并不是那么计较，真正计较的人却是保润。保润因为这件事含冤坐了十年牢，出狱后好像跟当年诬陷他的柳生仍然是朋友，然而过去的事情真的能就这么过去吗？不能，保润始终是要报仇的，该还的债始终是要还清的。我们在小说中看到，今天发生的很多事情都是过去造成的，尽管每个人好像都很无奈，但你当年做过那些事，你就得还债。从过去到现在，好像有一条绳子把我们捆绑起来。

“绳结”是这本小说一个非常重要的意象。保润擅长捆绑精神病人，能用各种各样繁复花哨的绳结把病人捆好，让他们乖乖听话。起初保润只用绳子捆绑失了魂的祖父，后来他成了医院的名人，双手征服了越来越多陌生的身体。“看绳索沙沙地切入棉质衣物，咬住那些陌生的皮肤，犹如一条蛟龙游走于草地，丛草无声倒伏，他能够觉察到那些肉体从反抗到挣扎，渐渐柔顺，渐渐空洞，最后开始迎合绳子的思想。保润玩转绳子，每根手指都放射出探索的锋芒。他的绳子是有规划的，他的绳子是有理想的，他的绳子可以满足你对曲线的所有想象。他的绳子可以像一层新的皮肤，覆盖或者禁锢所有的人体，无论你是胖子还是瘦子。他的绳子是开放的，充满灵气的，它沿着或胖或瘦的人体穿梭围绕，可以变幻出多元化的造型。”

祖父与绳子的关系，我认为是这本小说最核心的意象、隐喻和象征。绳子在小说中变成下一代人用来对付上一代人的工具，或者说是现在用来驯服过去的一种工具。这种工具有时候十分有效，但也会产生很多暴力。祖父以前每年都会给自己拍一张遗照，很在乎自己死后别人会怎么看他。他可以死，但是，后人对他的记忆必须长存。这样一个老人，绳子捆得住他吗？我们看到绳子捆住了他的肉体，但捆不住他的灵魂。在小说中，绳子有时候像游魂一样四处出没。

保润出狱后回家找小时候拍的全家福，“发现那张全家福照片被水渍浸泡过，影像的侵蚀效果很离奇，产生了神秘的取舍。保润胸前的红领巾还在，但颈部以上都腐蚀了，保润的母亲只剩下半边身体，依稀可见她穿着白色衬衫和黑色裙子，保润的父亲几乎完全消失，唯一残存的是一只皮鞋。全家福照片里只有祖父幸存，祖父在时间与水滴的销蚀中完好无损，祖父的苍老常在，祖父的猥琐常在，祖父的怯懦常在。祖父穿深色的中山装，脚上是一双解放鞋，头发梳得整齐光亮。祖父当时尚属健康，拘谨的眼神透露出一道狭窄的灵魂之光，他用躲躲闪闪的目光注视着摄影师的镜头，似乎向未来表达着某种深奥的歉意。对不起，你们都将消逝，只有我长寿无疆”。

这段话让人领略到苏童小说中常有的一种东西：每个事件的发生背后都有一个导演，这个导演是一个囚笼。有人说它是中国封建礼教，诸如礼教吃人之类的东西。我觉得在这本小说中，它更像是一种非常古老的传统：一个人的肉体和灵魂都消失了，他还是要求被后人记忆，继续存在下去，哪怕所有人都遭遇了悲剧，他还是安安稳稳地在那里，就连一些新生下来的孽种都臣服于他。小说的结尾是，一个天生面部有缺陷的婴儿一直哭闹，一进入失了心魂的保润祖父的怀中，居然安定下来了。看到这里你会发现，苏童始终是那个令人毛骨悚然的苏童。

（主讲　梁文道）

《繁花》

市井阶层乱花丛中生存法

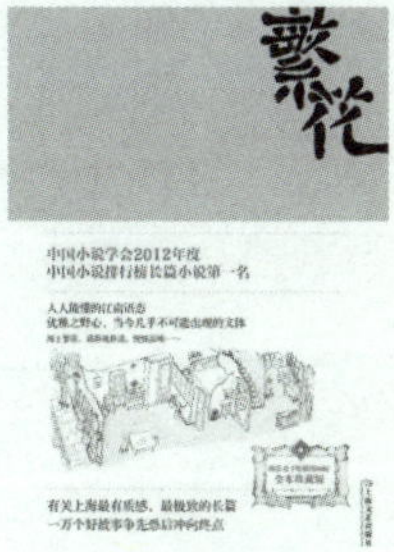

金宇澄（1952— ），生于上海，祖籍江苏吴江，曾在黑龙江当过八年知青，现任《上海文学》常务副主编。1985年开始发表作品，著有中短篇小说集《迷夜》和随笔集《洗牌年代》。

这本小说真是书如其名，里面就像一连串乱花丛，一片一片的繁花，每一朵花的花瓣或者花蕊都散发着奇异的气味，有时香到让人恶心的地步。

我认为《繁花》是一部很重要的华文小说。这部小说起初是网络文学作品，后来发表于《收获》杂志2012年秋冬卷长篇专号，最后修订成书。作者金宇澄是何许人也？很多人以为他是新作家，我甚至一度以为是女作家，后来才晓得他在20世纪80年代就已经出道写小说了。金宇澄编了20多年文学杂志，一出手就写了这部非常震撼的巨著。

《繁花》是用上海话写的，很多人强调它是一部有上海味的小说，有人评价它是最近十多年来写上海写得最出色的作品。金宇澄起初在“弄堂网”创作这部小说，那是一个研究上海文化的网站，有一群人在论坛里用上海话瞎扯，所以他就用上海话来写作。不懂上海话的人看得懂吗？身为资深文学编辑，金宇澄早就考虑到这一点，已经驯化了上海话，把它转化成书面语，一般人都能看懂。如果你看不懂，显然是你的耐性有问题。

《繁花》屡屡被人形容为一部由上海作家用上海话写上海的小说，我认为这种说法很有问题。举例来说，大家会不会把用北京话写成的《骆驼祥子》叫作北京小说，把写湘西茶峒的《边城》称为茶峒小说？不会。那么，为什么如此强调《繁花》的上海性呢？我觉得可以从中国现代白话文学的发展轨迹来看这个现象。

假如我们把白话文写作理解为“我手写我口”，就得面对一个很复杂的问题：这个“口”是北京人的口、东北人的口、西安人的口、湖南人的口、上海人的口、福建人的口，还是广东人的口？我们知道文言文过去是中国几千年来得以统一的重要因素之一。全国各地都有自己的方言，统一的沟通工具就是书面的文言文，它是跨地域、跨方言、跨语音的。白话文运动兴起后，占主导地位的是一种北方官话，简单来说就是北京话。普通话比白话文出现得晚，其固定成型、标准化是在白话文运动之后。

在白话文和普通话确立地位的过程中，我们对中国语言渐渐形成一种所谓的正统观念，带有一种很强烈的中原中心心态。今天我们阅读老舍的作品不觉得有困难，那是因为他当年实验性地灌注其中的北京方言已被接纳为正统。今天如果有人把某种方言书面化，大家会非常不适应，或者特别强调其地域性，将其视为一个有趣的实验而已，忽略了各种方言并存的书写状态能为中国语言带来什么。因此，我们应该关注的是《繁花》那种上海话会不会为中文书写贡献一些新的语汇和表达方式，一种现代汉语写作所缺少或者没见过的东西。单从这个意义上说，《繁花》就已经是一部非常重要的作品了。

除了别开生面、大胆丰富的语言，《繁花》对当代中国小说还有一个重要的意义——让我们重新思考什么是小说。中国传统说书跟现代小说不一样，讲故事的方式很接近本雅明[1]所哀叹的那种行将消逝的讲故事的艺术。当代小说很重视人物性格的塑造，要有内心独白，越来越强调心理分析。以前的小说可不是这样，例如《水浒传》哪有心理描写，大多是对人物表象的描述，比如人物说什么、做什么、穿什么、住什么地方。本雅明认为过去讲故事只讲人物的经历，不太强调心理描写和故事寓意，因为那一切都是不言自明的，无须赋予它太多太厚重的东西，它本身已经饱满得能够沟通智慧。

---

[1] 瓦尔特·本雅明（Walter Benjamin，1892—1940），德国文学评论家、哲学家，1936年发表《讲故事的人——尼古拉·列斯科夫作品随想录》一文。

金宇澄似乎想找回中国传统讲故事的方式，就是一个故事套一个故事，一个故事蔓延出另一个故事。《繁花》的结构相当严谨，全书分成31章，单、双数章节各有一条时间叙事线，一条谈20世纪60年代至80年代的故事，一条谈20世纪90年代的故事，两条叙事线交叉进行。小说三个主角是军人家庭出身的沪生、资本家家庭出身的阿宝和工人家庭出身的小毛，讲这三个上海人从小到大的故事。小说过去那条叙事线按时序发展，虽然有时候故事如丛林的枝蔓蔓延开去，像红树林一样增长，呈德勒兹[1]所讲的“根茎”状态生长。很多人觉得90年代那条叙事线不够有趣，一帮上海人好像整天没事干，一个饭局接一个饭局，故事要么发生在饭局上，要么是从饭桌上听来的。那种场景让人想起侯孝贤[2]拍的《海上花》，电影镜头缓缓地在酒桌上摆荡，红男绿女在灯红酒绿中晃来晃去，很像《繁花》给人的感觉。

《繁花》的引子写得太好了，主要人物都登场亮相了，全书风

[1] 吉尔·德勒兹（Gilles Deleuze，1925—1995），法国后现代主义哲学家，与法国精神分析家加塔利（F. Guattari）合著两卷本《资本主义与精神分裂》，第一卷为《反俄狄浦斯》，“根茎”（rhizome）理论出自第二卷《千高原》。

[2] 侯孝贤（1947— ），台湾电影导演，代表作有《童年往事》《恋恋风尘》《悲情城市》等。1998年执导的电影《海上花》改编自张爱玲翻译的清末吴语小说《海上花列传》，用长镜头表现上海英租界内“长三书寓”妓女们的生活。

格也定下来了。开头第一段非常精彩：“沪生经过静安寺菜场，听见有人招呼，沪生一看，是陶陶，前女朋友梅瑞的邻居。沪生说，陶陶卖大闸蟹了。陶陶说，长远不见，进来吃杯茶。沪生说，我有事体。陶陶说，进来嘛，进来看风景。沪生勉强走进摊位。陶陶的老婆芳妹，低鬟一笑说，沪生坐，我出去一趟。两个人坐进躺椅，看芳妹的背影，婷婷离开。沪生说，身材越来越好了。陶陶不响。”“不响”是这部小说出现次数最多的字眼，意思是不吭声。

第一段接着写道：“沪生说，老婆是人家的好，一点不错。陶陶说，我是烦。沪生说，风凉话少讲。陶陶说，一到夜里，芳妹就烦。沪生说，啥。陶陶说，天天要学习，一天不学问题多，两天不学走下坡，我的身体，一直是走下坡，真吃不消。沪生说，我手里有一桩案子，是老公每夜学习社论，老婆吃不消。陶陶说，女人真不一样，有种女人，冷清到可以看夜报，结绒线，过两分钟就讲，好了吧，快点呀。沪生说，这也太吓人了，少有少见。”

整部小说的语言风格都是这样，段落非常长，但句子很短。这种上海话大家都看得懂，不是吗？陶陶跟沪生抱怨说，老婆太娇媚，弄得他受不了。“陶陶说，比如昨天夜里，好容易太平了，半夜弄醒，又来了。沪生不响。陶陶说，这种夫妻关系，我哪能办。沪生不响。陶陶说，我一直想离婚，帮我想办法。沪生说，做老公，就要让老婆。陶陶冷笑说，要我像沪生一样，白萍出国几年了，也不离婚。沪生讪讪看一眼手表，准备告辞。陶陶说，此地风景多好，外面亮，棚里暗，躺椅比较低，以逸待劳，我有依靠，笃定。”据说短句是上海人说话的特点，落在纸面上多漂亮!

第一段接着写道:“沪生说，几点钟开秤。陶陶说，靠五点钟，我跟老阿姨，小阿姐，谈谈斤头，讲讲笑笑，等于轧朋友。陶陶翻开一本簿子，让沪生看，上面誊有不少女人名字，地址电话。陶陶掸一掸裤子说，香港朋友送的，做生意，行头要挺，要经常送蟹上门，懂我意思吧，送进房间，吃一杯茶，讲讲人生。沪生不响。”讲讲人生吃吃茶，很快意，接下来肯定有下文。为什么陶陶的老婆每晚都要?原来这叫“交公粮”，让她老公交到筋疲力尽，没办法再应付外面的女人。小说一开场就上这道菜，后面也经常端这种菜上来，难怪很多人说这本书很黄，里面简直是人欲横流。

聊天过程中，沪生觉得很烦，多次说我先走了，但陶陶硬拉着他把故事讲完。同样的场景后面也出现过，就是一个人要讲故事，另一个人总是说我有事，那个人就说不不不，你听我讲完，精彩还在后头呢，另一个人就说那你讲得简单点。小说的作者就像一个说书人，要给大家讲故事，听者已失去耐性，不想再听了，但他拉着你说，别急嘛，好好坐下来吃杯茶，我给你好好讲这桩事体。于是，小说就这样一路讲下去，一个故事牵引出另一个故事。

小说中有很多匪夷所思的故事，比如女人在饭桌上大谈被人包养的好处。有个20多岁的女人叫菱红，嫁过一个日本和尚。日本一般是私营庙，可以传代，和尚养了长男，就算寺庙继承人，将来就做大和尚。菱红离婚后回国，人家想给她介绍男朋友，可她说“我不急的，我的表阿姨讲了，可以先等等，先包几年再讲”。另一个女人附和说有道理，“一个小弄堂里小姑娘，有啥优质的男女教育呢，但是跟了一个高级领导干部，优质日本男人，香港好绅士，体验男女生活，过几年，眼光，谈吐，品位，气质，习惯，等于几年里，免费硕博连读，免费培训直升班，人完全就两样了”。这话听起来是不是很奇怪？金宇澄说，他真的听过女孩子这样说。

这本小说真是书如其名，里面就像一连串乱花丛，一片一片的繁花，每一朵花的花瓣或者花蕊都散发着奇异的气味，有时香到让人恶心的地步。大家看完会不会觉得很荒淫呢？不尽然。小说不只写男欢女爱，还穿插很多大时代的事情。比如“文化大革命”期间，沪生和朋友有一次在街上散步，看见一个不想活的人冲向公共汽车被当场撞死，刚走几步又在路边阴沟盖上看见一颗滚圆红湿的小球，黑白相间，连了紫血筋络，白浆，滴滴血水，原来是一颗眼球。这是不是很血腥，很恐怖？说是要打倒阶级差异，重新划分身份，但原有的身份始终在那儿隐隐约约。说是要建立新道德，但闹革命的红卫兵还是会在军大衣的掩盖下，在车上乱摸女生的大腿，搞到女生面容扭曲。

我们在这本小说中看不到政治主张，看到的是在当代中国一连串政治运动中，以沪生等人为代表的上海市井阶层的生存法。小说故事一个连着一个，人物一个接着一个，唯独看不见内心世界，完全没有心理描写。我们在一连串人物网中只看见灰压压的一大片，整个世界昏昏沉沉，每个人为了生存或力争上游，都有一大堆奇怪的生存智慧和狡诈奸谋。这种状态今天中国人并不陌生，整个中国的市井皆如此。中国似乎亘古就有这样一种很恒定的市井状态，即使历经无数王朝更迭和政治运动。

昏昏沉沉的世界里，唯一很轻盈地穿透进来一阵光线的人物是蓓蒂。她是一个很可爱的小女孩，出身于有钱的资产阶级家庭，天天练弹西洋古典音乐。这个非常重要的人物是这样出场的：“阿宝十岁，邻居蓓蒂六岁。两个人从假三层爬上屋顶，瓦片温热，眼里是半个卢湾区，前面香山路，东面复兴公园，东面偏北，看见祖父独幢洋房一角，西面后方，皋兰路尼古拉斯东正教堂，三十年代俄侨建立，据说是纪念苏维埃处决的沙皇，尼古拉二世，打雷闪电阶段，阴森可惧，太阳底下，比较养眼。蓓蒂拉紧阿宝，小身体靠紧，头发飞舞。东南风一劲，听见黄浦江船鸣，圆号宽广的嗡嗡声，抚慰少年人胸怀。阿宝对蓓蒂说，乖囡，下去吧，绍兴阿婆讲了，不许爬屋顶。蓓蒂拉紧阿宝说，让我再看看呀，绍兴阿婆最坏。阿宝说，嗯。蓓蒂说，我乖吧。阿宝摸摸蓓蒂的头说，下去吧，去弹琴。蓓蒂说，晓得了。这一段对话，是阿宝永远的记忆。”

在某些人眼里，帮佣绍兴阿婆是个被资本家欺负的工人，但我们在她和蓓蒂身上看到的是过去那种亲密如家人的主仆关系。绍兴阿婆说她外婆曾在南京天王府当宫女，太平天国倒台后，外婆身藏黄金逃出城，下葬时满身是黄金。绍兴阿婆老想回去扫墓，好不容易带着蓓蒂和阿宝回一趟家，却听说家乡所有坟墓都被推平了，就连尸骨也在1958年被烧成灰做了肥料，她伤心失望地回到上海。“文化大革命”一来，蓓蒂家在政治风暴中摇摇晃晃。主仆二人经常说起变成鱼的梦，绍兴阿婆说她会变成鲫鱼，蓓蒂说她会变成金鱼。有一天，这一老一少忽然神秘失踪了，有人发现一个原本干枯的池子忽然有了水，还长了水草，里面多了一条鲫鱼和金鱼。后来传说这两条鱼被猫叼走了，不是被吃掉了，而是被放进黄浦江。这是一个童话般的故事，非常不可思议，非常忧伤而又纯美，在污秽如淤泥般的繁花池里像莲花一样升了起来，直达天上。

世事无常，繁花总有落尽时。小说快收尾时，满眼繁花落尽的苍凉，让人感觉无限悲凉。由于小说人物、线索太多，故事枝蔓庞杂，不是一个主要情节的收尾，而是一种气氛的转换，从一种繁杂昏沉的状态慢慢进入秋天，忽然变成一片煞黄，逐渐转红，直至枯落。工人出身的小毛在改革开放后比较失意，生病后一步一步走向凋零，在老友沪生和阿宝的陪伴下昏睡过去，最后在一堆女人的簇拥下断气。小说另一个主要人物李李曾经被人欺骗过和羞辱过，一度沦为风尘女子，为了报仇杀过人，后来在上海开饭店，交际应酬十分到家，和阿宝好像也发展出了真感情，后来居然出家了。有些读者觉得太意外了，其实读过《红楼梦》的人会觉得这还算是个比较理想的结局，好像唯有出家才能稍微缓解那种不得解脱的状态。这个饱经沧桑的女人当尼姑后，阿宝等人常去的“至真园”饭店自然也就关门了，以前常去的很多地方也在逐渐变色。

不过，小说结尾很好玩。小毛生前认识一对法国青年男女，他们住进上海弄堂，想拍一部有上海味道的电影。小说中有一段话这样调侃外人瞎拍上海：“沪生说，乡下人拍上海，就只能拍外滩，十里洋场，这是洋人天下，跟上海有关系吧。阿宝说，泰戈尔当初来上海，住了一夜，跟鲁迅见面，泰老先生对报界讲，从日本到了上海，日本是君子国，干净有礼貌。记者问，上海呢，上海如何，上海印象呢。泰老先生讲，上海嘛，西洋人的天堂，中国奴隶地狱。沪生说，老头子厉害，眼睛毒。阿宝说，之后就是南面人，北面人，大家拍上海，拍夜总会，大腿舞，斧头党，黄包车，买买梨膏糖，瞎子摆测字摊，旗袍，许文强根本是香港人，样样可以胡搞了。”

小毛死后，沪生和阿宝去跟那对法国男女探讨拍什么电影，结果发现他们的想法处处违背了上海常识。《繁花》的结尾似乎是想跟大家说，你们对上海的了解都不准确。那么，上海到底是什么样子呢？阿宝引述了作家无名氏[1]的一句名言：“我们的时代，腐烂与死亡。”小说的弁言说：“上帝不响，像一切全由我定……”上帝不吭声的时候，世间大乱，只好靠自己的智慧来当家做主。小说人物也不吭声，只是笑一笑，我们无由看透他们的内心。沪生和阿宝互相调侃道，别人都说你这个人看不透，一声不响，心里到底想什么呢。在这个腐烂与死亡的时代，没人能搞懂别人的心思。

（主讲　梁文道）

[1] 无名氏（1917—2002），本名卜南宝，又名卜乃夫、卜宁，小说家，著有《北极风情画》《塔里的女人》《无名书》等。原籍江苏扬州，生于南京，1983年经香港移居台湾。

中国有多特殊

《病夫、黄祸与睡狮：“西方”视野的中国形象与近代中国国族论述想象》

中国喜欢“睡狮”胜于“睡美人”

杨瑞松（1963— ），台北人，美国加州大学洛杉矶分校历史学博士，现任台湾政治大学历史系副教授。研究专长为中国思想文化史、心理史学、史学理论。

“睡狮”跟“黄祸”扯上关系，变成中国人给自己长志气的武器。

长期以来，我们以为“东亚病夫”是西方人刻意用来侮辱中国人体质的词，以至于在各种场合力图雪耻。从《精武门》等影视剧，到奥运会收获颇丰的金牌，我们使劲证明中国人不是“东亚病夫”。不过，“东亚病夫”真是西方人造出来耻笑中国人的吗?

台湾政治大学副教授杨瑞松是位出色的历史学者，喜欢探讨一些困扰中国人百年的问题，看看中国人如何塑造身份认同、民族情绪和集体记忆。《病夫、黄祸与睡狮："西方"视野的中国形象与近代中国国族论述想象》是一本非常有意思的书，缕析的第一个关键词就是“东亚病夫”。杨瑞松认同阿里夫·德里克[1]的说法，认为“东亚病夫”乃

[1] 阿里夫·德里克（Arif Dirlik，1940— ），美国历史学家，致力于中国近代史尤其是中国革命史研究、后殖民批评与文化研究。著有《中国革命中的无政府主义》等。

是中国人“自我东方化”的结果。后殖民理论认为，西方人出于偏见和某种需要，塑造出一个模糊的、含混的“神秘东方”，将中国、日本、朝鲜等国家混在一块儿，然后肆意扭曲。所谓“自我东方化”，就是我们认同西方的看法，从西方那里借来概念，然后加工加料，自我丑化。

1896年10月17日，上海英文报纸《字林西报》转载伦敦某报一篇文章，次月被梁启超任主笔的《时务报》转译成中文，标题为《中国实情》。文中首次提到“夫中国——东方之病夫也”，但不是谈中国人身体素质不行，而是谈清朝官场腐败导致军事改革和政治改革失败。作者虽然说中国是“东方之病夫”，但本意不是侮辱中国，而是希望“北京执政之臣，若果以除旧弊、布新猷为急务，势虽汲汲，犹未晚也”。原来老外眼中的“病夫”是隐喻，意指中国的政治不行。

在西方，“病夫”是形容一个国家欲振乏力的惯用语，最初是指奥斯曼帝国[1]曾经那么辉煌，到了近代却腐朽不堪。甲午战争令全世界很惊讶：大清帝国竟然斗不过小日本，而且一败涂地！于是西方人将原本形容土耳其的“欧洲病夫”（Sick man of Europe）套用到中国身上，改成“东亚病夫”（Sick man of East Asia）。后来“病夫”这个词在中国很流行，但谈得最多的并不是西方人，而是中国人自己。

[1] 奥斯曼帝国（Ottoman Empire，1299—1922）初居中亚，后迁至小亚细亚，极盛时势力达欧、亚、非三大洲，19世纪初趋于没落，1923年改建土耳其共和国。

严复、梁启超经常用“病夫”来形容中国：政治不民主，甘于为奴，改革速度缓慢，官场积习太重，致使国家变成“东亚病夫”。严复曾提到鸦片和缠足影响身体健康，但他并未用“病夫”来形容国人的体质。后来严复引介社会达尔文主义，梁启超深受影响。1902年，梁启超发表《新民说》，首次用“病夫”来形容国人的身体。他认为一个国家要强大，首先人种要好，而中国男子手无缚鸡之力，以文弱为美，还吸食鸦片，“其人皆为病夫，其国安得不为病国也”。

梁启超可能是首位将“病夫”与国人体质相勾连之人。鉴于他在中国舆论界的影响力，“病夫”从专指无力振兴的国家，逐渐指向身体孱弱的国民。谭嗣同曾言：“且观中国人之体貌，亦有劫象焉。试以拟诸西人，则见其萎靡，见其猥鄙，见其粗俗，见其野悍。或瘠而黄，或肥而弛，或萎而伛偻，其光明秀伟有威仪者，千万不得一二。”国人体质成为突出的问题，推动了清末的天足运动和鸦片禁政。当时中国人编了很多故事，说西方人如何耻笑我们的身体，然后说西方人卖鸦片给我们，还骂我们是东亚病夫，这是“二次侮辱”。其实，与其说是西方人攻击我们，不如说是中国人自我刺激。

尽管当时中国破败不堪，被西方人瞧不起，但中国人总觉得有识之士会了解中国的潜力。我们认为拿破仑曾经说过：中国是一头沉睡着的狮子，一旦被惊醒，世界将为之震动。奇怪的是，这句话似乎找不着出处。杨瑞松查阅了英国《泰晤士报》的原始文献资料库，检索1750年至1985年间的文献，仅发现1936年有一条拿破仑与中国沉睡论相关的文献，但文中并未提及狮子。费约翰[1]在《唤醒中国：国民革命中的政治、文化与阶级》一书中也做了地毯式考察，发现所谓的拿破仑中国沉睡论并无确切文献证据，该说法可能是建立在19世纪一则谣传之上。

当时西方舆论界常说中国是睡着的巨人，但不是说中国醒来后会多厉害，而是说中国昏睡不醒，停滞不前。清末外交大臣曾纪泽[2]用英文写了一篇很漂亮的文章叫《中国先睡后醒论》，似乎在回应西方的批评，认为中国终究会醒来。不过，他没说中国现在是睡狮，醒来后是雄狮。在"睡狮"这个民族意象的建构过程中，担任重要角色的人仍然是梁启超。1899年，他在《清议报》发表《动物谈》一文，将中国形容为一个状似狮子的机器怪物，说它就是曾纪泽所说的睡狮。梁启超可能记错了，硬生生将"睡狮"这个说法归于曾纪泽名下。梁启超并不是欣喜于中国的潜力，而是担心中国再不醒来就将万劫不复。甲午战争后，各项改革在进行，但梁启超非常悲观，觉得国家并无起色。在他笔下，"睡狮"其实是负面形象，跟今天的"睡狮"含义不同。

---

[1] 费约翰（John Fitzgerald，1951— ），澳大利亚学者，中国问题专家，现为澳大利亚拉筹伯大学（La Trobe University）名誉研究员。

[2] 曾纪泽（1839—1890），曾国藩长子，外交家，曾任清政府驻英、法、俄公使。

有趣的是，“睡狮”曾经牵涉满汉斗争。清末有人就用“睡狮”来形容汉人，说汉人本是雄狮，只是被异族奴役后睡着了。这种说法混杂着种族革命，后来又牵扯上“黄祸”（Yellow Peril）。“黄祸”本是负面的东西，但当时中国人视之为正面，渴望西方人怕我们。

“睡狮”的说法现在很受中国人欢迎，但起初很多知识分子并不喜欢它。胡适宁愿把中国比作“睡美人”[1]，清醒之后倾国倾城。胡适认为，中国文化应以软实力令世界倾心。朱执信[2]认为中国醒了自然再好不过，为什么要说自己是可怕的狮子呢？一个国家让人害怕才好吗？然而，对于近代中国人来说，“睡狮”很对备受欺凌者的胃口。“睡狮”跟“黄祸”扯上关系，变成中国人给自己长志气的武器。

（主讲　梁文道）

[1] 1914年胡适作旧体诗《睡美人歌》，次年补写一段说明，称“拿破仑大帝尝以睡狮譬中国，谓睡狮醒时，世界应为震悚。百年以来，世人争道斯语，至今未衰。余以为以睡狮喻吾国，不如以睡美人比之之切也。……东方文明古国，他日有所贡献于世界，当在文物风教，而不在武力，吾故曰睡狮之喻不如睡美人之切也”。

[2] 朱执信（1885—1920），广东番禺人，革命家、理论家。孙中山的笔杆子，曾撰写大量政论文章，35岁时在虎门遇难。

《上海繁华：都会经济伦理与近代中国》

资本主义与左翼运动的风炉

叶文心（Wen-hsin Yeh，1950— ），生于台湾，美籍华裔历史学者。曾任加州大学伯克利分校中国研究中心主任、东亚研究所所长，现为历史系讲座教授。著有《民国时期大学校园文化（1919—1937）》等。

上海开始成为工人运动和共产主义思潮的温床，原有商业社会的观念与伦理发生了重大转变。

中国以前讲“士农工商”，瞧不起商人，明朝中叶以后变了，商人越来越得到士大夫的尊重，出现所谓的儒商。到了清朝，儒商的势力和影响力越来越大，他们努力向儒学靠拢，以求德行方面能获得掌握话语权的读书人认同。至于商人逐利的价值观，他们不敢拿出来宣扬，因此形不成反向作用。这种现象直到近现代才出现转折，其中一个重要发生地是上海。

《上海繁华：都会经济伦理与近代中国》并不是谈上海都市文化与物质文明对中国的影响，而是谈上海如何缔造中国现代商学与商业伦理，后来又如何转向共产主义革命。这就触及一个很特别也很矛盾的现象：上海既是近现代中国最重要的商业大都会，是一个最走资本主义道路的城市，同时又是一个孕育和容纳各种激进思想的城市，从中共领导的左翼运动一直到“文化大革命”，它都是一个非常重要的风炉。这两种看似矛盾的东西为何会在上海并现呢？美国加州大学教授叶文心试图找出一条历史线索，将看似不相关的二者串联起来。

过去中国人觉得“商”与“学”是两码事，在晚清政府和新兴商人的共同推动下，20世纪初上海率先将二者联结起来，提出一个崭新的观念——商学。商学开始被视为一种新的知识领域，人们发现高级知识才是一个商人发财的主要原因，而不是过去认为的奸诈狡猾。也就是说，商人要想发财致富，靠的不是骗人的把戏，而是一种系统的学问。这种学问如何获得呢？当然是去上学。于是社会上出现一些商业学校，把经商的学问系统化成专业知识。

当时有个叫张士杰的人编了一本书叫《商人宝鉴》，很受商人欢迎。这本手册提供了一些非常实际的重要事项指南，比如店家要确保店面干净，注意保持橱窗美观；职员要面容干净、谦和有礼、身体健康、反应灵敏，尽可能勤洗手、勤换衣，对顾客要流露出兴趣，掩藏厌烦情绪。

做生意是一门学问的观念影响了新兴商业机构的上下级关系，

其中一个代表性机构是中国银行[1]。中国银行当时是中国银行界的翘楚，也是年轻人最向往的就业机构。这家银行既重视商学和现代专业知识，同时又用儒家思想来管理。银行高层要求下属有奉献精神、诚实品格，要像服从家长一样服从上司。银行还要求员工利用业余时间参加夜校、读书俱乐部，因为竞争时代不进则退。

员工既像孩子般听话，又像学生般好学，谁是他们的家长和老师呢？自然是上司。在那个年代，做手工艺也好，在银行上班也好，每个年轻人都像是学徒，都把雇主、上司当作老师。雇主、上司则有责任照顾他们，跟员工保持某种类似家人的关系，年底分红就像是家长给孩子压岁钱。这是一种非常旧式的想法，将传统家庭伦理、师生关系带进现代商业社会，又糅合了从西方、日本新引进的商学观念，由此构成中国现代商业伦理精神。

就拿很多人艳羡的中国银行来说，它喜欢把员工放在一个自给自足的宿舍大院里，这与1949年后的单位大院有相似之处。很多人以为单位制度是社会主义社会所独有，因为它满足了双重需求，即对社会福利的控制与分配。其实，中国银行的历史轨迹表明，早在社会

[1] 中国银行前身是1905年成立于北京的中国第一家国家银行——户部银行，1908年改为大清银行，1912年2月在上海分行旧址成立中国银行，8月在北京成立总行。

主义大院出现以前，上海就有很多人在过这种生活。

是不是所有年轻人都很满意这种状况呢？绝对不是。上海职业青年常有朝不保夕的感觉，每当社会动荡、经济萧条的时候，这种不安全感就更加强烈了。即使在中国银行这种“金饭碗”打工，他们有时也会厌烦，觉得自己像个螺丝钉一样运转，工作、生活毫无意义。邹韬奋[1]早年办《生活》周刊就强调新儒学的修身养性观：假如你工作、生活不如意，很可能是你自身的问题，你应该好好自我修炼，这样迟早会成功。

这是现代市场经济下的个人主义，后来大家对国民政府越来越反感，越来越不接受这种观念。李公朴[2]创办的《读书生活》杂志就走不同路线，刊登了很多凄惨的故事，比如一家三口在上海大都会走投无路时跳楼自杀。这类故事让读者看到他们在困境中并不孤独，有朝一日会步入小康生活和社会上层的美梦注定要破灭，良好品德和努力工作一点用都没有，任何个体都看不到光明的前景。杂志传达的

[1] 邹韬奋（1895—1944），祖籍江西余江，记者、出版家，生活书店创办人之一，并创办过《大众生活》周刊等多份报刊。1926年10月主编《生活》周刊，确立宗旨为“暗示人生修养，唤起服务精神，力谋社会改造”，后由讨论职业教育和青年修养转向社会问题。

[2] 李公朴（1902—1946），中国民主同盟早期领导人。曾在申报馆工作，1934年参与创办《读书生活》半月刊，对民众进行社会教育，后与邹韬奋等人成立读书生活出版社。

信息是：造成这些不幸遭遇的真实原因是，中华民族面临全球帝国主义的侵略和国内资本主义的阶级压迫，摆在小市民面前唯一可行的道路是，孤立无援的个体不要再诉诸个人的努力，团结起来才有力量去改变不公正的社会结构，也才能改变自己的命运。

不过，这种新说法未必能颠覆过去那一套商业伦理精神，真正对它产生破坏力的是抗日战争。留守上海的商人们为了保住生意，必须跟日本政府或日伪政府合作，这彻底洗刷掉公司高层过去那种家长式的道德权威。这些人在和平年代扮演着老师、模范、家长的角色，此时变成通敌者。员工们渐渐抛弃过去的老师傅、老家长、老上司，开始横向地与同伴联系起来，以激进的方式改造社会。直到抗日战争期间，左翼才真正在上海找到最坚实的基础，上海开始成为工人运动和共产主义思潮的温床，原有商业社会的观念与伦理发生了重大转变。

（主讲　梁文道）

《飞虎队队员眼中的中国：1944—1945》

旧社会并非那么灰暗

艾伦·拉森（H. Allen Larsen），1924年生于美国马萨诸塞州，1943年从大学应征入伍后被分配到美国陆军航空队第35照相勘测中队，次年所在部队被并入美国陆军第14航空队（原飞虎队），先后辗转于昆明、重庆、成都、杭州和上海。

威廉·迪柏（William L. Dibble，1923—2004），生于美国密苏里州，高中毕业后参加美国陆军航空队，被分派到第4照相技术部队，1944年所在部队被并入美国陆军第14航空队。

看看当时老百姓的生活，难怪很多人说实在不像过去我们心目中那个非常腐朽、非常凄惨的旧社会。

小学二三年级的时候，我有一天在放学途中看见夕阳照在自己头上，忽然想到古人也被这个太阳照耀过，顿时惊呆了。以前看书时，我想象中的古代好像是黑白时代，就算有色彩也不真实。那是个有点抽象的时代，好像只有今天我们活着的这一刻才有风吹过，才有太阳照耀，才有星星闪烁。我并非不知道古人也经历过这一切，只是那种感觉并不清晰。

1944年9月，艾伦·拉森在昆明空军基地（约翰·弗洛曼/摄）

1945年，威廉·迪柏在重庆（艾伦·拉森/摄）

彩色照片能缩短历史距离感，让我们看到更真实的历史。《飞虎队队员眼中的中国：1944—1945》这本摄影集出版后备受好评，作者是当年美国飞虎队[1]队员艾伦·拉森和威廉·迪柏。让人非常意外的是，他们拍的照片是彩色的，颠覆了我们对所谓旧社会的刻板看法。我们对那个年代的印象大多来自黑白影像，今天它忽然以本真的色彩呈现，会产生什么效果呢？

艾伦·拉森当年拍这些照片，用的是曾经引领彩色摄影潮流的柯达克罗姆胶卷[2]。这款红极一时的胶卷，色彩保真度非常好，保存期限也很长，将人类历史推进彩色摄影时代。可惜的是，柯达公司2009年宣布停产这款胶卷。2010年年底，美国最后一家能冲洗这种底片的冲洗店宣布将关闭冲印设备，消息传出后，世界各地赶紧将柯达底片快递过去冲洗。柯达公司将最后一卷柯达克罗姆胶卷送给《阿

[1] 飞虎队的正式名称为美国援华志愿航空队（American Volunteer Group，简称AVG），1941年8月1日由美国退休飞行教官克莱尔·李·陈纳德（Claire Lee Chennault）创立，在中国、缅甸等地抗日。这支由美国飞行员组成的空军部队，因1941年12月20日首战成功获得“飞虎队”（Flying Tiger）称号。1942年7月奉命解散，所留飞机和队员归并美国陆军第10航空队第23大队，与第16战斗机中队组成美国空军驻华特遣队，1943年3月编为美国陆军第14航空队。

[2] 柯达克罗姆胶卷（Kodachrome）诞生于1935年，此后横扫全球市场，成为第一款获得商业成功的彩色胶卷。2009年6月22日，柯达公司宣布因受数码产品的冲击，决定停产柯达克罗姆胶卷。这款胶卷的冲洗工艺非常复杂，全球仅少数几个地方有指定的冲洗店。

富汗少女》的作者史蒂夫·麦凯瑞[1]，让他用这卷历史性的胶卷拍摄一些历史性的照片。

我们有时对1949年以前的中国社会有一些刻板印象，觉得那时候的人不是乞丐就是做牛做马的奴隶。这本摄影集里有一张照片符合我们对那个时代的标准看法：在上海这个资本主义大都会里，两个可怜的小孩蜷缩在大楼门口，一看就是流浪乞儿。所谓典型的民国形象在这本书中并不多见，可能是这两位飞虎队队员不太关注，也可能是这种形象在现实生活中其实并不常见。

阿富汗少女（史蒂夫·麦凯瑞/摄）

苏州河边蜷缩在大楼门口的流浪儿童（威廉·迪柏/摄）

这本书有些照片改变了我们对旧社会的观感。有人说过旧社会

[1] 史蒂夫·麦凯瑞（Steve McCurry，1950— ），美国摄影师，主要为美国《国家地理》杂志拍摄专题照片。1984年12月在巴基斯坦难民营拍下著名照片《阿富汗少女》，刊登于1985年6月号《国家地理》杂志封面，17年后再次找到这位眼神惊恐的少女拍下组照。

的人好像都是一脸苦相，给人感觉怪怪的。其实不至于如此，我觉得当年很多中国人相貌堂堂，不是说长得多好看，而是有一股气质。比如这位杭州农村的老奶奶，看着金灿灿的稻谷喜不自禁。再看看这位杭州小男孩，面带丰收的喜悦。

杭州农妇（艾伦·拉森/摄）

杭州男孩（艾伦·拉森/摄）

写实摄影通常强调黑白的特殊地位和象征意义，彩色并不比黑白更写实，但在还原现场感方面略胜一筹。艾伦·拉森所在部队当年驻扎在昆明空军基地，而昆明最重要的一个水生态资源就是滇池。滇池水前几年很臭，现在稍微好点。看到1944年至1945年间的滇池照片，我们感觉很振奋。那时候天那么蓝，水那么清澈，有那么多居民在里面游泳、划船。滇池一角的大观楼[1]，还保持着很好的样式。

［1］大观楼为清代三层木结构建筑，位于昆明城西滇池畔。1696年始建，为二层楼宇，1828年增建为三层，外观古雅。

滇池附近公园里有一些小饭馆，用白粉笔在黑板上写着菜单，卖鳝鱼、鲤鱼、乌鱼，还有番茄炒蛋、金钩白菜、洋葱炒肉、红烧茄子、白炒鸡丁等菜品。假如说这是20世纪80年代初的中国，很多人会相信。不同的是，照片中那个男人穿的裤子是典型的云南特色，这种穿法今天已不多见。看看当时老百姓的生活，难怪很多人说实在不像过去我们心目中那个非常腐朽、非常凄惨的旧社会。

滇池（艾伦·拉森/摄）

滇池附近公园里的餐饮店（艾伦·拉森/摄）

昆明古城墙外是一个集市场所，简直就像武侠电影拍的场景一样，城门上还写着“还我河山”的标语。这是抗战尾声的中国，昆明、重庆大后方的人虽然生活很苦，但社会仍然有序运行，该有集市的地方还有集市，能玩水的地方还有人玩水。

拥有六道门的昆明古城墙，建于公元8世纪（艾伦·拉森/摄）

昆明城门街景（威廉·迪柏/摄）

这本书的封面照片很有趣。抗战胜利后，几名飞虎队队员经上司批准后，搭乘火车去上海游览。在杭州火车站站台上，他们跟一个卖干果的女人讨价还价。一群美国大兵跟中国小商贩砍价，那是何种景象呢？不知当年中国人有何感想，或许他们已经习以为常？

1945年秋，杭州火车站
（艾伦·拉森/摄）

昆明空军基地附近居民跟美军混得很熟，有个小女孩可能是出于好玩，经常过去帮忙。美军在征得男主人的同意后，为小女孩定制了一套小码美军军服，还送棒棒糖给她吃。艾伦·拉森的母亲想送洋娃娃给这个小女孩，谁知部队很快就转移到重庆，艾伦·拉森收到洋娃娃后改送给当地一个漂亮可爱的小女孩。

穿美军军服的昆明小女孩（艾伦·拉森/摄）

艾伦·拉森与重庆小女孩（威廉·迪柏/摄）

南京东路上的有轨电车，街边巨幅海报印有“庆祝抗战胜利，庆祝世界和平”的标语（艾伦·拉森/摄）

这本书有一张照片最令人感慨。上海南京东路上有轨电车旁边的海报上，画着英、中、美、苏四国国旗，边上隐约可见“庆祝世界和平”的标语。这些国家当年是一起浴血奋战的兄弟盟邦，今天为什么会变成这样子？照片中那种人与人之间最天然的关系，如今好像被什么蒙蔽了，已经消失了。

（主讲　梁文道）

《中国民主政治的困境：1909—1949晚清以来历届议会选举述论》

威权让议会选举很受伤

张朋园（1926— ），台湾历史学家，曾任台湾“中央研究院”近代史研究所研究员、台湾师范大学历史系教授等职。著有《立宪派与辛亥革命》《梁启超与清季革命》《梁启超与民国政治》等。

当一党独大的威权政府抬头时，威权对选举造成的破坏比腐败还厉害。

议会由西方人首创，虽然中国过去有廷议，但二者截然不同。最早关注西方议会的中国官员是林则徐。面对西洋坚甲利兵，林则徐不得不了解“西夷”的背景，为此主持编译了《四洲志》。这本书特别提到英、美、法三国的议院，认识到国王虽有权裁夺国家事务，但必须由“巴里满”（Parliament，即议会）议允，国王有过失则由承办官员交“巴里满”议处；美国没有国王，军国大事须经“西业”（Senate，即参议院）讨论而后行。

林则徐对西方议会的介绍可能是出于好奇，未必有太强烈的好恶，只是觉得可以参考借鉴。魏源等人也介绍过西方议会，甚至有人鼓吹中国可以考虑走这条路，结果被斥为长西洋人志气。徐继畬的《瀛寰志略》1848年出版后，被人批评“颇张大英夷”，为英国说好话是不行的。于是“议会论”沉寂了三十年，直到19世纪70年代才出现转机。这一时期有一个很重要的人物——王韬[1]，在香港创办了中国近代早期最重要的报纸《循环日报》。1883年，王韬将自己在该报发表的文字辑为《弢园文录外编》，以西方议会为中心论旨。他提出一个非常重要的观点："泰西之国有三，一曰君主之国，一曰民主之国，一曰君民共主之国。"他认为英国的政治特色是"君民共主"，这种君主立宪政体有诸多好处。当然，这遭到很多保守派人士批评。

后来又出现一个重量级人物——梁启超，他的身影在中国近现代史上无处不在。梁启超称赞"议院为今世最良之制度"，认为议院的功能不仅仅是中国人常说的"下情上达"，它也是民主政治的一部分。王韬所说的三种西方政体，梁启超称之为君主专制政体、君主立宪政体和民主立宪政体。立宪与专制是梁启超一直关心的东西，他认为君主立宪乃"政体之最良者也"。他在1910年撰著的《中国国会制度私议》中主张，将来中国如果立宪，应采用二院制。

[1] 王韬（1828—1897），江苏苏州人。早年在上海墨海书馆工作，后因上书太平军而逃亡香港。1874年创办《循环日报》，自任主笔十年，发表800余篇政论，被推为中国第一位报刊政论家。

1905年，清廷派遣五大臣出洋考察宪政。其中端方[1]做了很多研究，载泽[2]也是如此，每到一处，虚心寻访，不耻下问。在日本、英国、法国考察时，载泽聘请专家为他讲解宪政，还向日本首相伊藤博文[3]请教。载泽在《考察政治日记》一书中写道，“法国未立宪时，君主专制，贵族擅权，政治腐败，人民愁苦”，用法国君主专制的穷途末路来提醒清廷该往何处去。

清末有一个很重要的机构——谘议局，这是中国议会的祖先。1909年各省设立谘议局，次年中央设立资政院。严格来说，清廷当时是预备立宪，谘议局和资政院不能算是正式的议会。预备立宪一向被批评为清廷的拖延之术，其实这种做法未必错误。清廷认为搞议会不是件容易的事，需要做些准备，比如老百姓懂不懂怎么投票、有没有意愿去投票，谁有资格参选，选举之后如何议政。中国官员不习惯面对议会的质询，不习惯议会凌驾其上，该如何磨合呢？

---

[1] 端方（1861—1911），托忒克氏，满洲正白旗人，曾任湖北巡抚、湖广总督等职。1905年与戴鸿慈率团考察日、美、英、法、德等国，回国后主持编写了《欧美政治要义》《列国政要》两部宪政著作。

[2] 载泽（1868—1928），爱新觉罗氏，贝子衔奉恩镇国公。1905年9月启行时被革命党人炸伤后延期出国，1906年1月与尚其亨、李盛铎率团考察日、美、英、法、比五国。

[3] 伊藤博文（1841—1909），日本明治维新元老，首位日本首相，先后四次组阁。

谘议局和资政院作为人民练习议政的场所，是一种临时议会的性质。当时谘议局如何选举呢？因人口数量、教育水平、经济状况等存在差异，各省谘议局的议员定额不一样，比如黑龙江仅30人，直隶多达140人。谘议局对选民和候选人的资格均有限制，比如财产方面的条件是在本省有5000元以上的营业资本或不动产。当然，女人尚无选举权。选举采用复选方式，先由选民选出若干候选人，再由候选人互选产生定额议员。这是梁启超提倡的一种直接民权与间接民权的混合制度，在中国近代议会选举中经常使用。

在清末那样一个时期，选举权被各种条件囿限，有多少人具有选民资格呢？当时各省有选举权的人数，多者如直隶有16万余人，少者如黑龙江仅4000余人。江苏在当时是富庶省份，享有选举权者占全省人口总数的比例仅为0.39%，即1000人当中仅4人有选举权。何以合格的选民如此之少？这与5000元以上财产的规定大有关系。张朋园分析道："西方在20世纪之前规定以资产为选举资格，本为司空见惯。在中国则不然。第一、中国人向来财不露白，以为财富为人得知极为危险，尤其是怕将来被科重税。第二、这次选举为空前创举，人民既无纳税为义务、选举为权力的观念，更不知财产要求是一项资格或权利，甚且怀疑其用意，故有财产资格的人大多没有登记。"

投票选举时，各省的反应大多消极冷淡。据西方在华人士记载，投票所门可罗雀，形同虚设。以广东省广州府为例，该府选民共1600余人，真正投了票的仅399人。该府共设85个投票所，其中一个所获得16票，为投票数最多者，其余三五票不等，有60个所仅各得一票。选民对选举如此冷淡，说明当时欠缺很多基础制度的配合。中国直到1953年才有第一次全国人口普查，在人口数量、身份背景都不清楚的情况下，等于是在空中楼阁进行选举。

直到1918年中华民国第二届国会选举，选票才真正显示出价值。这届国会又称“安福国会”，因为是由徐树铮[1]等人控制下的安福俱乐部贿选出来的。贿选表明选票很重要。当时贿选达到什么程度呢？例如，江西省参众两院的选举简直就是商业化操作，为了压低选票价格，安福系以公司组织方式收购选票：多人合伙，统一价格，可以压低，不可抬高。不过，也有人出面组织初当选人，非有一定的价格绝不出卖。因此，该省四个选区票价不一，有高至七八百元一票者，亦有低至二三百元者。

北洋政府时期的国会选举，腐败问题非常严重。这主要是因为

[1] 徐树铮（1880—1925），北洋军阀皖系将领，段祺瑞的亲信。1918年3月筹划组织安福俱乐部，操纵第二届国会选举，使得安福系议员获多数席位。1920年段祺瑞下台后，“安福国会”遭解散。

议员虽然不是官吏，但传统心态让很多人认为当议员也是当官，就容易走贿选捷径，再加上中国人喜欢拉关系，原本匿名的、公开的、公平的选举制度就被重重关系网和金钱网包罗住。近代中国有过四次大型的议会选举，最后一次是国民党1947年搞的全民直接选举，腐败问题依然严重。国民党极力操控此次选举，就跟当年北洋军阀安福俱乐部操纵国会选举一样。

张朋园在考察了近代四次议会选举之后，认为一次不如一次。前两次可能是因为缺乏经验，就算有贿选问题，也不是太严重。为什么后来的选举一次比一次糟糕呢？因为国民党是一个比安福俱乐部更有权力的政党，当一党独大的威权政府抬头时，威权对选举造成的破坏比腐败还厉害。

（主讲　梁文道）

《民主是一种现代生活》

民主可批不可拒

蔡定剑（1956—2010），江西新建人。北京大学法学博士，曾任全国人大常委会办公厅秘书局副局长、中国政法大学教授等职，被誉为中国人大制度研究第一人。著有《宪法精解》《中国人民代表大会制度》等。

中国社会进入多事之秋，问题出在哪里？根源在于民主机制不健全。

中国人曾经向往的西方民主制度，最近几十年在西方学者看来问题重重，充满了腐败甚至不民主的因素。很多西方学者大肆批判现行民主政治，大力推行一些新观念、新主张。今天很多中国学者也追赶这个国际潮流，跟着人家一起批判民主社会。西方学术界的批评是民主社会的一种自我检讨与改良，在中国则变成拒绝民主的大好借口。

蔡定剑先生是大家非常敬重的宪法学家，过去是高官。他曾任全国人大常委会办公厅研究室副主任、秘书局副局长，参与过很多关于人大制度、立法方面的改革工作，后来从官场退回高校做学者。今天官场上有博士学位的人非常多，但真正有做学问能力的博士官员相当少，能退到学术界好好当学者的官员更是少之又少，蔡定剑是屈指可数的杰出代表之一。

蔡定剑认为，中国反民主论者“在追随西方‘大师’们批判民主时，忽视了他们与西方‘大师’们所处的环境、语境和基础的根本不同。西方学者对民主制的反思批判，是以形成共识的民主作为基本价值和共同理论基础，并基本肯定以选举为基础的代议制民主，否则就不可能有那些西方民主大师们提出的‘现代性’民主理论——无论是自由民主、法治性民主，还是协商性民主和治理式民主等，因为这些民主理论都是在选举代议制民主基础上提出来的”。

蔡定剑打了一个非常好的比喻：“西方那些民主理论家们在批评民主制的种种弊端时，就像是一个主人站在一座有点古老的大厦里，对房子缺少下水道、通风设备和房子的装修指指点点，认为房子需要进行改造装修，并不是要拆除这幢房子。我们的学者也学会用同样的话语对大厦指指点点，但是，他们不是站在大厦里，而是站在空场上。代议制民主是民主大厦的构架，选举是它的基础，其他后来发展的民主形式，只不过是这座大厦的下水道、通风口和现代装修而已。新的民主形式都在补充、完善以选举为基础的代议制民主制度，而不是取代。如果反民主论者认为西方民主理论家们是从根本上否认几百年来的选举代议制民主，恐怕他们是搞错了。”

今天就连国家领导人都常常强调要推动政治改革，为什么实行起来很困难呢？蔡定剑认为，现在阻碍政治改革的两大因素，一是既得利益，一是思想不解放。官僚集团已成为一个不愿改革的既得利益集团，他们的既得利益还在扩大。财政收入增加后，明显加大了分配力度，官员的收入在财政支出中的比例越来越大。一些地方不动声色地实行官员工资“三五八一”政策[1]，官员的工资高于社会中等收入水平，而且有房子和其他福利。公务员成了社会肥差，一个职位千百人争是不正常的现象。

人民代表大会制度其实就是中国的议会，是不是也应该走西方三权分立的道路呢？蔡定剑认为不必如此，中国式的民主制度跟西方不一样。所谓民主集中制，就是国家行政、司法的最高权力来源统一于人民代表大会。每个国家的国情不一样，美国标榜三权分立，英国则采用议会内阁制，中国搞民主集中制也没太大问题。关键问题在于，无论采用哪一种议会制度，议会代表的资格问题都至关重要。

很多人认为新加坡的民主是假民主，是做给人看的“橱窗民主”。但蔡定剑考察后发现，哪怕是那么烂的假民主，执政的人民行动党[2]也要求每个国会议员必须每周有一个晚上接待选民。像新加

[1] 所谓“三五八一”政策，即科级干部月薪3000元，处级干部5000元，局级干部8000元，部级干部10000元。

[2] 人民行动党（People's Action Party）成立于1954年，自1959年以来连续赢得大选，成为新加坡独立至今唯一的执政党。李光耀、李显龙父子曾先后担任该党秘书长兼新加坡总理。

坡那么小的国家，社会发展程度那么高，而且社会那么稳定，一个国会议员一晚上还要接待四五十个选民的投诉，帮选民解决一些鸡毛蒜皮的问题，而中国的人大代表却没有发挥这种作用，很多老百姓投诉无门，于是小事变成大事，当地解决不了就跑到北京，上访群众聚集了一大堆。

中国社会进入多事之秋，问题出在哪里？根源在于民主机制不健全。中国有2800多万名各级人大代表，如果人人都像新加坡议员那样一晚上接待四五十个访民，哪里还会有那么多老百姓跑到北京去上访？问题的关键所在是：谁有权投票选举人大代表？人大代表是否真的对老百姓负责？

（主讲　梁文道）

《中国有多特殊》

“中国特殊论”是挡箭牌

刘擎（1963— ），美国明尼苏达大学政治学博士，曾任香港中文大学中国文化研究所副研究员，现为华东师范大学政治学系教授。著有《悬而未决的时刻：现代性论域中的西方思想》《纷争的年代：当代西方思想寻踪（2003—2012）》等。

普遍理论与本国实际相结合这种论调无所不包，“辩证法”沦为“变戏法”。

在房价问题的讨论中，有地产界大佬说年轻人就应该买不起房子，这是国际惯例。这种说法忽略了中国国情，因为发达国家一幢普通单体别墅的价格约等于一个大学生就业5—10年的收入总和，在中国则等于30—60年的工资总和。一结合中国国情来看，这种说法立即站不住脚。然而，抛开国际惯例论，一概用中国国情论来剖析中国，同样未必令人信服。

国际与本土、普世价值与特殊价值二元对立的辩论，在公共领域比比皆是，大家互相攻击与谩骂。刘擎教授的评论集《中国有多特殊》有一组文章就探讨了这种二元思维的弊病和盲点。比如谈到互联网监管问题，刘擎指出：“许多论者同时以两种理由为监管辩护：一方面，中国的网络管理与国际通行惯例大体一致；另一方面，中国有自己特殊的国情，网络监管的具体内容和尺度应当遵循本国特定的法律和规章。这似乎是‘相同论’与‘特殊论’的完美综合。然而，从逻辑上说，‘相同’加上‘特殊’就是总体，而没有任何事物能逃得出总体，两者综合相加当然可以包打天下，解释一切。”普遍理论与本国实际相结合这种论调无所不包，“辩证法”沦为“变戏法”。

中国人喜欢说这是国际惯例，全世界没有哪个国家不监管网络，为自己的行为寻找合理性。的确，任何地方都没有绝对的、放任的、无限的言论自由，但刘擎认为：“根本问题从来不是‘要不要规则’或‘应不应当监管’，而是在于‘监管什么’和‘如何监管’。中国的网络既有高度活跃自由的信息传播和言论表达，也有根据国情和国民状况而实施的限制与监管。但是，既然事关国情和国民，那么具体限制什么和监管什么，是否应当进入公共审议的程序？暂且不用去理会外国人如何说三道四，但我们本国公众对此是否有正当的‘知情权’？”

中国国情论容易发展成“中国特殊论”，认为外国的东西未必适用于“特殊”的中国。刘擎指出，国人自产的“中国特殊论”源远流长，自晚清以来从未平息，由此推衍出“不适合论”。“比如，‘西医不适合中国’，因为国人体质与西人大为不同；‘自由恋爱不适合中国’，因为中国自古崇尚大家庭观念，婚姻不是男女个人的结合，而是两个家庭的结合，要遵从‘父母之命、媒妁之言’；‘男女同校不适合中国’，因为中国传统讲‘男女授受不亲’；‘马克思主义不适合中国’，因为一个犹太人根据欧洲传统与社会经验总结出来的理论不可能适合本土国情；‘个人权利观念’不适合中国，因为中国人的认同从来根植于群体，而不是‘原子化的个人’；‘市场经济不适合中国’，因为中国文化是集体主义取向，中国人又经过社会主义的锻造，不可能接受追逐利润与金钱的价值观。”

前几年，普世价值与特殊价值的争论搞得人晕头转向。刘擎在《普世与特殊是分歧所在吗？》一文中认为：“无论是要提倡还是要反对某种价值，更有说服力的方式可能不是去诉诸其普世性或特殊性，而是去探讨这种价值与我们生命体验的关系，与我们文化实践及其背景的关系。”刘擎是个头脑非常清晰的哲学家，能够犀利地指出核心问题所在，但他不是纯粹进行抽象逻辑推理的哲学家，而是具有强烈现实关怀的公共知识分子，在抽象的学理与贴近平民日常生活的认知之间能找到很好的平衡。知识分子做社会时事评论时，最需要这种平衡感的把握。

讨论普世价值与特殊价值时，刘擎表现出对现实的关照情怀。他举例说，假如你主张男女平等，而你的同事是大男子主义者，认为男尊女卑是中国的特殊价值，当你跟他说男女平等是普世价值，他可能会说男尊女卑是中国传统，这样争论下去没完没了。刘擎建议换一种方式进行比较实际的讨论，比如谈谈你们共享的当代文化与所谓中国传统有哪些异同，回忆新中国的男女平等教育对你思想的塑造，说说身边让你钦佩爱戴的女性人物，再问问同事有无类似的体验。这种交谈是在分享一个价值信念形成的真实来由，虽然未必能保证达成一致，却可能有助于澄清彼此的分歧及其缘由，也就更可能接近共识，或者以求同存异的方式和平相处。

有人认为普世价值是西方的东西，如果有人鼓吹，就是在给中国人洗脑。刘擎认为不要争论这是我们的价值还是人家的价值，重点在于这是不是好的价值。这是一种价值判断，而不是判断这是谁的东西。比如不要去谈言论自由是不是西方的观念，而是谈谈你平常会不会害怕说错话被惩罚，如果在乎就给出一些理由。这样来讨论普世价值问题，才有一个现实的生活感受基础。

这种对现实的关注可以延伸到所谓中国模式与普世经验的争论之中。刘擎在《谁在乎西方模式？》一文中指出："对所谓西方模式的批评，真正站得住脚的理由，不是因为它是西方的，而是因为它是不好的。批判者应当提出有效的论证：传说中的西方模式实际上危机重重，或者，就算在西方本土还不坏，但移植到异地（包括中国）就必受'南橘北枳'之苦。但目前西方模式的批判者给出了这个有效论证吗？”

有人说没有一个非西方国家模仿西方模式获得成功，然而日本、韩国失败了吗？这些地区的百姓生活更贫困吗？收入分配更不公吗？公职人员更腐败吗？你可能争辩说这些地区的相对成功恰恰不是照搬西方模式，而是发展出了各具特色的模式。刘擎很犀利地质问：“为什么菲律宾的失败就是照搬西方模式的结果，而不是有特色的‘菲律宾模式’失败呢？凡是成功的都是‘特色’的胜利，凡是失败的都是‘模仿’惹的祸。以如此取舍为经验论据，这样‘理论’必将无往而不胜。”

所谓好模式，重点不在于是谁的模式，而在于是不是好的模式。当然，我们可以追问“好”是对谁而言。对一个模式的价值判断离不开评判者的立场，而这必然牵涉到所谓本土理念。早在20多年前，台湾社会科学界就在讨论所谓西方理论与中国特殊国情的关系问题。学术界认为人文社会科学现在用的全是西方大师发明的理论，拿这些东西来解释中国的实际情况当然会出问题。因为那些理论不是凭空而来的，不是数学般逻辑推理出来的，而是从西方语境归纳出来的，自然不能直接套用在中国身上。就算不是直接硬套，诠释过程中也会出现问题。

那么，是不是应该有一套属于中国的学术范式呢？这时又碰到一个问题：到底什么叫中国？刘擎在《建构纯粹的“中国范式”是否可能》一文中指出：“我们在今天所指称的‘中国’，不仅与先秦或汉唐时代的内涵大不相同，甚至与晚清时期的理解也有相当的差异。近代以来的所谓‘三千年未有之变局’以及中国革命的历史，都极为深刻地‘重构了’传统意义上的中国人与中国文化。这些重大的变迁与发展使得一个传统的、本真的和明确纯粹的中国不复存在。”

你口中的中国，是指汉朝的中国、清朝的中国，还是今天的中国？你说中国不会有西方式的自由主义，因为我们没有那种原子式的个人观，中国人关于个人的观念总是与他人相关。然而，这来自你对儒家典籍的解读呢，还是你在马路上看到的现实？今天的中国究竟是没有个人主义，还是太过个人主义呢？提到中国的时候，你要谨慎考虑现实的中国是一个什么样的中国，不能只在脑海里构想出一个纯之又纯、玄之又玄而实际上并不存在的中国。

（主讲　梁文道）

《共同的底线》

没有底线的社会令人无法容忍

秦晖（1953— ），广西龙胜人，清华大学历史系教授，主要研究方向为农民史、经济史。著有《传统十论》《田园诗与狂想曲：关中模式与前近代社会的再认识》等。

“共同的底线”不是调和折中，现在中国需要的是持守底线。

从前我以为自己是左派，结果被内地人骂是右派。当我被人说成是自由主义者，自由派的朋友却觉得我太左。有些过去视为同道的左派，我今天越看越觉得他们不像左派，倒像是极右主义者。左右之争至今困扰着我们，谁都不太清楚到底属于哪一派。更麻烦的是，不同派别混战一轮，死不相让。从20世纪90年代“新左派”与自由主义之争开始，我们至今仍无法取得共识。中国国情跟国外稍有不同，直接拿一些外国名词套在中国身上，有时就会牛头不对马嘴。今天中国一旦接受某种外来理论，就像信仰宗教一样迷信它，非信奉到最极端的层次不可。在这种时候，我们很容易忽视现实中国面临的问题。

“共同的底线”这个概念，清华大学教授秦晖提了好几年。所谓“共同的底线”，不是左、右各取其中的中庸之道，不是介于左派与右派之间的中间派道路，即所谓第三条道路。秦晖认为，“共同的底线”不是调和折中，现在中国需要的是持守底线。不管你站在何种政治意识形态立场，有一些东西是大家必须坚守的底线。比如在婚姻与性方面，西方保守主义坚决反对堕胎，左派虽然坚持堕胎自由，但也反对强制堕胎。中国的问题不是有无堕胎自由，而是能否不强制堕胎。这个问题已经超越了西方左右之争的范围。

秦晖认为，中国人民的福利保障水平之低，不是权利大小的问题，而是有无权利的问题。有些中国学者到英国访问，发现保守党对中国下岗工人的政策提出很大批评。且不说英国工党如何看待下岗问题，就连英国右派都觉得无法容忍。前些年央视天天播公益广告，说失业不要紧，只不过是从头再来。甚至有人写文章说，下岗工人应当感谢下岗。最资本主义的国家都不敢说出这种话，我们是不是比人家还资本主义呢？

不过，比起农民工，下岗工人的待遇还算不错呢，起码还有点福利保障。农民工可就惨了，福利保障甚至生命保障比城里人差得多，甚至连进入劳务市场的自由都没有，很多城市还到处驱赶他们。城里下岗工人一多，就出现“腾笼换鸟”之风，大量打工者在祖国过着如同国外非法入境打黑工的无国籍苦力式的生活。

西方左派主张政府应当承担更大的责任，多一点公共支出。右派则反对这种做法，认为这将造成“大政府”，个人权利将受到贬损。在非典时期，以自由主义者自诩的王怡[1]却认为国家不应替非典病人埋单，假如要求政府承担医疗费用，就等于将它摆在全能政府的地位，你要求它负责任，你就是在大方地授予它无限的权力。这就是典型的中国式思维，从一点无限生发开去，由要求政府承担责任上升到交出权力的问题。王怡似乎讨厌瑞典那种福利国家，自诩左派的王绍光[2]却大力鼓吹强化国家权势，增强政府对全国财源的汲取能力。王绍光似乎认为政府对人民不负责任，是因为它汲取民脂民膏的权力太小，只要它权大无边，放手汲取，人民自然就有福利国家。他认为政府有钱了，就会搞好百姓的福利。

这两位学者的问题在哪儿？根本问题不在于是左还是右，而在于政府是否权责对应。非典病人满大街跑会传染别人，因此政府有权力把他们隔离在医院里。既然政府有权限制病人的人身自由，是不是也有相应的责任帮他们治疗，而不是让他们自掏腰包呢？秦晖认为，王绍光热衷于为中央财政开源，但他凭什么担保中央财政汲取的民脂民膏会用之于民？王怡热衷于为中央财政节流，但他凭什么担保

[1] 王怡（1973— ），笔名王书亚，学者、牧师、作家，著有《宪政主义：观念与制度的转换》等。

[2] 王绍光（1954— ），康奈尔大学政治学博士，曾任教于耶鲁大学政治系，现为香港中文大学政治与公共行政系讲座教授、清华大学长江学者讲座教授。著有《民主四讲》《祛魅与超越》等。

一个不肯为非典病人掏钱的政府不会大行汲取之道？假如一个政府同时采纳这两种主张，既大肆汲取民财，又吝于为民花钱，是不是就触碰到了底线问题？

（主讲　梁文道）

《富态：腰围改变中国》

肥胖暴露制度缺陷

保罗·弗伦奇（Paul French，1966— ），英国作家，中国问题专家。著有《镜里看中国：从鸦片战争到毛泽东时代的驻华外国记者》《午夜北平：英国外交官女儿喋血北平的梦魇》等。

马修·格莱博（Matthew Crabbe，1967— ），1997年与保罗·弗伦奇共同创办通亚咨询公司（Access Asia），现任英敏特（Mintel）亚太区研究总监。

今天中年男人都挺着大肚子，二十年后生病了，国家医疗体系如何负担得起？

20世纪六七十年代，很多美国家长遇到孩子不肯好好吃饭时，就会教训说：大洋彼岸的中国有多少孩子快饿死了，你还不好好珍惜食物！当年挨训的美国孩子长大后到中国旅游，大概会吓一跳：中国哪有想象中那么饥饿！今天你随处可见中国男人一大特征——啤酒肚，虽然不如美国大胖子那么胖，但也绝对不能说瘦得不行。

过去以为中国人很饥饿的老外，出了一本很奇妙的书叫《富态：腰围改变中国》。作者保罗·弗伦奇和马修·格莱博是一家咨询公司的创办人，主要研究亚洲市场信息。他们常年跟踪调查中国人的饮食与生活习惯，根据调查结果写了这本书。不过，这本书并非严谨的学术著作，所引用的数据有年份含混不清的现象。

老外观察发现，最近二十年，中国城市男童平均增高6厘米。不过，中国人身高的增长并非一帆风顺。有位学者发现19世纪90年代至20世纪30年代，大部分中国人有所增高，但是自20世纪20年代至70年代末，中国人的身高几乎无实质性差异。也就是说，中国人自清末就开始长高，但是从抗战时期直至改革开放前都不再长高，之后又继续长高。

中国城市女性A、B罩杯胸罩的销售量一直在减少，C、D、E罩杯的销售量不断增加，客户群里甚至含有20岁以下的女性，说明中国女性的胸围和骨骼尺寸正在增大。女人如此，男人呢？1985年，中国城市男性平均腰围为63.5厘米，现在已接近76.2厘米，40—50岁的男性平均腰围已达到82.6厘米。

比起几十年前，中国人的确胖了，整个社会存在肥胖问题。胖分为两种：超出标准体重叫超重，严重超重叫肥胖。极具讽刺意味的是，2008年北京成功举办奥运会，而中国成年人口中肥胖者和超重者的比例超过1/5，导致社会成本增加，占当年经济总量的4%—8%。没错，肥胖会给社会经济带来负担。肥胖人群可能罹患心脏病、糖尿病等多种疾病，而这很考验中国医疗体制的承受能力。今天中年男人都挺着大肚子，二十年后生病了，国家医疗体系如何负担得起？

这本书指出中国公共政策存在很多问题，导致肥胖问题的一大原因是日常活动空间不足，比如城市公园不够多，而且爱护草坪竟是最普遍的规定。公园里有装饰得很漂亮的小路，却没有让儿童嬉戏的场所，健身器材更是少得可怜。中国奥运会金牌数量很多，基层运动空间却很少，这是众所周知的事实。

这本书还提到中国人很担心的食用油问题。2006年，中国人食用油的摄入量比十年前增加42.2%，但奇怪的是，这方面的开支并未增加。这到底是什么油呢？中国的卫生立法尚不健全，比如缺乏对反式脂肪[1]的管制。很多欧美国家已限制使用反式脂肪，而新加坡、中国等亚洲国家尚无相关立法。

今天我们猛吃猛喝，早餐仍旧是豆浆、油条这类热量很高的食品，午餐却不像古人吃得那么清简，跟西方人一样吃麦当劳，难怪容易发胖。那些拼命叫我们多吃点的广告公司，同时又在帮减肥公司做广告，这就是今天的文化矛盾。

（主讲　梁文道）

[1] 反式脂肪（trans fat）是一种不饱和脂肪酸，食用后会提高罹患冠心病等疾病的概率。人类食用的反式脂肪主要来自经过部分氢化的植物油，在巧克力、饼干、面包、蛋糕及煎炸食品中含量较高。美国、加拿大、英国、瑞士、丹麦等国已严格限制食品工业使用反式脂肪，而亚洲地区普遍尚无相关立法。

《自杀作为中国问题》

中国人不把自杀当回事

吴飞（1973— ），河北肃宁人，哈佛大学人类学博士，现任北京大学哲学系教授。著有《自杀与美好生活》《浮生取义：对华北某县自杀现象的文化解读》等。

中国人认为只有所谓“正常人”的自杀才叫自杀，根本不把精神病患者的自杀看作自杀。

2002年，加拿大精神科医生费立鹏[1]在《柳叶刀》杂志发表《中国自杀率：1995—1999》，文中提到中国自杀率高达十万分之二十三，约等于美国的两倍，成为全球自杀率最高的国家之一。中国自杀问题呈现很特别的模式，有很多妇女、农村人、年轻人和老年人自杀，而西方国家大都以城市中年男性自杀居多。中国式自杀还有一个独特之处是，仅63%的自杀者患有精神疾病，而多数西方国家这一比例至少是90%。也就是说，很多没有精神问题的中国人也会自杀。

---

[1] 费立鹏（Michael Phillips，1952— ），生于加拿大多伦多，医学博士，1985年以访问学者的身份来华工作。曾在北京回龙观医院、北京心理危机研究与干预中心等机构任职，现任上海市精神卫生中心危机干预研究室主任。

北京大学哲学系教授吴飞以前做田野调查时，曾经问一个农民向导：难道你就没见过有人是因为患精神病自杀的？向导使劲想了想才说，也不是没有啦，疯子、傻子那不算自杀，没什么意义就不提了。吴飞觉得很奇怪，疯子、傻子的自杀怎么不算自杀呢？向导说，我有一个表弟是傻子，整天在外面疯跑，有一次又胡言乱语，我实在听不下去了，就打了他一巴掌，叫他闭嘴，他回家就喝农药死了。向导叙述时轻描淡写，觉得这件事不值一提。

原来中国人认为只有所谓"正常人"的自杀才叫自杀，根本不把精神病患者的自杀看作自杀。明明是向导那一巴掌导致疯疯癫癫的表弟自杀，但他觉得自己完全没有责任。中国自杀人口中精神病患者不如西方多，可能是因为很多患者的自杀未被统计进来。

法国存在主义作家加缪[1]说过，自杀是唯一值得严肃思考的哲学问题。但事实上，谈自杀问题的哲学家并不多。美国"自杀学之父"施耐德曼[2]提出了一个很有哲学见地的说法，认为自杀这种看

[1] 阿尔贝·加缪（Albert Camus，1913—1960），法国作家、哲学家，1957年成为有史以来最年轻的诺贝尔文学奖获得者，1960年遭遇车祸英年早逝。高扬人道主义精神，被誉为"年轻一代的良心"。

[2] 施耐德曼（Edwin S. Shneidman，1918—2009），美国自杀学协会创办人，加州大学洛杉矶分校首位死亡学教授。著有*Deaths of Man*（《人之死》）、*Voices of Death*（《死亡之声》）等。

似非理性的行为背后往往有三段论：第一，自杀者会获得重视；第二，如果我自杀，我会获得重视；第三，所以我自杀。这种想法很常见，问题是自杀者为获得重视而自杀，但那个受重视的“我”已经死了，还在乎这些吗？自杀者想象的那个死后依然存在的“我”，施耐德曼称之为“后我”（post-ego），是一种假象。

很多时候，爱、自由、信仰等高贵的美德要靠牺牲生命才能得到捍卫。吊诡的是，我们通过抛弃生命去捍卫这些东西，而抛弃生命本身就是一种血腥的暴力。在西方基督教传统里，自杀向来都是一种罪，以前甚至要受刑法处罚。当然，对于一个自杀死去的人来说，刑罚已没什么意义，但他还是得接受处罚。

相形之下，中国人过去并不把自杀当成一个特别重要的问题来思考，不像自杀在西方成为争论的焦点。中国人喜欢叫人家自杀前要考虑一下父母的感受和儿女的命运，这确实挽救了不少生命，但这种劝阻并不是叫你不准自杀，不是叫你珍惜生命，而是叫你考虑慈孝问题。也就是说，在中国人眼里，德行比生命更重要。

（主讲　梁文道）

故国人民有所思

《在西方发现陈寅恪：中国近代人文学的东方学与西学背景》

追寻陈寅恪西天取经之路

陈怀宇（1974— ），江西樟树人，旅美历史学者。先后入读北京师范大学、北京大学历史系，获普林斯顿大学宗教学博士学位，现任美国亚利桑那州立大学助理教授。

他特别强调思想自由，而这种思想自由主要通过在学术上和政治上的主张而得以表达，即不甘逐队随人，不跟风做学问，也不接受主流意识形态之控制和影响。

近20年来，陈寅恪[1]在中国内地广为人知，对陈寅恪的研究成了一门显学。《在西方发现陈寅恪：中国近代人文学的东方学与西学背景》的角度非常特殊，是从陈寅恪早年在西方求学的经历来研究这位学者。陈寅恪幼年受过中国旧学很好的熏陶，青年时期在德国、美国等国留学十余年，虽然没有获得任何学位，但这段经历对他日后成为大学者肯定有重要影响。20世纪初的西方学术背景究竟如何影响

[1] 陈寅恪（1890—1969），江西修水人，历史学家、古典文学研究家、语言学家。早年入读上海复旦公学，曾在日本、德国、瑞士、法国、美国游学十余年，1925年被聘为清华国学研究院导师（与梁启超、王国维、赵元任并称为四大导师），后在西南联合大学、燕京大学、中山大学等校任教，“文化大革命”期间被迫害致死。著有《柳如是别传》《隋唐制度渊源略论稿》《唐代政治史述论稿》等。

陈寅恪呢？这是一个很重要的研究视角，以前没人涉猎过。

著名学者葛兆光[1]对这本书有一个很准确的评价："陈寅恪在中国现代学术史与文化史上的地位，似乎不用多说。陈寅恪十余年留学期间，究竟是如何学习与研究的，受到了哪些影响，这一方面却仍然研究者甚少，即使有所提及，也是较为简单。陈怀宇此书，发掘了相当多来自西文的新资料，把陈寅恪放在欧美当时的东方学背景中，让我们可以更深切地理解陈寅恪的历史学，甚至可以更深切地理解国际学术背景下，中国学术如何逐渐转型与变化的轨迹。这部书史料价值很高，没有在西方的研究条件，是不可能完成的，作者研究很细致，学风颇严谨。我认为，它应当是一部非常有价值的现代学术史研究著作。"

陈寅恪

[1] 葛兆光（1950— ），生于上海，曾任清华大学历史系教授，现任复旦大学教授。著有《中国思想史》《宅兹中国：重建有关"中国"的历史论述》等。

陈怀宇说这本书的写作深受余英时[1]、张广达[2]等学界前辈的启发，特别是受余英时先生的影响更大。余英时可谓是与陈寅恪心灵相通的一位学者，20世纪80年代写过一本书叫《陈寅恪晚年诗文释证》，出版后受到中国内地官方学界的批评，当然那些批评是站不住脚的。除了查阅西文资料，陈怀宇还到陈寅恪早年游学过的地方徘徊，努力追寻先生当年所思所想及其时代痕迹。

陈怀宇发现前人对陈寅恪在哈佛大学期间的描述不够真确。陈寅恪1919年1月到哈佛大学注册，在那里待了两年多，学习过印度语文学、初级希腊文、巴利文、梵文等古代语言。陈寅恪在哈佛留学生当中并不突出，比如语言能力就比不上赵元任[3]。这并不妨碍他后来成为大学者，因为他只是把语言当作工具，而不是钻研的对象。他在哈佛期间至少换了三个住处，用陈怀宇的话来说是一个

[1] 余英时（1930— ），祖籍安徽潜山，美籍华裔历史学家、汉学家，台湾“中央研究院”院士。哈佛大学历史学博士，曾在哈佛大学、香港中文大学、耶鲁大学、普林斯顿大学等校任教。

[2] 张广达（1931— ），河北青县人，历史学家。1953年于北京大学历史系毕业后留校任教，1989年6月后常住法国，2008年当选为台湾“中央研究院”院士。张广达1999年至2002年在普林斯顿大学当访问学者期间，陈怀宇与他交流时深受启发。

[3] 赵元任（1892—1982），原籍江苏武进，美籍华裔语言学家、作曲家，会讲33种汉语方言和多种外语，被誉为“中国现代语言学之父”。1918年获哈佛大学哲学博士学位，后在康奈尔大学、哈佛大学、清华大学、耶鲁大学、加州大学伯克利分校等校任教。

“匆匆过客”。后来他可能觉得哈佛的古代语言研究深受德国影响，和家人商议后，决定重返德国。1921年，他和亲戚俞大维[1]一起回柏林大学读书，开始了新的学术之旅，德国的东方学和历史学对他有着根本性的影响。

陈寅恪的诗文中经常出现“自由”这个字眼，可见他对自由有多重视。1929年，他在悼念王国维的纪念碑铭中写了两句非常有名的话——“独立之精神，自由之思想”和“思想而不自由，毋宁死耳”。李慎之[2]认为，后一句套用了美国独立战争时期帕特里克·亨利[3]的名言“不自由，毋宁死”。但陈怀宇认为帕特里克·亨利说的是政治自由，而陈寅恪说的是思想自由，二者不同。我认为这种分析更准确。

[1] 俞大维（1897—1993），祖籍浙江绍兴，弹道学专家，陈寅恪的表弟兼妹夫。1921年获哈佛大学哲学博士学位，赴柏林大学后研究兴趣转向弹道研究。1929年回国后历任国民政府军政部参事、兵工署署长、交通部部长，1954年至1965年任中国台湾地区“国防部长”。

[2] 李慎之（1923—2003），江苏无锡人，国际问题专家，文化与思想史专家。曾任周恩来的外交秘书，先后在新华社、中国社会科学院任职，1990年被免去中国社科院副院长职务。

[3] 帕特里克·亨利（Patrick Henry，1736—1799），美国律师、政治家。美国大陆会议代表之一，1775年3月23日在弗吉尼亚下议院发表演讲时喊出“give me liberty, or give me death”（不自由，毋宁死），鼓动美国人用武力摆脱英国殖民者的奴役。

陈寅恪出身于清末的清流政治家庭，祖父陈宝箴[1]曾任湖南巡抚，是一位很有名的维新派人士。陈寅恪也关心政治，但他从不参与政治，不像俞大维做过“国防部长”，胡适甚至考虑过做不做“总统”。陈寅恪一生没做过官，这是他独立人格的一部分。陈寅恪如此重视思想自由，一方面源于他在西方求学时受到的影响，一方面是中国文化本身也有追求自由的传统。陈寅恪非常重视自己的士人身份，然而士人在20世纪的政治风雷激荡中受到很大冲击。

陈寅恪到底持什么样的自由观呢？他对苏联布尔什维克主义不以为然，认为不符合中国国情，事实证明这个观点非常正确。通过解读他的学术著作、诗文和信件，陈怀宇认为陈寅恪所谓的自由是“以个人主义为核心的思想自由和精神独立、少数主义，以及寻求民族的自由，特别是民族思想与学术的自由”。也就是说，虽然我是少数，但我坚持真理。陈寅恪在对自由的理解中，“不仅有将真理和自由联系在一起的考虑，亦有儒家和道家思想的渊源”，并不是纯粹的西学家。

陈怀宇认为陈寅恪的自负性格“使他为人处世和治学研究迥异

[1] 陈宝箴（1831—1900），江西义宁（今修水县）人，举人出身，早年参加湘军，官至湖南巡抚。任职期间大力推行新政和举荐维新人士，1898年戊戌政变后被革职，永不叙用。

时流，自成一格。他特别强调思想自由，而这种思想自由主要通过在学术上和政治上的主张而得以表达，即不甘逐队随人，不跟风做学问，也不接受主流意识形态之控制和影响”。能做到从不媚俗太不容易了，而陈寅恪做到了。陈寅恪晚年双目失明且身处严酷的政治环境，如果没有坚持自由思想和自由意志的信念，不可能完成那么多学术著作。这一点对中国学者应该很有启发意义，应该成为重要的精神资源。

（主讲　何亮亮）

《梁思成与他的时代》

梁思成神话的幻灭

朱涛（1969— ），建筑师、建筑评论家。美国哥伦比亚大学建筑历史与理论哲学博士候选人，现任香港大学建筑系助理教授，经常通过写作探讨当代中国建筑和城市问题。

很多人认为这本书破除了梁思成神话，我觉得朱涛其实做到了对梁思成最大的尊重，把一个带着光环的圣徒还原到历史处境中。

今天有个倾向是容易把一些民国人物捧得非常高大，民国知识分子史近几年在通俗书籍的影响下演变成一种“圣人传记”，仿佛在诉说一个个天才、英雄和圣人的故事。《梁思成与他的时代》出版后，曾经惹起一阵小风波。作者朱涛是我的朋友，在香港大学建筑系任教，专门研究建筑史和建筑理论。很多人认为这本书破除了梁思成[1]神话，我觉得朱涛其实做到了对梁思成最大的尊重，把一个带着光环的圣徒还原到历史处境中，看他遇到的问题是什么，而他的回应是什么，他又有何种抉择的可能。

---

[1] 梁思成（1901—1972），广东新会人，生于日本东京，梁启超长子，建筑史学家、建筑师、城市规划师。美国宾夕法尼亚大学建筑学硕士，1928年回国后在东北大学创办中国第一个建筑系，1931年就任中国营造学社法式部主任，1946年出任清华大学建筑系主任，一生致力于保护中国古代建筑和文化遗产。

近十几年来，中国人对梁思成、林徽因[1]夫妇有种莫名的缅怀，觉得他们是悲剧人物，他们那么有学识，见解又是那么正确，可惜他们在1949年后的政治运动中不断受到迫害，被迫改变自己的主张。更让人喟叹的是，梁思成和陈占祥[2]曾经提过所谓“梁陈方案”，今天很多人设想当年如果采纳了这个方案，让北京保留原有的城墙，城墙内没有高楼遮挡这座古城的天际线，北京的面貌会不会比现在好呢？于是关于梁思成的神话越来越多，比如说他当年在美军的地图上画圈圈，使得日本京都和奈良免于被轰炸，在战火中得以留存千年古都的样貌。这个说法已有学者考证是不实传闻，就算梁思成真的圈过那些古迹，那也不可能是美军不轰炸日本古都的主要原因。

梁思成、林徽因夫妇

[1] 林徽因（1904—1955），福建闽县（今福州市）人，生于杭州，建筑师、诗人，梁思成第一任妻子。1924年与梁思成同赴宾夕法尼亚大学留学，在美术系学习并获学士学位。1928年与梁思成结婚，回国后与梁思成共事，1949年被聘为清华大学建筑系一级教授。

[2] 陈占祥（1916—2001），生于上海，城市规划师、建筑师。英国利物浦大学建筑学学士、城市设计硕士，1949年任北京市都市计划委员会企划处处长，兼任清华大学建筑系教授。1950年2月与梁思成联名提出《关于中央人民政府行政中心区位置的建议》，提议保护北京古城，另建西郊新中心，史称“梁陈方案”。

有人说这本书是对梁思成神话的打击和摧毁，这自然让有些人不太舒服。比如王军[1]，他多年来为大家普及城市规划、旧城改造和古迹保存的知识，非常崇敬梁思成，为此非常愤慨。很多人也有同感，其中当然少不了梁思成的后人。最近十几年出现一种特殊的“后人现象”，但凡我们对中国近现代史上的名人搞研究或创作，他们的后人肯定要出来说话，好像他们可以垄断先人所有的思想、学术和历史遗产。这些后人说话当然有分量，问题是只能允许他们说话有分量吗?

围绕这本书的某些讨论有失偏颇，比如大家争论梁思成夫妇早期文章是不是抄袭了伊东忠太[2]的《支那建筑史》，我觉得这有点误会了朱涛的原意。在我看来，朱涛对梁思成夫妇并没有丝毫不敬。说梁思成夫妇曾经大量借鉴外国学者的观点，这是在指责他们抄袭吗？未必。今天所有热爱中国传统建筑的人不可能不感激梁思成夫妇，因为他们留下的遗产实在太重要了。

梁思成夫妇有趣的地方在哪儿？朱涛发现他们对明清以前的建

[1] 王军（1969— ），贵州人，新华社高级记者。1991年毕业于中国人民大学新闻系，先后在新华社北京分社、《瞭望》周刊任职。已出版《城记》《采访本上的城市》《拾年》，正在撰写《梁思成传》。

[2] 伊东忠太（1867—1954），日本建筑史学家，曾任东京帝国大学教授，一生致力于日本传统建筑以及亚洲建筑的研究。1931年出版《支那建筑史》，1937年由上海商务印书馆出版中译本《中国建筑史》（陈清泉译补，梁思成校订）。

筑的实地考察是在发表了两篇重要论文之后，当时他们对中国古建筑历史演化的知识大多来自书本。令人吃惊的是，梁思成的《我们所知道的唐代佛寺与宫殿》和林徽因的《论中国建筑之几个特征》这两篇论文，已经描绘出一个非常完整的关于中国古代建筑史的观念框架。朱涛评价说："他们才刚刚开始上路，就已经很清楚他们想要的是什么，他们如何评判，甚至他们的结论是什么了。"

梁思成夫妇当时对中国建筑的实地考察并不充分，怎么敢如此大胆地写这种高度总结性的文章呢？答案是，他们从书本上得到知识，主要是伊东忠太的《支那建筑史》。我觉得这不能说是抄袭，那个年代有太多中国学者急于把外国的新东西、重要发现引进来，这种做法很常见，何况梁思成夫妇并不是拿人家的观点照抄一遍，而是用自己的观点大幅改造过了，顶多只能说是借用了人家的想法。比如林徽因在《论中国建筑之几个特征》中首次以"结构理性主义"为标准，来诠释中国木结构建筑的所有重要特征。这是一种非常现代的建筑观，强调合理结构对建筑形式的决定性，提倡美学与结构的高度统一。梁思成夫妇试图以此诠释整部中国建筑史，有别于日本学者对中国建筑的看法。

梁思成夫妇对中国古建筑的考察以及中国建筑史的研究，很多观点在今天看来有问题。他们实地考察的大多是官式建筑，对民间建筑相当忽略。他们对一些基本的建筑细节的判断，比如斗拱的作用，在今天的建筑史学界也有争论。他们认为斗拱是中国传统木建筑最大的特点，不是一种装饰性的东西，应注重其功能的表现。他们认为唐宋时期尤其是唐代的斗拱非常大气疏朗，后来越变越细，装饰也越来越多，变得阴柔、精巧、繁复，其实就花了。这有点像今天我们说清式家具不如明式家具，后者简洁有力、漂亮优雅，前者又是龙又是凤又是花，太花哨了。

那个年代的中国文人有种非常强烈的民族主义，认为中国处在一个非常弱势的阶段，连建筑都被人瞧不起。当时很多西方学者认为中国建筑没什么了不起，就是一套没什么道理的装饰艺术而已，而且从古至今都差不多。这是西方一种根深蒂固的偏见。黑格尔就说过，中国是个没有历史的国家。意思是说，中国是停滞不前的，两千多年来停驻在同一个空间、同一种社会文化下，没有发展。说中国没有历史，就等于说中国注定是野蛮、落后、不开化、不文明。梁思成夫妇当时所面对的挑战是，如何改变西方人对中国建筑史的这种偏见。

当时大部分知识分子觉得中国所有东西都应该现代化，但又不能丧失民族尊严。那么，民族尊严与现代化如何嫁接呢？梁思成的中国建筑史研究有一个独特之处是，他认为中国建筑史就是木结构建筑的演化史，抓住木结构这一点不放，才能跟当时流行的西方建筑史相媲美。西方认为从中古哥特式建筑演化到现代建筑是一脉相承的。如果中国建筑也有一个跟哥特式建筑可以相媲美的结构特点，那么同样可以嫁接到现代新型的钢筋混凝土结构的建筑上。梁思成认为中国建筑并不像西方人说的那样面目模糊，不仅有结构，而且有历史，只不过是一个退化的历史，越到后来越糟糕，到了晚清国运衰颓，建筑也一样衰败，所以要奋起重建。

梁思成在20世纪50年代以前留下的作品，是我们认识中国建筑史的一个重要途径。他的著作今天在大众市场仍然很受欢迎，其实里面有相当多非常粗糙的、高度概括的东西，存在观念主导、结论先行的弊病。时间很仓促，要回应的问题又那么巨大，梁思成只能做到那样子。这样的批评很对不起梁思成吗？我觉得一点也不，今天任何人回到那个年代，都不会比他做得更好。

20世纪50年代以后，梁思成写了些什么呢？那些东西为什么我们今天不太注意呢？因为那不能称为学术研究，只是一篇又一篇思想检查。不过，千万不要小看那些东西，它们在中国建筑史上也非常重要。“如果说1920年代在欧洲崛起的现代主义建筑运动是靠一系列宣言推动的，那么1950年代的‘新中国建筑运动’可以说是靠一篇篇检查展开的。如果说现代主义宣言的能量是外爆型、肯定性的——先锋派自内心向外界发布坚定、明确的主张，企图影响和改造外部世界，那么新中国建筑师的检查则是内爆型、否定性的——迫于外界政治压力，建筑师们纷纷在自己的思想和灵魂深处实施‘定向爆破’，自我瓦解、自我否定，再通过忏悔和清洗，来实现时代所要求的‘进步’。”

在当年那些所谓的“进步”文章中，梁思成1951年写的《我为谁服务了二十余年》相当有代表性。他在文中自我批判，也谈到父亲梁启超对他的影响，但他不愿批判父亲，轻轻一笔带过，主要谈自己到美国留学之后如何变得亲美。他说：“我已致力数年的中国建筑研究和保护文物的主张便同我的实际建筑设计背道而驰，完全分割为两件互不相干的事。起初我还打算将所学同中国建筑相结合，希望能够吸收新的工程科学，使它为中国式建筑服务，并且做过一些尝试。但是不久，我两只脚都陷下去了。我也就随着当时的风气，污蔑那正在萌芽中的，且很有发展可能的、以现代工程建造起来的中国式建筑为‘摹仿古典’，为‘落伍’！”

这话怎么理解？梁思成一辈子都是追求进步、追求先锋的人，早年在美国学到的东西让他相信世界各地的建筑文化尽管千奇百怪，其实背后有某些共同的结构原理，有一些普世性的东西。世界上的建筑，我们不要只看表面的差异，比如佛罗伦萨圣母百花大教堂[1]的穹顶与中国天坛祈年殿[2]的攒尖顶，其实可以用同一套“文法”来解读。梁思成后来追求的是全世界开始流行的现代主义建筑，也就是今天我们熟悉的几何造型建筑，讲求形式为功能服务，去掉多余的装饰。

圣母百花大教堂

天坛祈年殿

不幸的是，这时候苏联专家进来了，中国一切跟着苏联走，所有事情都是苏联人说了算。梁思成被迫改变自己，放弃曾经追求并已践行的现代主义建筑。当时说建筑要有民族形式，于是再现代的建筑也来个大屋顶，就是所谓中国式建筑了。赫鲁晓夫上台后推翻苏联过去的建筑思潮，讽刺建筑师只热衷于美丽的轮廓线，但人民并不欣赏

[1] 圣母百花大教堂（Cathedral of Saint Mary of the Flower），又称佛罗伦萨大教堂（Florence Cathedral），1296年奠基，1436年竣工，为意大利文艺复兴时期第一个标志性建筑。它是世界第四大教堂，直径近44米、高52米的八角形穹顶是世界上最大的穹顶之一。

[2] 祈年殿为天坛最早的建筑物，始建于明永乐十八年（1420年），清光绪十五年（1889年）毁于雷火，数年后按原样重建，是一座鎏金宝顶蓝瓦三重檐攒尖顶的圆形建筑。

这些，他们需要的是房子，不是斯大林式夸张的、带装饰的、有古典色彩的民族形式建筑，而是简洁的建筑，够用就好。其实，这种建筑更接近梁思成信仰过的现代主义建筑。当时中国紧跟苏联，开始否定梁思成过去追随苏联专家走的民族形式道路，说那是复古主义，是在浪费民脂民膏。后来赫鲁晓夫又被我们否定，我们对建筑文化的看法又绕了一圈回去了，大家数数看绕了多少圈呀！

梁思成后半生的建筑思想历程，就是不断在否定自己和改变自己。身处政治斗争中，他被迫写了很多自我检讨的文章。比如1957年反右运动来了，他写了《整风一个月的体会》，被认为是知识分子第一篇反右宣言。他当时还写文章点名批评钱伟长[1]，质问他究竟是一个什么样的科学家。即使紧跟政治运动的风向走，他最终还是被人揪了出来，说他表面上反右，其实是潜伏更深的“彭真死党”。一辈子追求先进的他怎么转都转不明白，一次又一次发现自己落伍了，落后于时代和人民。

20世纪50年代至70年代，中国无论什么领域，最终的权威只有一个人，那就是毛泽东。问题是，毛泽东对建筑不太感兴趣，在文学领域和建筑领域对民族形式的说法不一致。1955年，毛泽东

[1] 钱伟长（1912—2010），江苏无锡人，钱穆的侄子，物理学家、力学家、应用数学家，中国科学院院士。1956年被任命为清华大学副校长，在反右运动中被划为“极右分子”，由一级教授降为三级教授。

说“大屋顶有什么好，道士的帽子与龟壳子”，“既费钱也不好看”。1958年，毛泽东说古城北京和开封的房子让他“看了就不舒服”，“南京、济南、长沙的城墙拆了很好，北京、开封的旧房子最好全部变成新房子”。富于讽刺意味的是，这个一生与帝国主义列强作战的民族主义战士，却对殖民城市的遗产——青岛和长春的建筑很有好感。

今天很多人怀念梁思成，是因为他1950年与陈占祥提出《关于中央人民政府行政中心区位置的建议》，史称“梁陈方案”。如果当年按照这个方案来规划，北京完全不是现在这个模样，整个市中心都往外挪。抗战时期，日本人占领北京后也做过同样的规划，认为原有的格局、建筑、轴线都应保留，新市区应挪到西郊。不过，新中国成立没多久，西郊便成为中国人民解放军众多总部机关和各军兵种机关的驻地，这个方案彻底泡汤了。

“梁陈方案”主张保护北京旧城，在西郊开发新的行政中心，但毛泽东希望把中央政府设在旧城内，要把旧城全面改造成社会主义新城。当时苏联专家也持同样的主张，梁思成等人以前很多时候会让步，但这次与之分庭抗礼，认为他们提议的东西不靠谱，不了解中国国情。这时候毛泽东埋怨说，“中南海皇帝住得，我为什么住不得”，“有的教授要把我们赶出北京城”，像“拆除城墙这些大问题，就是经中央决定，由政府执行的”，看见“北京拆牌楼，城门打洞也哭鼻子。这是政治问题”。

在这种背景下，“梁陈方案”的命运可想而知。从这个方案的提出、修正到放弃，梁思成经历了多少挣扎，其间还要做自我检讨。他在《整风一个月的体会》中说：“在北京城市改建过程中对于文物建筑的那样粗暴无情，使我无比痛苦；拆掉一座城楼象［像］挖去我一块肉；剥去了外城的城砖象［像］剥去我一层皮；对于批判复古主义的不彻底，因而导致了片面强调节约，大量建造了既不适用，虽然廉价但不经济，又不美观的建筑……”

梁思成说他过去对党不满，都是他自己的问题。他说：“中国共产党是一个‘闻过则喜’，‘过则勿惮改’的党；是一个‘虚怀若谷’的党。它的缺点‘如日月之蚀焉’。……让我们回顾一下人类五千年的历史，可曾见过任何一个政党，不管它在朝在野，和在任何一个党领导下的政府，能有这样勇气，这样度量，这样虚心，并寄予全国人民这样无边彻底的信任，发动全国人民来给自己提意见，找缺点，进行批评？这是人类历史上的创举，是中国共产党最勇敢、最英明的决定和措施。”最后，他说：“我还要把我的一切献给你！”

1957年，梁思成在第一届全国人大第四次会议上做了“我为什么这样爱我们的党？”的发言，说：“八年来，我差不多每天都在兴奋激动的心情中度过高兴愉快的一天。一天一天地过去，我就一天比一天地更加爱我们的党，爱我们的毛主席。”他说自己原来对城市也好，对建筑也好，所有想法都是错的，所以“我低头；我承认错误。……我是一个回头浪子。我受到这次教育，我就知道我永远永远一步也不会再离开我们的党了”。

今天我们有一种史观，觉得“梁陈方案”很好，假如北京二环四车道宽的城墙还在，那会是个多么美好的城市啊。客观地说，“梁陈方案”其实有很大缺陷。主要原因是梁思成对城市规划并不那么在行，陈占祥虽然很专业，但他们都受到欧美流行的城市功能分区思想的影响，比如将整个行政中心搬到旧城外，生产中心在一个地方，住宅区在另一个地方，所有区域都以功能来划分，结果整个城市会变成一块一块的“死城”，办公区域下班后连个鬼影都没有，这种城市怎么有生命力呢？今天我们虽然怀念梁思成和他的想法，但不能太过神话化了他的方案。

（主讲　梁文道）

《文人的骨气和底气》

傲骨不向强权弯

王家声，广东番禺人，现任《同舟共进》杂志总编辑。《文人的骨气和底气》的主编之一，还主编过《被利益集团拖垮的王朝》《决策与较量：看国民党如何败亡大陆》等书。

陈独秀一辈子没有过过好生活，不是坐牢就是颠沛流离，但他不屈服于任何强权。

文人的骨气是什么呢？无非就是孟子所说的“富贵不能淫，贫贱不能移，威武不能屈”。怎么才能做到呢？要有底气。文人的底气是什么呢？首先是专业要戳得住，著作等身，说话有文气。此外，人不可有傲气，但不可无傲骨。

马克思有句名言：资本家是资本的人格化。这句话非常有哲理，非常有深度。资本家一辈子干吗？拼命赚钱。有的人赚来钱就花，有的人当守财奴，但不管怎样，只要他是资本家，就会履行赚钱的“社会职责”，钱生钱，利滚利。那么，知识分子的社会功能是什么呢？就是把知识发扬光大，首先是把知识个人化，然后通过社会渠道散播出去，比如教书就是一个好办法。

北大最厉害的校长是谁？我想没人有异议，就是蔡元培。中国近代史上，听说只有两个人既被国民党捧也被共产党捧，一个是孙中山，另一个就是蔡元培。中国文人有三大标准——立德、立言、立功，蔡元培条条合格，无可指摘。

蔡元培立功是在他当北大校长期间。他1917年就任北大校长，正遇上北大很差劲的时候。当时北大乌烟瘴气，被人称为官僚养成所，有官气和商气，就是没有文气。“活动能力较强的学生，上乘的做法是猎官，组织同乡会运动，做一任会长或干事，借以接近学校当局，毕业后即稳得升官的阶梯；下乘的做法是钻营，用嫖娼、赌钱、捧名角来结交社会上的实力人物，以之为借重的资本……乌烟瘴气和歪风邪气很盛，唯独研究学问的风气荡然无存。”蔡元培上任后第一次演说就呼吁：“大学生当以研究学术为天职，不当以大学为升官发财之阶梯。”

蔡元培坐言起行，马上请走不合格的教员，请来一批学者。他当然会遇到很大的阻力，比如被他赶走的外国教员中，有一个人就说动英国驻华公使朱尔典[1]去北洋政府闹，说你们不把蔡元培赶走还了得，他在太岁头上动土，连我的朋友都敢动。结果北洋政府顶住了压力，说你那哥们儿既然那么有才华，就回英国讲学算了。

[1] 朱尔典爵士（Sir John Newell Jordan，1852—1925），英国外交家。1876年来华，曾出使朝鲜，1906年至1920年任英国驻华公使。

不管是信仰共产主义的陈独秀也好，信仰民族主义的胡适也好，信仰封建主义的刘师培[1]也好，只要有学问，蔡元培统统请来。有些人质问道，咱们现在是民国了，你怎么还用封建余孽呀？蔡元培说，我觉得没问题，我不管他的政治倾向是什么，他教的是国学，他教得起你是吧？你说某人很反动，但他的英文很好，教英文没问题，他上课不反动是吧？这种包容性就是蔡元培治校十年所立的功勋。

蔡元培本人学贯中西，也是不可多得的人才。他17岁中秀才，23岁中举人，26岁中进士，28岁任翰林院编修，本来可以青云直上，然而1894年甲午战争国难当头，他看穿清政府已经没有希望了，戊戌政变后毅然南下办教育，结果发现办教育是缓不济急，后来干脆参加暗杀团。一介文人研制炸药去暗杀朝廷官员，大家想象得到吗？他中文底子好是不用说了，后来又到欧洲留学，把西学也拿过来了，所以他在北大能中西兼容并包。

北大是五四运动的策源地，是新文化运动的堡垒，师生经常出去搞政治运动，做一些让政府不高兴的事，但是没问题呀，被抓了以后蔡元培就去保释。蔡元培说，我的学生你放不放，不放就请你把牢

[1] 刘师培（1884—1919），江苏仪征人，经学家。早年昌言排满革命，1915年与杨度、严复等人发起成立筹安会，鼓吹复辟帝制，洪宪帝制失败后流落天津，1917年被蔡元培聘为北京大学文科教授。

门打开，我进去陪他坐牢。你说谁敢把北大校长关进去呀?

那个年代三妻四妾是平常事，喝花酒召妓也没问题，但蔡元培的私德非常好。虽然他一生有过三位夫人，但都是在前任病逝后才续娶的。最后一位夫人是他以前的学生，两人相差22岁，这也没什么。任何人想要攻击他，确实找不到下手的地方。当然，学生也有不满的时候，比如闹风潮抗议学校收讲义费，他居然想用这种方式摆平："我是从明枪暗箭中历练出来的，你们若有手枪炸弹，只管拿来对付我。在维持校规的大前提下，我跟你们决斗！"老头儿要和学生决斗，这个人有意思!

当年在蔡元培手下，有一位很有骨气和底气的主儿——陈独秀。这个人可不得了，他是中国共产党的创始人，毛泽东说他是五四运动的总司令。陈独秀的底气在哪儿？很怪，他虽然当过北大文科学长，但他好像没什么学历。蔡元培就给他造假，因为教育部那帮官僚一听你请谁当教授，必问他念过什么书、学位在哪儿拿的，什么都没有就说不过去了。很怪，陈独秀五次东渡日本求学，但都没拿学位。后来清华大学也有一位大师——陈寅恪，在国外游学十余年也是不拿学位，这都是特立独行的人。不过，陈独秀讲课很厉害，写作也很厉害，还当过《新青年》杂志主编，引领新文化运动，使得人格魅力不可阻挡。

1932年，国民党把陈独秀抓起来了，人家说他已经被共产党开除了，你还判他死刑干吗？蒋介石说我不管，现在国共斗争这么厉害，我要剿共，他是共产党的始作俑者，我能不枪毙他吗？陈独秀说没事，你要枪毙就枪毙，你要是用法庭审判我，我就据理力争，首先我根本就不承认你这个法庭的合法性，我自己当辩护人，不需要律师来帮我，大不了把牢底坐穿。他说坐牢有人管饭，不用交房费，而且没人吵，一个人住大单间，有书桌书架，爱什么时候写东西就写。在南京老虎桥监狱那几年，陈独秀确实写了很多文章，主要是学术性的东西。后来国共合作抗日，蒋介石就把他放了。释放出狱总得办点手续，人家说你就认个错吧，他说你让日本人把我炸死在监狱好了，我无所谓，反正我不认错，因为我没错。

就连对共产党，陈独秀也不认错。他说我从来不认为苏联那玩意儿正确，第一次国共合作我就不乐意共产党员以个人名义加入国民党，我信仰的是共产主义，凭什么要我宣誓信仰三民主义，向国民党的头儿效忠？第一次国内革命战争失败了，那应该说是斯大林指挥错误，怎么把账算到我头上呢？而且，斯大林的肃反运动对红军损害极大。我不反对共产党，我只反对斯大林，反对肃反政策。你用阶级斗争打击反革命分子，那没问题，但你在人民内部无情打击，一杀就杀了多少共产党员，这个我反对。

陈独秀社会地位、学术地位那么高，很多人想送钱接济他，但他再衣食不济也不接受救济，最后穷困潦倒而死。他怎么维生呢？就靠煮字疗饥，很不容易。晚年他写了一部文字学著作——《小学识字教本》，国立编译馆已预付一万元稿酬[1]，谁知书稿送审后，教育部部长陈立夫说书名不好，最好改为《中国文字基本形义》，他回复说一个字都不能改，宁愿把这一大笔钱退回去。陈独秀一辈子没有过过好生活，不是坐牢就是颠沛流离，但他不屈服于任何强权。最后他死于贫病交加，终年63岁，岁数不算太大。

今天安徽安庆市把陈独秀之墓修得很好，虽说这个人是所谓反党头子，也被开除党籍了，但共产党最后还是还给他一个名目，毕竟他主要是反国民党。请看他写的《国民党四字经》：“党外无党，帝王思想；党内无派，千奇百怪。以党治国，放屁胡说；党化教育，专制余毒。三民主义，胡说道地；五权宪法，夹七夹八。建国大纲，官样文章；清党反共，革命送终。军政时期，军阀得意，训政时期，官僚运气。宪政时期，遥遥无期，忠实党员，只要洋钱。恭读遗嘱，阿弥陀佛。”这能把蒋介石气死，是吧？

---

[1]《文人的骨气和底气》选编的《陈独秀：龙性岂易驯》一文中，“商务印书馆已预付两万元稿酬”的说法有误，事实上是由国立编译馆分两次预付稿酬，总共一万元。国立编译馆1932年成立，隶属于国民政府教育部，教育部部长陈立夫曾于1942年至1944年兼任馆长。

蒋介石曾经想收买陈独秀，说现在国共再度合作，你就来国民党这边做官嘛。陈独秀说，你杀了我两个儿子——陈延年和陈乔年[1]，现在国共一致抗日，我不跟你记这个私仇已经不错了，你还想让我到你那儿讨饭吃，门儿都没有！这是非常倔的一个人，不像政治人物，就是一文人。

（主讲　马鼎盛）

[1] 陈延年（1898—1927）为陈独秀长子，陈乔年（1902—1928）为陈独秀次子，两人均是中国共产党早期领导人，先后在上海被国民政府逮捕后杀害。

《民国人物过眼录》

管窥大人物

杨奎松（1953— ），生于北京，历史学家。中国人民大学中共党史系毕业，现为华东师范大学终身教授、紫江特聘教授。著有《“中间地带”的革命：国际大背景下看中共成功之道》《忍不住的“关怀”：1949年前后的书生与政治》等。

所谓“过眼”，不是蜻蜓点水、一笔带过的意思，而是不拘一格随便谈的意思。

杨奎松是有名的中国现代史专家，出版过很多专著，而《民国人物过眼录》是一本别开生面的文集。书名为什么叫“过眼录”呢？杨奎松在后记中解释说，所谓“过眼”，不是蜻蜓点水、一笔带过的意思，而是不拘一格随便谈的意思。这本文集既有学术论文、读史札记，还有演讲稿和带点演绎味道的历史纪实，体例五花八门，就连学术论文也处理得更通俗易读。全书分为八个部分：华人洋事、洋人华事、联苏秘闻、抗日秘辛、党人内争、读史札记、人物纵谈和历史纪实。每一部分有两三篇文章，可读性都很强，探讨一些很有趣的人物或事件，比如宋庆龄究竟何时加入共产党。这本书读起来很轻松，读完之后也很长见识。

书中《瞿秋白与共产国际》一文对我启发很大。瞿秋白[1]是中共早期领导人之一，1935年被国民党俘虏后就义。瞿秋白是个悲剧人物，这固然跟他的性格有关，也跟外部因素有很大关系。杨奎松认为："瞿秋白的一生，大起大落，带有明显的悲剧色彩。这种悲剧的造成，很大程度上是因为他的书生性格难以适应政治场上的云谲波诡。但与此同时，天生具有多愁善感的文学家气质的瞿秋白，之所以会牺牲他在文学方面的天赋，跻身于他并不擅长的政治斗争的舞台，除了当时中国革命的大势所使然之外，多半也是同他与苏联和共产国际之间的特殊关系分不开的。"

瞿秋白青年时代在北京学俄文，后来以报社特约通讯员的身份赴莫斯科采访。他在那里待了两年多，跟苏共和共产国际建立了很密切的关系。鲍罗廷被共产国际派到中国后，瞿秋白因为懂俄文，又是中共骨干，便成为鲍罗廷和中共之间最主要的联系人。当共产国际驻中国代表之间有分歧，尤其是共产国际与中共有异见时，瞿秋白就很难做人了。

[1] 瞿秋白（1899—1935），生于江苏常州，政治家、散文家、文学评论家。出身于没落的书香门第，1915年因交不起学费辍学，次年母亲因不堪债务重负服毒自尽。1917年免费入读外交部办的俄文专修馆。1922年加入中国共产党，1927年成为继陈独秀之后中共第二任最高领导人，1931年一度被解除中央领导职务。1935年2月在福建长汀县被国民党逮捕，在狱中写下《多余的话》，说自己由文人走上从政之路纯属"历史的误会"，后于6月18日英勇就义。

虽然瞿秋白一生成也共产国际，败也共产国际，但他似乎从没埋怨过莫斯科。杨奎松说："即使在几年后临死前写下那篇非常著名的《多余的话》，他也没有认为自己的悲剧莫斯科方面应负多少责任。相反，他只是残酷地解剖自己。他认为这一切滑稽剧的造成，都是缘于一种'历史的误会'，即以自己的性格，本不应去充当什么政治家，搞什么革命。然而，死时才不过36岁的瞿秋白，既然赶上了那个时代，出身于那样一种家庭；既然碰巧学了俄文，去了莫斯科；既然像其他激进的青年学生那样对新事物容易热血沸腾……他就难免会发生这样的'误会'。应当了解的是，有过类似误会的，其实远不止一个瞿秋白。只不过其他人或顺或逆，或生或死，或不如瞿秋白有名气，或有更大名气却没有瞿秋白那样的性格，死也不会解剖自己罢了。"看到这里，真的让人很伤感。

瞿秋白

向忠发

中共历史上还有一个很有意思的人物——向忠发[1]。他是中共唯一一位工人出身的总书记，靠工人运动起家，但中共党史对他落墨很少，因为他被捕后据说叛变了。对这样一个不光彩的人物，中共对他的记载颇有不实之词。杨奎松在《向忠发是怎样一个总书记？》一文中认为，向忠发其实相当有能力，有很强的政治观察力、表达能力和组织协调能力，作为一个政治领袖也有决断力。1928年，向忠发作为中共代表在莫斯科参加共产国际执行委员会第九次扩大会议时，利用这个机会给共产国际和苏共中央领导人上书，说中共党内存在小资产阶级倾向。这引起斯大林和布哈林[2]的注意，认为产业工人比知识分子更适合当中国革命的领袖，于是开始提拔向忠发，把他扶持为中共中央总书记。

1928年在莫斯科召开的中共第六次全国代表大会上，由共产国际审定的代表总共84人，其中工农分子50人，知识分子仅34人，

[1] 向忠发（1880—1931），湖北汉川人，生于上海，中国共产党第三任最高领导人。出身贫寒，小学五年级辍学，14岁开始当学徒，1922年加入中国共产党后从事工人运动。1927年当选为中共中央委员、临时中央政治局委员，后出任中共驻共产国际代表。1928年7月在中共六届一中全会上当选为中央政治局主席、中央政治局常务委员会主席，1931年1月中共六届四中全会后大权旁落，6月在上海法租界被国民党特务和租界巡捕逮捕后遇害。关于他被捕后是否叛变的问题尚有争议。

[2] 尼古拉·伊万诺维奇·布哈林（1888—1938），苏联共产党（布尔什维克）和共产国际的领导人之一，1929年被解除共产国际执行委员会主席团委员、联共（布）中央政治局委员的职务，1937年被开除党籍，次年在大清洗运动中被判处死刑。

而那些工人代表大多是暴动分子出身，以至于周恩来说“暴徒一大堆”。在36名中央委员及候补委员中，工人占了22人，其中向忠发被捕后可能变节，另有14人向国民党投降了。由此可见，工人出身并不能保证是坚定的革命者。

向忠发仅当了三年总书记，但他对中共的发展还是有所影响。中共六届四中全会后，他在大权行将丧失时，做了两件后来对中共影响很大的事：一是他不让张国焘到江西苏区去担任苏区中央局的书记。当时毛泽东在那里，如果张国焘去了，两人的矛盾不知会导致什么局面，中共历史恐怕得改写。二是他提名让毛泽东担任即将成立的中华苏维埃共和国中央政府的主席。这是毛泽东早年非常重要的一个职务，甚至可以说因为有了这个职务，才有了毛泽东后来的道路。

《毛泽东与蒋介石的比较研究》一文是杨奎松在大学演讲的文字实录，口语化明显，但很有意思。毛泽东和蒋介石是20世纪对中国影响最大的两个人，他们的性格、作风对中国历史的影响太大了。这两个对中国现代史有关键影响的人物，其实家庭背景很接近，都是中等家庭出身，既不是赤贫之家，也不是大富之家，当然也不是所谓“太子党”。两人都是中等文化水平，没读过正规大学，没有显赫的学历。两人的气质、性格也有相同之处，比如从小都表现出极强的自尊心和反抗心理，当然不同之处也很明显。

蒋介石是一个很内向的人，不太善于交际，口才也不是很好。他有一大特点是非常注重细节，甚至可以说举轻若重。这样问题就来了：身为最高统帅，如果太关注小节，难免会忽视大节，影响战略大局方面的决策能力。相反，毛泽东是一个不拘一格的人，天马行空，随心所欲，浪漫主义气质很强。这一点表现在军事作战方面就是，他不像蒋介石那么关注细节，更关注战略布局，而且善出奇兵。农民家庭出身对这位军事统帅的影响是，他特别注重保存实力。无论在中央苏区还是抗日战争时期，尽管这种做法受人非议，但他从来不动摇。这个特点跟他的浪漫主义气质形成很鲜明的互补作用。这种浪漫主义气质对中国革命的胜利做过很大贡献，但1949年后给中国带来一系列灾难。

因生长环境不同，毛泽东和蒋介石对待知识分子的态度迥异。比如反右就源于毛泽东对知识分子根深蒂固的不信任，这跟他青年时代在北京大学不愉快的遭遇分不开。杨奎松说，毛泽东从自己的经历出发，总是强调“卑贱者最聪明，高贵者最愚蠢”“书读得越多越蠢”之类的道理，并且总是自诩为“小人物”的代言人，鼓动“小人物”来打倒大人物。相反，蒋介石虽然一生谨小慎微，但他很尊重知识分子。败退台湾后，他一方面重用专家学者，一方面推行土地改革，最终推动了台湾地区的现代化建设。

（主讲　何亮亮）

《间谍王：戴笠与中国特工》

影子般的幽灵褪去神话外衣

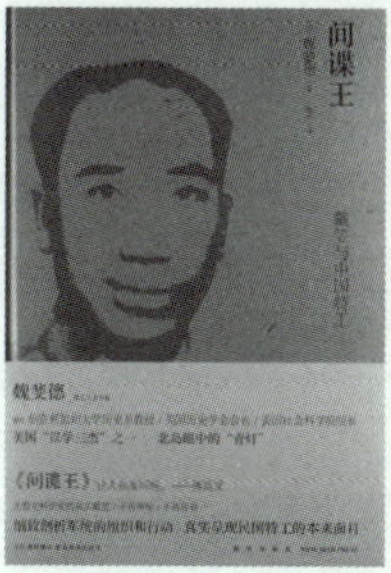

魏斐德（Frederic Evans Wakeman, Jr., 1937—2006），美国汉学家、历史学家，与孔飞力、史景迁并称为美国“汉学三杰”。远东史博士，曾任加州大学伯克利分校历史系教授、美国历史学会会长等职。著有《洪业：清朝开国史》《中华帝制的衰落》等。

“戴笠”这个形象化的名字让人想到一个戴着斗笠的人，一大片阴影遮住了面容，让人看不清他的真面目。

中国现代最有名的间谍是国民党军统头目戴笠[1]。戴笠后来因飞机失事身亡，但很多人并不相信他真的死了。我小时候在台湾就听一些国民党老人说过，戴笠不可能就那么死了，他一定是知道国民党快完蛋了，于是制造一起坠机事件，然后躲在哪儿逍遥快活。由此可见，戴笠的神话深入人心。

关于戴笠的传说是：他非常阴森，好像只是一个名字而已，仿佛并不存在。一些外国人比如美军代表来中国开会，开了半天才赫然

[1] 戴笠（1897—1946），原名春风，字雨农，浙江江山人。1926年入读黄埔军校第六期，1928年开始为蒋介石从事情报活动，人称“蒋介石的佩剑”。1932年任中华民族复兴社特务处处长，1938年创立军统局并任副局长，1943年兼任中美特种技术合作所主任。1946年3月17日因飞机失事身亡，6月被国民政府追赠陆军中将。

发现角落里坐着一个人，那个人非常低调，就像墙上的壁纸一样融入背景，让人几乎注意不到他的存在。1943年开罗会议期间，美国总统罗斯福好奇地跟蒋介石说，听说你们那儿有一号人物叫戴笠，能不能让我见见他?

戴笠

这个连罗斯福总统都深感好奇的人物到底有多厉害呢?美国已故汉学家魏斐德认为，戴笠恐怕并不像大家传说的那么厉害。当你看完《间谍王：戴笠与中国特工》这本严谨的学术著作后，你会有一个强烈的印象：原来这一切真的只是传说而已，戴笠一生的情报工作其实失败多于成功。

作为当代西方杰出的历史学家，魏斐德为什么对戴笠感兴趣呢?他花十几年时间研究戴笠，最终写出五十多万字的皇皇巨著，仅仅因为好奇吗?恐怕不是。关于戴笠的传说太多了，吸引魏斐德的并不是他身上神话般的光环，而是从他身上看到了中国历史上存在的一种阴暗力量。每当社会动荡不安的时候，就会有人打出一些特别的名号，仿佛他有一些地下手段能让社会恢复秩序，而戴笠就是这种传统力量的现代典型。

戴笠到底是一个什么样的人物呢？他本名叫戴春风，“戴笠”是化名。这个名字一语双关：“戴笠”暗含出身寒微和布衣之交之义，表明他很谦卑；这个形象化的名字又让人想到一个戴着斗笠的人，一大片阴影遮住了面容，让人看不清他的真面目。戴笠做事非常谨慎，不愿接受访问，不愿个人照片流传出去，还会乔装易容，经常在不同住处飘忽不定。有人说他非常英俊，精力充沛，眼睛如鹰一般深沉锐利。也有人说他非常猥亵，执行任务时不忘带两个情妇，甚至连自己部下的老婆也不放过。

西方媒体说戴笠是“中国的间谍大师”，世界上凡是有中国人的地方，就有戴笠的情报人员在活动。戴笠的威慑力来自人们相信他手下的人无处不在。军统是中国的秘密警察，比起当时世界上任何一个间谍网，它的特工数量最庞大，地理覆盖面积最辽阔。1946年，据美国军事情报机构估计：戴笠手下有18万名便衣特工，其中4万人全天候为他工作；另有14.5万名穿特别制服和军队制服的特工，其中包括7万名武装游击队员、2万名别动军士兵、15,291名“忠义救国军”士兵和4万名有组织的海盗。也就是说，共有32.5万名实际或潜在的特工为戴笠效力。

由于掌握着如此庞大的地下势力，戴笠成为一个人人惧怕的大人物。戴笠负责的机构叫作国民政府军事委员会调查统计局[1]，一点都不像间谍机构的名字。军统人员也不太喜欢自称特务，喜欢说自己在做“革命工作”。搞暗杀，恐吓人，施酷刑，居然是在搞“革命工作”？在中国社会剧变过程中，这种“革命”变成一种神话般的意识形态，能够吸收各种各样的社会能量。

现代化转型过程中的中国仍然保留着很多传统的东西，比如秘密会社。军统曾经向苏联、美国、日本学习，是一个讲求高效的现代化特务机构，但行事手法、扩散网络的方式又像传统的黑社会组织。蒋介石认为只有独裁政权才能拯救中国，而他恰好又是嗜权如命的人，于是国民党内部出现很多法西斯社团。欧洲的法西斯组织很关心工人状况，试图用民粹主义的方式渗透进工人阶级。德国无产阶级当年的选择不是共产党就是纳粹党，结果共产党输给了纳粹党，法西斯主义赢得了工人大众。但国民党的法西斯组织并不是要争取无产阶级大众，而是想用威权压制他们，让他们听话而已。

---

[1] 国民政府军事委员会调查统计局（简称军统局，BIS）成立于1938年8月，戴笠一直任副局长，为实际负责人。1946年戴笠死后，军统局改组为国防部保密局。

蒋介石集团不走共产党的群众路线，他们相信的不是群众，而是少数精英，认为有一个像军统那样高效的军事化机构就可以了。但据军统上海站负责人余乐醒[1]说，军统特务根本敌不过老练机智的共产党，很容易败在共产党手下，不是逮不着共产党人，就是死在共产党特工的枪下。陈赓[2]将军在上海开展地下工作时最显著的成绩是，1931年1月他在国民党特务的眼皮底下，为共产党六届四中全会安排了警卫。国民党特务对共产党的秘密会议有所耳闻，却不知道在哪里召开。原来陈赓设立了一个假医院，里面有医疗设备、医生和护士，与会代表们缠着绷带、贴着膏药前来，或盖着毯子被抬进去，戴笠的特工们根本没起疑心。

相形之下，共产党特工更机智干练，更有纪律。本来应该是军统特务更专业，不是吗？问题出在军统的规模扩大得太快。假如戴笠真有几十万名手下，这支特务部队怎么可能都是精兵？很多人是靠裙带关系进来的，或者随便吸收一些帮派小混混。戴笠故意把特工的薪水压得很低，认为这样才能激励他们努力工作以争取奖金，然而工资

---

[1] 余乐醒，湖南醴陵人，军统骨干，戴笠的智囊。早年是中共党员，曾被派赴苏联接受情报工作训练，后脱党进入军统。1932年秋被戴笠派往上海任站长，上海站升格为华东区后任区长。

[2] 陈赓（1903—1961），湖南湘乡人，中国人民解放军大将，曾任国防部副部长。1924年考入黄埔军校第一期，曾任孙中山的侍卫、蒋介石的侍卫参谋。1926年赴苏联学习间谍技术，回国后参加南昌起义，之后曾在上海负责中共中央特科的情报工作。

一低就造成腐败，而且经常对上头交代的任务敷衍了事。蒋介石通常一生气就说，把这个人给我监视起来！这是一种很严重的处分，但特工往往监视不到位，非常懒散，随便交份报告应付。

跟我们在电影、小说里看到的一样，军统特务最擅长的是杀人，搞恐怖行动，对人施酷刑。他们的手段出奇凶狠，用各种酷刑逼供，有时甚至在监狱挖个坑洞，里面灌满硫酸，把人活生生地扔下去。魏斐德发现，很多中共党员真的不怕酷刑，甚至行刑之后招出来的是假口供，用来诱导国民党。这可能涉及信仰问题。像戴笠那样厉害的人物都输在这样一种信仰面前，然而今天的政治信仰是什么呢？

（主讲　梁文道）

《故国人民有所思：1949年后知识分子思想改造侧影》

士人风骨零落成泥碾作尘

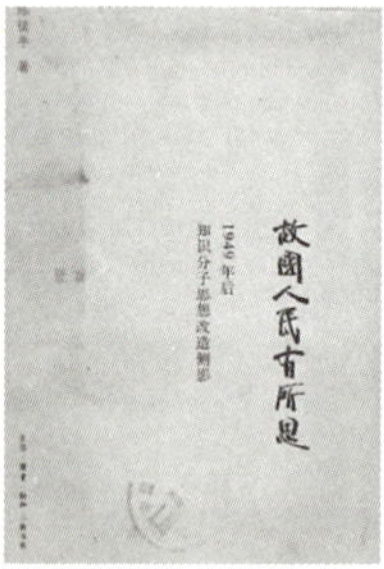

陈徒手（1961— ），本名陈国华，福建福州人。1982年毕业于厦门大学中文系，先后在中国致公党中央机关、中国作家协会工作，现为《北京青年报》编辑。著有《人有病　天知否：1949年后中国文坛纪实》。

一旦斗争的势头已成，就很难制止住，大家会自动化地朝那个方向发展。

我们这一代人不太能理解当年那些在今天看来属于学术大师、思想巨星的人，为什么在1949年后变得没有风骨，会写出那么幼稚的政治奉承话，甚至互相揭发和批判。我们觉得很不可思议，于是对他们的表现和行为发出道德谴责，说中国文人就是没腰骨。关于新中国成立初期到反右期间知识分子思想改造的问题，我们已经看过很多记载，但《故国人民有所思：1949年后知识分子思想改造侧影》一面世还是备受关注。作者陈徒手积12年功力完成此书，其实薄薄一本书才丨几万字，写作速度很慢的一个重要原因是他花费大量时间去翻阅档案。

这本书跟同类题材的书不太一样的地方是，作者很少去深挖人物内心的痛苦与挣扎，虽然偶尔带有情感的描述，但也没写得太过文学化乃至小说化。这样会不会给人很枯燥或者冷冰冰的感觉呢？不会。陈徒手其实比别人更加带着同情心去还原当年的情境，让我们去想象如果身临其境会怎样。跟专业学者不太一样，陈徒手在书中没做太多肯定性的分析和判断。比如历史学家杨奎松在《忍不住的“关怀”：1949年前后的书生与政治》一书中做了很多严谨的分析和推论，而陈徒手只是按时间顺序把一些历史档案截取出来，正如书名所言，呈现人物思想改造的侧影而已。这本书用语精简，没有太多大背景、大环境、大脉络的分析，对事件的来龙去脉也着墨不多，很考验读者对那个时代的熟悉程度。

本书开篇第一号人物是俞平伯[1]，他本来是出了名的自由散漫者，闲散时会给香港《大公报》等报刊写文章。他起初很困惑自己的东西为什么会被批判得那么猛，后来慢慢学会自我检讨，说是“由于自己没有认识到马列主义理论的重要性，没有根据马列主义的文艺理论去研究文艺作品，因此在文学研究上落后于政治上的进步，资产阶级学术观点在思想上还占统治地位，解放几年来还继续用索隐的精神、考证的面貌来研究学问”。很多人觉得他有进步，他便再接再厉

[1] 俞平伯（1900—1990），浙江德清人，诗人、散文家、红学家，与胡适并称为新红学派的创始人。出身名门，毕业于北京大学，曾在燕京大学、清华大学、北京大学、中国社会科学院文学研究所任职。1954年，毛泽东亲自发动对“俞平伯《红楼梦》研究”和“胡适反动思想”的全国性政治大批判。

想要整理研究杜甫和李白的诗，而他所在的北京大学文学研究所甚至打算用集体讨论、分工合作的流行方式来帮助他提高思想水平。他本人也承认思想改造的艰苦程度，说这里好像通了，那里又碰壁，放弃自己的观点确实不容易。文学所党总支反复强调说："在学术批判中对自己没有什么损失，丢掉的只是虚假的名誉，而得到的是马列主义。"向来寡言的俞平伯在大批判后也变得爱唠叨，说得条理格外分明，竭力靠近政治主题，说话时的态度诚恳而又老实。

当时跟俞平伯同样老实的学者还有很多，比如一代史学宗师陈垣[1]后来也学会了反省，开始认识到自己的"错误"。20世纪50年代初，陈垣报名参加西南土地改革运动，所见所闻改变了他的一些学术思路。他在四川巴县乡间应邀参加了斗争地主大会，后来在当地干部的陪同下到处走访，发现地主在村中所立的碑碣与斗争大会上所听到的残酷剥削农民的事实不符，过去他可能会觉得大会上说的那些东西是一种政治虚构，此时却想到自己所研究的金石碑文为什么很少记载劳动人民被压迫的情况，便对以往"闭门治学"所依据的考证材料产生了怀疑。不久后，北京师范大学党委欣喜地向市委汇报说，陈垣已对几十年来考据研究中缺乏阶级观点进行了初

[1] 陈垣（1880—1971），广东新会人，历史学家。曾任中华民国教育部次长，1948年当选为国民政府中央研究院第一届院士。1926年起任辅仁大学（1925年创建的一所天主教大学）校长，1952年该校并入北京师范大学后续任校长。1959年以79岁高龄加入中国共产党。

步批判。

新中国成立初期，中共在高校知识分子问题上有一个很重要的思考是如何重新安放他们。当时很多人像陈垣一样在民国时期已是著名大学者，而且承担着学校的行政工作，做到教务长、校长级别的大有人在。新中国成立后整个高等教育体制变了，改由共产党来领导，原先学校没有党委书记，现在设有党委组织部，权力该如何重新分配和平衡呢？其间会不会出现一些问题和摩擦呢？我们在这本书中看到一些很有趣的现象，比如校长到底是干吗的，校党委到底应该管什么。

著名经济学家马寅初[1]在北大当校长时，想在北大学报发表文章却遭退稿，学校委派新的系主任而他事先并不知情，所有事情都由党委管着。党委本来应该只管政治思想，却连教学事务、学术研究都管，这不是外行领导内行吗？然而，当时认为中国学术界残存封建余孽和资产阶级余毒，那些余孽应该好好被改造甚至被斗倒，起码不要把他们看得太神圣。1958年，马寅初去看望参与修建十三陵水库的北大师生时，有些学生看见校长来了很高兴，说要“向马老学习，做

[1] 马寅初（1882—1982），浙江嵊县（今嵊州市）人，经济学家、人口学家。美国哥伦比亚大学经济学博士，1948年当选为国民政府中央研究院第一届院士。1951年由浙江大学校长调任北京大学校长，1957年因发表提倡节制生育的“新人口论”被打成右派，1960年被迫辞去校长职务，1979年平反后担任北京大学名誉校长。

马老好学生”。校党委看见觉得很不妙，向市里汇报说学生对旧专家、老教授很迷信，这些老学者思想上还在毒化新一代年轻人。当时年轻人把老学者捧得太大牌是不行的，要培养出不用太瞧得起他们的气派来。

在校党委外行的瞎指挥下，有的校长像马寅初那样干脆什么事都不管，主动撒手站一边去，有的则像陈垣那样表现出一副很乖很顺从的样子。1962年形势有所缓和时，北大副校长周培源[1]几次恼怒地提及当年大批判令人伤心的往事，说当时居然用一些哲学概念来批判量子力学，这个运动有些地方做得太急躁、简单甚至粗暴。与那些因为政治不过关而什么实事都不用干的校领导不同，周培源当时是中国头号物理学家、流体力学第一人，由于他在国际上太大牌了，便作为中国科技界的形象代言人承担了很多任务，到处跑到处飞，一年有好几个月在国外出访。周培源是一个学者，一天到晚被迫忙着应付国家的政治托付，没工夫好好做学问，觉得自己跟不上国际前沿，为此非常忧心，主动辞去一些校外兼职和社会活动。

当时学者所处的环境远比我们想象的复杂，出卖行为似乎不能

[1] 周培源（1902—1993），江苏宜兴人，理论物理学家、流体力学家，中国科学院院士。美国加州理工学院博士，曾在美国普林斯顿高等研究院跟从爱因斯坦研究广义相对论。早年任清华大学物理系教授，1952年至1981年历任北京大学教授、教务长、副校长、校长等职。

用今天的标准来衡量。批斗大会上鼓动被批判对象的朋友、同事、学生站出来揭发隐私，这在今天看来很不像话，怎么能把私下聊天的东西公开拿出来作为“罪证”呢？然而，这在当时是被鼓励的，被认为是正当的。很奇怪的是，揭发完别人隐私的人居然舒服了，觉得大家用掌声鼓励我，赞赏我做了正确的事情，又对我温暖了。有位北大化学系教授揭发完同事傅鹰[1]，在会上感慨道：“历史上没有一个朝代像共产党这样关怀知识分子。”这种感慨当时恐怕发自真心吧。

傅鹰是谁呢？1950年从美国赶回来参与祖国建设的知名化学专家，1957年被毛泽东“钦定”为“中右标兵”。所谓“中右”，就是中间亲右，还没被划入右派。当时划右派的标准以傅鹰的言论为标线，超过他的程度就是右派分子。被树为“中右标兵”其实保护了傅鹰，当时很多人没有他右却被划成右派，上头似乎不想大搞他。为什么他后来也被斗得很惨呢？原来是化学系党总支认定他是没戴帽子的右派，一次又一次地不顾上头的意见，硬要把他树为负面典型。北大党委的证据之一是有学生说我们“奋斗一生，学到傅鹰先生的十分之一就很好了”，由此认为傅鹰迷惑了学生，让学生中了毒，认为他是

[1] 傅鹰（1903—1979），生于北京，籍贯福建闽侯，物理化学家，中国胶体化学奠基人，中国科学院院士。1928年获美国密歇根大学科学博士学位，回国后曾任重庆大学、厦门大学等校教授。1945年再度赴美任密歇根大学研究员，1950年归国后任北京大学、清华大学等校教授，1962年被任命为北京大学副校长。

不可超越的学术权威。后来学校调整专业发展方向时，未详加考虑就断然取消傅鹰领导的胶体化学教研室，后经上级过问才恢复。这种情况在当时十分常见。

当时北大让一批学有所成的老教授和一些青年师生分别编写讲义，比比看谁写得好，意在比垮和搞臭旧式教授。比如，参与编写《红色化学热力学》的学生说："苦战一夜，写出大纲。"傅鹰大为惊异，只是淡淡地说了一句："一夜搞出来不容易。"学生们第二天嚷嚷说大纲胜利写出来了，批判傅鹰高傲轻视的态度，说这是两条道路斗争的体现。事实上，大纲是某助教一个月前就写出来的，当晚只是做了一些修改和补充。值得一提的是，并没有一门学问叫红色化学热力学，"红色"指的是政治色彩，即按照红色观点来编写化学热力学讲义。

当年有些学者慨叹学生不学无术，不知道怎么教才好。北大中文系教授王瑶[1]说："学生社会活动多，学得不好；脱离政治的，学得好，因此就规定打'表现分'。考试前同学先要复习提纲，然后又要指明重点，有了重点，又要求先生讲出简明扼要的答案。我们不敢出偏题，出个题目是重点而又重点，又都是理论

[1] 王瑶（1914—1989），山西平遥人，文学史家。先后就读于清华大学中文系、清华研究院中国文学部，师从朱自清。1946年研究生毕业后留校任教，1952年调入北京大学。

化。”因此学生的考试成绩总是很好，可他们学了半天文学史，居然不知道律诗是八句！

王瑶痛心地说：“过去先生可以毫无顾忌地对学生谈自己的体会，现在要我与学生个别接触，就存在戒备，说不定那一次接触，他说你给他散布了资产阶级影响，要来批判你。两个人的谈话又无从查对，反正学生总是对的，你只有检讨权，没有解释权，而且是越解释越糟糕。原来是三篇文章批判你，一解释就会有三十篇。有的学生会上批判你，会后又来向你解释，说是因为有了压力才批判的，弄得你啼笑皆非。”

“大跃进”时期，北大化学系在报告中说他们一年内完成了一千多项科研项目，傅鹰很不以为然，几次向校方提意见说：“根据系里教师的力量水平，一年内完成几项就很不错了。有时纯化一个原料也得要三个月的时间，二至三个月内怎能完成几百项？这些数字层层上报，领导也无法核对，这样献礼不够严肃。”傅鹰觉得这种做法很有问题，却又无可奈何。

更好笑的例子发生在小麦育种专家蔡旭[1]身上。蔡旭人称“学

[1] 蔡旭（1911—1985），江苏武进县（今常州市武进区）人，小麦栽培及遗传育种学家，中国小麦杂交育种的开拓者，中国科学院院士。曾任北京大学副教授，1949年起任北京农业大学教授、农学系主任、副校长等职。

堂小麦王”，看到报纸上登载小麦亩产3530斤，觉得很不可信。“在搞丰产田制定指标和措施时，催促报小麦丰产田指标，蔡旭起初只提每亩750斤，后来参观了外面大跃进火热场面，回来后只是提高到1000斤。再让报第二年指标，蔡旭只肯提每亩1600斤，再不肯往上提了。后来中国农业科学院公开向他挑战亩产8000斤，他吓了一跳，无奈之下被迫应战，只好跟着说搞8100斤，仅仅比别人多100斤，这让校方大为不快，在党总支的再三逼迫下又涨到8500斤。紧接着青年教师出马高喊要搞万斤，目标直指名教授。蔡旭万般棘手，也只能极为勉强、配合式地表态说也要搞万斤。”这类荒谬的故事我们听过很多。

这本书提出一个很重要的观点：当年很多政治运动中，上头有时想收一收，但就是收不住。中央说不要搞得太过分，校党委书记偏要大搞，有时校党委书记说别把那个人斗得太惨了，但系总支负责人硬是要把那个人搞垮。这说明一旦斗争的势头已成，就很难制止住，大家会自动化地朝那个方向发展。当年很多知识分子就是在这种自动化的斗争环境中被改造成功的。

（主讲　梁文道）

希特勒时代的孩子们

《帝国最后的荣耀：大明1592·抗日援朝》

万历朝鲜战争让日本龟缩三百年

马伯庸（1980— ），本名马力，业余作家，人称“网络鬼才”。著有《风起陇西》《古董局中局》等。

汗青（1967— ），本名叶军，浙江杭州人，业余历史研究者。著有《天崩地解：1644大变局》《严肃的不正经：历史的给力读法》等。

这场几乎被中国人遗忘的国际战争，其实界定了后来三百年的东亚格局。

明神宗万历年间发生过一场中日战争，是在朝鲜领土上打的，类似于后来的抗美援朝。万历二十年（1592年），日本太政大臣丰臣秀吉[1]出兵朝鲜，而且竟想吞并明朝时的中国。战争结局是议和，日本从朝鲜撤军。很多日本人一厢情愿地认为，若不是丰臣秀吉死了，战争还能继续打下去。

[1] 丰臣秀吉（1536—1598），出身于社会底层，后凭才干和武力成为日本战国时代大名，1586年受天皇赐姓“丰臣”并出任太政大臣。1590年基本统一日本，成为日本的实际统治者。

很奇怪，万历朝鲜战争[1]湮没在中国人的集体记忆里。不过，关于这场中、朝、日三国之间的国际大战，日本漫画、历史小说却喜欢大谈特谈。在他们看来，这是“天下人”丰臣秀吉晚年最了不起之举。当然也有人认为，出兵朝鲜是丰臣秀吉最大的失误。今天朝鲜人、韩国人也经常描述这场战争，完全归功于他们本国人。以前中国人很少注意这场战争，近几年开始有一些书谈论这个话题。比如《帝国最后的荣耀：大明1592·抗日援朝》，站在中国人的立场讲述大明王朝如何英勇神武，鞭挞朝鲜王国如何无能。

有关这场战争的中文著述，很多是通俗历史读物，有很多小说化的笔法，或者像传统说书一样加很多评论，用今天的流行语来说就是“戏说”。比如《帝国最后的荣耀》讲到朝鲜海战英雄李舜臣[2]如何以寡敌众打赢了几场漂亮仗，而后又发明了一种新阵形，作者忍不住跳出来说：“这让人不得不感慨，李舜臣的海战天才已经达到了极高的水准，可他居然还在成长，这还让不让人活了！答案是：不让。”

---

[1] 1592年日本出兵朝鲜，史称“文禄之役”（朝鲜称为“壬辰倭乱”），次年因战事不利与明朝和谈。1597年日本再次入侵朝鲜，史称“庆长之役”（朝鲜称为“丁酉再乱”），次年在丰臣秀吉死后与明朝议和。这两场战争在日本合称“文禄—庆长之役”，在朝鲜称为“壬辰卫国战争”，在中国称为“万历朝鲜战争”。

[2] 李舜臣（1545—1598），朝鲜海军将领，谥忠武，人称忠武公。1576年武举登科，1591年任全罗左道水军节度使后加强海军建设，革新武器、战斗编队和战略战术，屡挫日本海军，1598年12月阵亡。

这种通俗化的历史写作手法，一般读者会觉得很过瘾，问题是有损历史事实的庄严。当作者的口吻如此调侃戏说，而又缺乏资料来源的注释时，我们会怀疑其中有多少内容只是传闻或者纯属虚构。比如《帝国最后的荣耀》中有一个很重要的人物叫郭国安，说他是一个混入日本军团高层的中国人，如何充当起间谍，把情报出卖给明朝军队。然而，很多历史学家怀疑这个人物是否真实存在过，即使真有其人，他有没有起到那么重要的作用也很可疑。

关于万历朝鲜战争的部分中文著作

尽管这种戏说笔法存在一些问题，《帝国最后的荣耀》还是让不了解那段历史的人大开眼界。小说开头不错，说万历二十年六月十五日，有一支1029人的中国军队跨过鸭绿江去援助朝鲜，由此带动了整个东亚局势的变化。当时主持侵朝大计的是日本人非常崇拜的丰臣秀吉。这个所谓天下共主的“天下人”基本统一日本后，立即整军入侵朝鲜。他认为日本太小了，不仅要扩张到朝鲜半岛，而且要把明朝时的中国吞下去。我们会觉得这个想法太狂妄可笑了，当年日本凭什么能打赢中国？日本人的确很狂妄，他们的自信源自久经沙场。历经100多年的战国时代（1467—1615），日本人已经太习惯于打仗了。

战前日本集结了九个先遣军团，共计158,000人，再加上水军、预备队等，总兵力达281,840人。占领朝鲜半岛大部分地区后，日本人马上修筑城墙，技术堪称世界一流。这是他们常年战争积累起来的经验。这有点像后来欧洲人打仗，一个小国出去却能战无不胜，也是因为久经沙场的缘故。日本入侵朝鲜没几个月，就几乎要吞灭整个朝鲜王国了，准备在那里推行日本式的封建制度，把朝鲜半岛分成八大块，然后分封给功臣。

朝鲜国王李昖[1]想方设法通知明朝，请求明军前来援助。万历时期的明朝并不像我们想象中的那么混账，比如浙江台州小渔民上报

[1] 李昖（1552—1608），德兴大院君李岹第三子，初封河城君，1567年入承大统，成为朝鲜王朝第14代国王，庙号宣祖。

说日本人正在整军备战，消息居然很快上达天听，并举行廷议。备战之际，山东上奏说某条河需要马上疏浚，否则必成水患，工部则回复说先等等，明年春天要打倭寇，以后腾出手来再修河。也就是说，当时整个国家相当有效地运转。

16世纪的这场战争已经相当现代化，中日双方动用了大规模火器。我们以为当时亚洲人还拿大刀长矛，其实明朝已有火炮，日本也已从葡萄牙人那里学会制造欧洲火枪。两国作战时使用火器的方法不同，日军是由步兵密集地使用火枪攻击，明军则是先用大炮狂轰，再由骑兵带着冷兵器上前冲杀。让人意外的是，当时就连海战也使用了各种各样的火器。

这场战争并不像我们想象的那么简单，以为明军可以源源不断地跨过鸭绿江，然后以多胜少。其实，当时明军在朝鲜半岛常常处于以寡敌众的状态。中国派出去的军队总人数有20多万人，但那是数次累计的结果，通常出去一拨顶多就8万人。一个很重要的制约因素是后勤补给问题。当时朝鲜很多地方已被日军占据，人力物力组织不起来，几乎没有能力提供粮草、弹药等后勤补给，而且输送军需物资的驿站系统也失灵。明朝派去的官员首先要处理的不是战略战术问题，而是帮忙重建驿站系统、战场通信系统和后勤补给系统。

这场几乎被中国人遗忘的国际战争，其实界定了后来三百年的东亚格局。经过这次教训之后，日本虽然仍有渡海侵略东亚大陆的胃口，但它到底龟缩回去了，足足闭关锁国两三百年。

（主讲　梁文道）

《日俄战争的时代》

反战就是卖国贼

井口和起（1940— ），日本历史学者，曾任京都府立大学校长、文学部教授。著有《朝鲜、中国与帝国日本》《日本帝国主义的形成与东亚》等。

吊诡的是，当国民的民主意识越来越强，就越容易出现极端民族主义乃至军国主义。

中国人喜欢戏说历史，日本人也会戏说历史，主要就是靠漫画。过去几年日本流行一种风潮，喜欢重温历史上辉煌的时代。日本漫画看多了，你就能理解为什么这个国家变得这么右。日本右倾的背后早就有一种右翼文化在酝酿发酵，尤其是通过那些很受大众欢迎的漫画，这种思潮逐渐渗入普罗大众的意识里。

日俄战争近几年被日本人拍完又拍，画完又画，因为这是一场让他们非常自傲的战争。虽然日本在甲午战争中打败了亚洲老大哥，但大清国早就被人认为腐朽得不堪一击，而沙俄却是当时世界上国土面积最大、军队人数最多的欧洲殖民帝国。一个新兴的亚洲国家居然打败不可一世的老牌帝国，日本人觉得这很了不起，于是出了很多东西来美化日俄战争。在这种风潮盛行之时，日本历史学者井口和起非常严肃地提出了警告。

日俄战争的发生，主要缘于两国在东北亚的利益冲突。日本想吞掉大韩帝国[1]，沙俄想霸占中国东北，起初打算互不干涉，后来互相不信任。这种不信任感愈演愈烈，两国都摆出不惜一战的态度恐吓对方，使得局势无法扭转，最终诉诸武力来解决。日本大众文化吹捧美化这场战争，认为发动此战是非常必要的。这种观念成为日本总结这段历史的基调，甚至影响到后来军国主义的出现。

今天中国人谈中日恩怨情仇，会谈到甲午战争、抗日战争，还有八国联军侵华战争（其中一半主力是日军），往往忽略了日俄战争。这场看似与中国无关的战争，其实当时中国不仅被波及，甚至成为日俄打仗的“游乐场所”。战争伊始，中国政府宣布中立。这听起来是不是很悲哀？人家在你的国土上打仗，根本就是一场侵略战争，而你竟然宣称保持中立！碍于欧美列强与中国的利害关系纠葛在一起，日俄起码要给点面子，不能完全无视中立宣言，交战时要保障中立地区的中国人不受影响。

[1] 大韩帝国（Korean Empire）史称“旧韩国”，指1897年至1910年间存在于朝鲜半岛的君主立宪制国家，疆域相当于今天朝鲜和韩国国土面积的总和，1910年被日本吞并。

中国政府被迫承认辽河以西的满洲地区是交战区，日俄可以任意使用该区域各种资源，随意摧毁该区域任何东西。日俄在这片土地上打仗，理论上不能伤害中立国的国民，但怎么可能做到呢？在那里居住的中国老百姓怎么办呢？对此，中国政府无法采取任何有效的对抗手段来保障国民的安全。满洲民众在被国家抛弃之后，独自展开反战行动。韩国更惨，政府于开战前宣布严正中立，再三向日俄申请中立保障，但日本居然说它缺乏成为中立国的实力。

对日本老百姓来说，日俄战争也让他们苦不堪言。其实日本打这场仗并不太容易，要借很多外债，当时英、美提供了很多经济援助。尽管有这两大强国作为经济靠山，战争仍对日本社会产生了很多副作用，比如国债、税收增加了，老百姓的生计自然困难了。很多工人日夜赶工生产武器，每周都有“过劳死”现象发生。

当时有很多日本平民反战，尤其是幸德秋水[1]等社会主义者，认为这场战争没有意义。问题是日本政府认为“平民非战论”立意良善，但不够现实。所谓现实就是日本在满洲地区、大韩帝国的利益受到侵犯，认为战争是维护日本利益的一种手段。你们平民说得很对，

[1] 幸德秋水（1871—1911），曾从事新闻工作，1901年与人创建日本第一个社会主义政党——社会民主党。日俄战争前夕创办《平民新闻》周刊，宣传反战和社会主义思想。

打仗不好，杀人不好，被杀更不好，那么请问你们有什么办法解决这个现实问题?

我觉得最成问题的不是那些人太天真，而是什么叫作现实。为什么日本认为占领满洲地区和大韩帝国很重要，不惜动用战争手段呢? 那个年代大家都觉得一个国家强大了，一定要向外殖民扩张。这被认为是必然的真理，也被认为是必然的现实。然而，这真的是现实吗? 为什么不能避免呢?

当时日本政府除了镇压反战分子的集会，有时连庆功集会也取消，怕老百姓一聚集就闹事。日本政府还制造大量宣传假象，引导国民认为这场战争是非常正面的。在日俄战争打到最激烈的时候，士兵们尚无“英灵”意识，没有想过战死后会在靖国神社接受奉祀。战争结束后，所有负面的社会影响立即被修正，日本强调要将所谓“英灵”放在靖国神社祭拜，以鼓励后来者勇于为国牺牲。通过这场战争，日本重新建立起一套神灵祭祀体系。

当时日本人对现实非常不满，认为贵族、财阀凭什么掌握国家大权，让老百姓出去打仗为他们而死呢? 老百姓觉得我们也要拥有权力，我们要做国家的主人。吊诡的是，当国民的民主意识越来越强，就越容易出现极端民族主义乃至军国主义。在这种思潮下，人人都觉得自己拥有权力，我们就是国家，国家就是我们，我为国家而死，国家存活下来，就等于我还活着一样。当一个人越是要求分享国家权力，就会越认同这个国家，到最后就越容易被人利用。

日本著名女诗人与谢野晶子[1]当年有一首反战诗，矛头直指天皇，谴责天皇御驾不亲征，让人民的血流遍荒野。这种反战的声音在当时是多么微弱，犹如昙花一现，迅速被民众盲目的爱国热情压抑下去。这么有良心的反战声音，在那个年代变成一种“卖国贼”的言论。

（主讲　梁文道）

[1] 与谢野晶子（1878—1942），日本诗人、作家、思想家，日俄战争期间发表反战诗《你不能死去》，被人污骂为“乱臣！贼子！”。

《孤独前哨——太平洋战争中的香港战役》

18天保卫战不是小插曲

邝智文（Kwong Chi Man），剑桥大学博士，现为香港浸会大学历史系研究助理教授，研究兴趣为军事史、近代东亚史。著有《老兵不死：香港华籍英兵（1857—1997）》等。

蔡耀伦（Tsoi Yiu Lun），香港浸会大学历史系毕业，现为慕光英文书院教师。2014年与邝智文合著出版*Eastern Fortress: A Military History of Hong Kong, 1840—1970*。

从太平洋战争整个布局来看，香港战役似乎只是一个小插曲，但其实具有重要战略意义。

1941年12月8日至12月25日圣诞节，二战的战火烧到了香港，日军仅用18天就拿下了英国控制下的香港。从太平洋战争整个布局来看，香港战役[1]似乎只是一个小插曲，但其实具有重要战略意义。这场战役影响了南中国和西太平洋地区在二战中所起的战略环境作用。日本把英国赶出东亚，英、美、中在南中国地区原想达成的合作战略成了泡影。日本控制了南中国海，使得盟国在抗日战争初期相当不利，比如援助中国的物资和资金的出路被切断了，香港当时是亚洲第三大造船基地，盟国在那里制造船舰的计划也搁浅了。

---

[1] 1941年12月8日，日本第23军第38师团开始进攻香港，12月25日香港总督杨慕琦投降，次日全体驻港英军投降。香港战役（又称香港保卫战）之后，香港进入长达三年零八个月的日治时期，直到1945年日本宣布无条件投降。

关于香港战役有很多成见，比如说日军的作战非常出色，人数很多，军火很强，作战策略很精明，英军则出现很多失误，最大的错误就是临时派来一个加拿大军团当炮灰；甚至有人说英国一开始就抱着半放弃的态度，没打算好好守卫香港。香港军事史研究者邝智文、蔡耀伦在考察了英国和日本军部大量原始档案之后，得出很不一样的结论。他们认为英国的确有段时间考虑过香港不值得防守，但其实仍然做了大量防备工作，尤其到后来，英国相当紧张。

日本为了迫使蒋介石屈服，1939年占领了西沙群岛和南沙群岛，试图切断中国与世界的联系。当时英国曾与法国研究从法属印度支那[1]派兵到广东，与当地的国军游击队一起保卫香港，终因舰队问题未能解决而作罢。1940年6月，日本向英国发出通牒，要求关闭滇缅公路，阻止中国政府从境外输入军用物资。

当时太平洋战争尚未打响，英、美仍未正式对日宣战，但已是战云密布，都觉得局势已经无法挽回。英国就想着如何拖延这场战争的爆发，然后利用国际压力把美国卷进来，使日本不敢轻易冒犯。日本确实出于这方面的考虑，延迟了发动战争的时间。后来美国对日本

[1] 法属印度支那是法兰西殖民帝国于1887年在东南亚成立的殖民地联邦，领土包括今越南、老挝、柬埔寨三国和中国广东湛江市中心城区（原广州湾租界）。1954年，法国在日内瓦会议上放弃对法属印度支那的所有领土主张。

实施石油禁运，条件是如果你想让我恢复运输，你的军队要全部从中国撤出。这下日本不干了，贸然南下掠取资源。

英国是不是真的没打算好好守卫香港呢？并非如此，比如说香港有很多机枪碉堡，而大英帝国在世界各地鲜少这么密集地大规模兴建机枪碉堡。英国当时也做了一些防守准备，只不过计划落后于形势的变化。当英国正在进行战略调整，想好好守卫香港时，没想到战争降临了。

东京时间1941年12月8日凌晨12时45分，日军在英属马来半岛哥打巴鲁[1]登陆，一小时后偷袭珍珠港。也就是说，偷袭珍珠港并不是日本打响太平洋战争的第一次攻击，日军在这之前先攻击了英国。在香港战役中，英军并不是真的那么不堪一击，可以说作战相当英勇，而日军也不像我们想象的那么英明神武，各个部队之间的协同作战其实有问题，有几次攻击战的胜利纯属运气使然。

《孤独前哨——太平洋战争中的香港战役》内容非常丰富，据我所知是迄今为止关于香港战役资料最翔实周备的一本书。我们从中可以看到当年香港黑帮如何帮着日本人渗透香港，甚至勒索香港政

[1] 哥打巴鲁（Kota Baru），马来西亚吉兰丹州（Kelantan）首府，位于马来半岛东北部，北面与泰国接壤。

府，以保证不会在战时骚扰政府和百姓。当时日本人自信满满，以为很快就能压服香港，不断叫港督杨慕琦[1]赶紧投降，没想到英国人竟会抵抗到最后一刻。

（主讲　梁文道）

---

[1] 杨慕琦（1886—1974），生于英属印度，英国资深殖民地官员。1941年9月被英国政府任命为第21任香港总督，12月25日向日本投降后沦为战俘，后期遭受日军不人道对待。因身体欠佳，二战后先返回英国疗养，于1946年5月1日复任香港总督，一年后退休。

《缅北之战》

中国驻印军绝地反攻

黄仁宇（Ray Huang，1918—2000），生于湖南长沙，美籍华裔历史学家。曾任国民党军官，1952年赴美留学。密歇根大学历史学博士，曾任纽约州立大学教授、哈佛大学东亚研究所研究员。著有《万历十五年》《中国大历史》等。

你生错了地方，那就是一个错误的人生在一个错误的时间，然后死在一个错误的地方。

有些很重要的战争史是由战争的领导者或参与者写的，比如恺撒[1]的文笔很好，写下名垂青史的《高卢战记》。也有些历史学家曾以军人的身份亲临战场，带着史学的眼光去看待他所参与的战役，所留下的记录显得分外重要，比如黄仁宇先生的少作《缅北之战》。

[1] 盖乌斯·尤利乌斯·恺撒（Gaius Julius Caesar，前102或前100—前44），罗马共和国末期军事统帅，罗马帝国的奠基者。自幼博览群书，十几岁就发表作品，传世之作有《高卢战记》《内战记》。

1943年，中国驻印军[1]从印度反攻缅甸。这是二战史上中国最大规模的一次海外派军行动。黄仁宇在从军报国之余，还扮演了战地记者的角色，写了十几篇通讯发表于《大公报》和其他报刊，并于1945年3月结集出版。以今天的眼光来看，《缅北之战》并不是好的史学材料。黄仁宇首先是一名中国军人，无法以抽离事外的史学家的眼光去看这场战争。这些战时文章带有鼓舞士气、激发抗战热情的任务，喜欢强调光明面，避而不谈某些令人不快的东西，比如当时闹得很厉害的中美军事指挥权之争。

尽管如此，我们还是能从这本书中看到一些只有亲历现场的人才能看到的战地情形，那是今天的人难以凭空写出来的。比如缅甸北部的地形很奇特，士兵们在卑湿的山谷里作战非常艰难。日军“在这一带的防御是很独特而顽强的，有时候沿着干沟构成数带阵地，有时候选择特殊地形筑成坚强据点”。这一带有很多长条形和马蹄形的沼泽，日军“惯于利用马蹄形的池沼作为环形据点，这样的据点有三百六十度的射向，在丛草里俨如碉堡，很能够争取时间”。“在这

[1] 1941年12月，中英军事同盟成立。为支援英军在缅甸抗日及保卫中国西南大后方，中华民国政府组建了中国远征军，于1942年3月开始在缅甸与日军作战。战事失利后，1942年8月在撤入印度的新22师和新38师的基础上组建中国驻印军，由美军中国战区参谋长史迪威（Joseph Stilwell）将军任总指挥。1943年3月，中国驻印军总指挥部下设新一军建制。黄仁宇1943年加入中国驻印军，任新一军上尉参谋，1944年5月在缅甸密支那负伤，获陆海空军一等奖章。

样一片地区，整齐的战线已不复存在，攻守双方都在树林内构成无数的大小袋形，两方的炮兵都很活跃；轻兵器不在十码之内决不轻易射击。”

为了使部队正面攻击容易些，中国驻印军经常攀缘河谷两侧壁的山地。黄仁宇说攀爬悬岩绝壁是在挑战人类的极限，“他们所选择的路线，决无道路可循。地图上所标示的村落，事实上都不复存在。他们必须携带全部行李辎重，他们必须自己在丛林内开天辟地，爬上两千英尺的一座山，下山，又再爬一座三千英尺的高山”，而且随时可能在山顶、山麓或山腹遇到敌人。士兵们“攀登那七十度以上的陡坡时，简直是四肢交互找着树根枝叶连拖带爬，刚到山顶，满以为下坡可以少吃一点力，不知下坡还要困难，坡度还陡，全身的装具使重心太高，脚底下的丛草滑得可怕”。

缅北一进入雨季就苦不堪言，原本看得见河床的小溪瞬间变成几十米宽的浊流。有一次在密支那[1]，黄仁宇碰到下雨天，到处湿得无法入睡。他说“外面下起倾盆大雨来，油布旁边的雨水一线一线地飘了进来，顶上也在一滴一点地渗漏着，床上已经成了一条水槽”，大家只好坐着不动。日军雨夜突袭，枪林弹雨也来了。三天

[1] 密支那（Myitkyina），缅甸北部边陲重镇，克钦邦首府。二战时期为战略据点，1942年5月被日军占领，1944年8月由中国驻印军和美国梅里尔突击队（Merrill's Marauders）共同收复。

后，黄仁宇受了人生中第一次枪伤。缅北的天气是白天热得皮肤刺烫，下雨时又让人全身湿透，好几个小时都没法弄干。此时伤口特别容易腐烂，就连一些活人的身上都长出蛆来。

中国驻印军是中美将领磨合之下一个很奇特的时代产物，双方一些互动行为很好玩。比如所有东西都搞双份，既升中国国旗，也升美国国旗。在一些重要仪式上，双方军人就算听不懂对方在干吗，也都乖乖地跟着对方做。升完国旗后有纪念仪式，单调而冗长，完全是中国式的。中国军官一个接一个地上台讲话，美军也跟着中国军人一会儿立正一会儿稍息，终于有美国大兵受不了了，有的坐在地上休息，有的不打报告就离开。

中国驻印军与美方将领相处得很不好，黄仁宇点出问题的要害所在："整个国民党深信，中国事务只能以中国人的方式来处理，西方人永远不可能了解个中因由，甚至也没有必要加以解释。这样的态度大错特错。即使我花了一些时间才想通，我还是要说，中国并没有如此神秘。国民党的所有问题在于，它打算动员过时的农业社会，打一场现代的战争。中国的军队需要现代工业的支持，但事实上在我们背后的，只有村落单位的庞大集结。我们的上层组织，无论是民间或军方，有许多漏洞和罅隙，必须以私人关系及非常手段去填补。要用这样的解释让不耐烦的美国人同情，的确令人存疑。但是，如果不去解释，我们所暴露出的弱点只会招惹所有的道德谴责。”

《缅北之战》有一个特别好的处理方式是，书后附有黄仁宇晚年回忆录中关于缅北经历的内容节录。黄仁宇年轻时作为战地记者写的文章，与数十年后作为历史学家对那段时光的回忆，对照起来特别有意思。比如他当年在桥下看见一具日军尸体，在新闻通讯里仅一笔带过，数十年后已不用顾忌战争宣传纪律，就在《黄河青山：黄仁宇回忆录》（2001年）里袒露心声。死者是一名日本上尉，被中国驻印军的巡逻兵射杀，身旁有一张地图和一本英日字典。黄仁宇发现这名上尉和自己有许多共同点，“属于同样的年龄层，有类似的教育背景。在死前一天，他还努力温习他的英文！谁敢说他不是大学学生，脱下黑色的学生装，换上卡其军装？想想看，要养大及教育他得花多少心力，接受军事训练得花多长时间，然后他在长崎或神户上船，经过香港、新加坡、仰光，长途跋涉的最后一程还要换搭火车、汽车、行军，最后到达在他地图上标示着拉班的这个地方，也就是已经烧毁的卡吉（Kachin）村，千里迢迢赴死，喉咙中弹，以残余的本能企图用手护住喉咙”。

黄仁宇感悟说：“种种事由之所以发生，是由于他出生在黄海的另一边。否则他将和我们在一起，穿我们的制服，吃我们配给的食物。在孟拱河谷这个清爽的四月清晨，蝴蝶翩翩飞舞，蚱蜢四处跳跃，空气中弥漫着野花的香味。而这名上尉的双语字典被放在矮树丛上，兀自滴着水。”这段文字令人伤感。战争总有所谓正义与非正义，总有所谓对的一方与错的一方，你生在哪一方是由命运决定的。你生错了地方，那就是一个错误的人生在一个错误的时间，然后死在一个错误的地方。

二战结束后，黄仁宇等人到上海接管日本降军，没想到前来接机的日本陆军及海军军官一点也没有他们预期的不快或反抗态度。他们举止体贴有礼，甚至显得快活。一声令下，他们的司机就拿下轿车上的国旗，神色从容，换上国民政府的青天白日旗。然后日军送他们到非常豪华的华懋饭店[1]，预先准备好了套房，想用餐只要到楼下餐厅或咖啡厅点菜，签个名即可。黄仁宇一直弄不清楚到底是谁埋单。他说："日军军官看我们受到妥当照料后，向将军敬个礼就走了。他们到底是我们的假释犯人呢？还是我们是他们在政权交替时的客人呢？实在难以分辨。"

更奇怪的是，有一天晚上，有位国民党上尉居然带着三四名日本军官去村里唯一一家餐厅吃饭。中国军人干吗要请日本降军吃大餐呢？原来这名上尉认为，我们应该尽可能对以前的敌人亲切和善，才

[1] 华懋饭店（Cathay Hotel），原为英国商人投资建成的五星级酒店，上海外滩的地标性建筑。1929年开业，1941年太平洋战争爆发后被日伪接管，二战后被收回，1956年改名为和平饭店。

能使他们相信自己已被原谅，而且我们也和他们一样对敌意深感抱歉。这名上尉甚至真心替日本人难过，形容日本被美军轰炸得像被压垮的西瓜一样。黄仁宇觉得这位受教育不多的上尉心肠太好了，从他身上看到了中国传统文化中某些要素具有持久的活力，在老百姓的对外关系上展现出来。黄仁宇没有以大参谋的身份教训这名上尉，反而为他高贵的纯朴所折服。

（主讲　梁文道）

《跟着美军上战场——零距离解码战地美军》

阿富汗战争像警察维和行动

邱永峥（1970— ），福建尤溪人，《环球时报》首席记者。主要从事战争与冲突报道，曾赴巴基斯坦、利比亚、叙利亚等地采访。著有《变天：中国战地记者亲历中东骤变》。

郝洲（1983— ），《环球时报》记者。曾赴巴基斯坦、也门等全球热点地区采访，多次亲历恐怖袭击现场。

美国打阿富汗有其战略考量，说是反恐也好，说是在那儿安一颗棋子也好，绝对不能说它拿下阿富汗就能控制中亚，拿下中亚就能控制亚洲，拿下亚洲就能控制全世界。

谁跟着美军上战场？《环球时报》两位年轻精悍的记者。他们被允许跟着美军上战场非常不容易，因为中国跟西方的传媒存在差距。说白了，中国记者到那儿可不是给美军捧场，反而对塔利班有一些比较正面的报道，比如说他们比较英勇，而卡尔扎伊[1]政府的军队和警察像是中国抗日战争时期的伪军。这种描述挺有意思，与中国的外交说辞不太吻合。

邱永峥、郝洲到阿富汗战场直击报道，如此贴近实战要付出很

[1] 哈米德·卡尔扎伊（Hamid Karzai，1957— ），生于阿富汗坎大哈地区的政治世家，曾参与反抗苏联入侵阿富汗和打击塔利班。2004年当选为阿富汗伊斯兰共和国首任民选总统，2009年成功连任，2014年9月卸任。

大代价。记者进入阿富汗战区之前要与美军签“生死状”，万一伤亡了，不要有二话。而且，战地记者的保险没地方买。全世界每年死亡的战地记者将近100人，所幸中国记者平安无事。随军记者的装备必须符合美军的高标准要求，一套防弹衣就有17公斤重，再加上钢盔、采访包、相机、电脑等，全套战地采访装备重达80公斤。随军记者还要满足美军新闻报道的要求，若是美军觉得你泄露军事机密了，那就马上驱逐出战区，永不得返回。

美国2001年发起的阿富汗战争与苏联1979年入侵阿富汗相比较，二者的作战方式存在明显差异。两场战争投入的兵力差不多，美国共投入6—8万兵力，当年苏联约投入10万兵力。阿富汗人口才两三千万，所谓敌军估计连一万人都不到。当年苏军采用“清剿”战术，用战斗直升机、轰炸机、强击机配合地面装甲部队和坦克兵，长驱直入，进行包抄。美军则截然不同，有点像警察维和行动。美军的进攻很可笑，一班人全副武装，前方一说发现地雷，马上让拆弹专家、机器人排查，然后才继续前进。这哪像打仗呀！美国开始从阿富汗撤军后，让阿富汗国民军冲在前面。国民军是乌合之众，没人跟你玩命，一听枪响就一哄而散。

塔利班主要活动于阿富汗东南边境山区，那里生产力非常不发达，村与村之间没有现代通信装备，交通也不便，所以美军一到那儿就战战兢兢。阿富汗根本不是一个正规的、统一的国家，国内不同部族乱斗，曾经在一场内战中杀死五万平民。这是一个战乱之城，大国的军事行动怎么展开呢？

《环球时报》的记者跟着美军上战场，是不是凑热闹呢？阿富汗战争确实很热闹，有49个国家派兵参战，但中国没有派兵。是不是阿富汗这个邻国对中国来说不重要呢？当然不是。阿富汗拥有的矿产储量价值高达一万亿美元，中国已在当地最大的铜矿进行投资。该铜矿曾遭塔利班炮击，造成人员伤亡。这场战争并非不关中国的事，而中国不派兵是出于全球战略的考虑。中国一旦派兵参战，人家会怎么看你呢？中国现在仍是不结盟国家，仍是第三世界国家。

关于阿富汗的战略意义，军事专家张召忠[1]在本书的序言中认为："谁要控制世界就得控制中亚，谁想控制中亚就得先掌握阿富汗。"也就是说，谁掌握了阿富汗，谁就掌握了中亚；谁掌握了中亚，谁就对亚洲有战略主动权；谁能够控制亚洲，谁就控制了全世界。这是英国一位老牌国际战略家的名言，中国民间乃至军方高层都认同，但我不敢苟同。

---

[1] 张召忠（1952— ），河北盐山人，军事理论家、军事评论家，国防大学教授，海军少将。著有《怎样才能打赢信息化战争》等。

中亚真有那么重要吗？有人说当然很重要，美国有8万大军常驻阿富汗，就等于掌握了战略主动权：往北可以威胁俄罗斯以及一些加盟共和国，往西可以对伊朗进行战略包抄，往南可以控制国际恐怖组织的主要策源地巴基斯坦，往东可以对中国进行C形包围、U形包围，这些都少不了中亚这颗棋子。

我为什么不敢苟同呢？因为美国在阿富汗布兵的话，如果没有100万兵力，对中国、俄罗斯这样的大国根本不起作用。即使是针对伊朗，美国起码也得部署10万兵力。如果呈战略进攻状态，这10万大军在阿富汗要有非常良好的补给才行。而阿富汗是一个内陆国家，四面没有出海口，补给线须途经巴基斯坦。阿富汗现在没有大规模战争，只是零星的路边爆破，塔利班打几枪就走，是一种小毛贼的动作。美国经巴基斯坦通往阿富汗的补给线经常挨炸，比如2008年曾经有100多辆运输车辆被塔利班炸掉。若发生大规模战争，补给线何以为继？这是一个很重要的问题。

如果美国想用阿富汗作为战略据点，从西部包围中国，那它需要跋山涉水穿过青藏高原，穿越新疆沙漠地带和戈壁地带，还得通过河西走廊，狭窄的地形根本不能战略展开。这样去进攻中国的心脏——中原地带乃至北京，后面拖着几千公里长的补给线，就连一个军校的初级学生都不会这么想。所谓战略据点不能光看地图，表面上看似不错，其实并不可行。

美国打阿富汗有其战略考量，说是反恐也好，说是在那儿安一颗棋子也好，绝对不能说它拿下阿富汗就能控制中亚，拿下中亚就能控制亚洲，拿下亚洲就能控制全世界。迄今为止，世界的中心仍然是欧美，谁要是掌握了欧洲，那才是真正的世界性大国。有一位军事专家说得好：美国如果从东亚撤退，只要它保住欧洲，那它还是一个世界性大国；如果它被欧洲人赶出去，孤立地退缩回美洲，那它就只是一个地区性国家。我对中亚尤其是阿富汗在全球的战略地位持怀疑态度，不认为拿下它就等于拿下全天下。

（主讲　马鼎盛）

《狮之魂：美国内战中的中国战士》

美国迟到的致敬

张书华，生于重庆，两岁随父母移居北京。清华大学工程物理系毕业，1984年赴美留学。美国俄克拉何马大学物理学博士，曾在美国从事电子元件设计等工作，现已退休。

尽管这种写法存在问题，但我们仍然能透过这本书看到当时中国移民如何卷入一场本与他们无关却又不可避免会卷入的战争。

中国人过去一两百年的历史非常痛苦，常常遭遇外敌入侵，因此很多战争记忆都是围绕着本土战争。当然，中国人也有出国作战的经历，比如朝鲜战争、越南战争。然而，当你听说有一些中国人曾经参加过美国内战，会不会觉得很不可思议呢?

2008年7月30日，美国国会通过了由加利福尼亚州众议员迈克·本田[1]会同54位国会议员提出的“向艾德华和约瑟夫等在美国内战中战斗过的亚洲及太平洋岛民后裔的退伍军人致敬”的415号议案。该议案提到的艾德华、约瑟夫都是华人，《狮之魂：美国内战中的中国战士》就记载了这些华人的故事。书名来源于一个名叫约

[1] 迈克·本田（Mike Honda，1941— ），日本移民后裔，生于加利福尼亚州。美国民主党众议员，以督促日本政府承认在二战中犯下的战争罪行尤其是慰安妇问题而闻名，曾提议美国为1882年的《排华法案》道歉。

翰·汤米（John Tommy）的华人，1863年7月12日《纽约时报》刊登了一篇文章，称这位在美国内战中英勇牺牲的战士为“伟大的狮子”。

这本书经常提到“中国人”，我觉得用“华人”代替更好。因为参战的中国人主要是美籍华人，尽管大部分人当时还不是美国公民，但他们都是在美国出生或者长大，认同的也是美国。比如艾德华·戴·柯霍塔[1]从名字已经完全看不出是华人，他幼年时就到美国，1935年以93岁高龄在美国去世。他是历史资料记载最丰富的华人战士，被美国国会议案列在首位。他一辈子都在争取自己的美国公民权，觉得他为这个国家献过身，但他至死都未获得美国公民身份。

这本书还提到一个人物叫Hong Neok Woo[2]。这是一个在中国出生的美籍华人，从小入读教会学校，信了基督教，后来到了美国。他阴差阳错地成为美国北军一个随军牧师的助理，后来参加了美国内战。回到中国后，他参与创建了上海同仁医院。

---

[1] 艾德华·戴·柯霍塔（Edward Day Cohota），中国孤儿，1845年混入一艘从上海驶往美国马萨诸塞州的货轮，后被美国船长收养。美国内战爆发后入伍，在美国陆军服役30年。因为没有在1882年《排华法案》通过之前提交移民归化文件，终身未能加入美国国籍。

[2] Hong Neok Woo（1834—1919），中文名吴虹玉，美国圣公会牧师。生于江苏常州一个农民家庭，13岁到上海入读圣公会学堂，次年成为基督徒。1854年随美国舰队赴美，1860年加入美国国籍，1863年应征入伍，在北军服役48天。1864年返华，1866年与汤蔼礼（E. H. Thomson）牧师在上海开设医局，后来扩建为上海同仁医院。

艾德华·戴·柯霍塔

身穿美国北军军装的吴虹玉

本书作者张书华并不是历史学者，原来在美国从事电子元件设计等工作，退休后业余研究美国内战中的华人战士。在处理这个题材的时候，他选择了一种很有趣的写法——小说。为什么用小说形式来写真人真事呢？首先是因为资料太少太零碎，写不了几页纸就无话可说。此外，他认为纯粹的史学著作对广大民众缺乏吸引力，不如创作一些故事让它更吸引人。但在我看来，这种做法值得商榷。因为小说要吸引人，需要作者有更丰富的写作技巧。这本小说以后来者全知的视角来叙事，有些地方的观点有点跳跃，显得有点奇怪。不过，这种写法的好处是可以嵌入一些重要的背景资料，让读者了解一些以前被忽略的战争细节。

这本书提到美国北军有休假制度，当时北方联邦政府为了征募到足够的兵员，开出各种优惠条件，高薪之外还有假期。由于北方深受个人主义的影响，休假被士兵视为应该享有的权利，往往造成战场上兵力不足的窘况。亚特兰大战役中，曾出现两个师的官兵集体休假，以致阵地久攻不下。有时战况紧急，偏偏又面临大批官兵休假，北军将领也无可奈何。居然有这种怪现象！

美国内战跟中国相关的还有一件非常古怪的事，那就是美国人居然有一艘战舰叫“大清”号[1]！这是清政府在美国订购的军舰。当年有个中介人跟清政府说，你放心，我拿这些银子帮你买最先进的战舰，结果他到美国就卷款跑了。这艘战舰造好后，被美国北方联邦政府征用了，开上战场去打仗。

参与美国内战的华人都被作者化名了，我们阅读时要留意这是基于史实虚构出来的历史小说。把真人真事改头换面，可以让创作更自由一点。尽管这种写法存在问题，但我们仍然能透过这本书看到当时中国移民如何卷入一场本与他们无关却又不可避免会卷入的战争。

（主讲　梁文道）

[1] 为了抵御太平军，上海官员于1862年筹资100万两白银，委托清政府雇佣军“常胜军”统领华尔的弟弟亨利赴美购买三艘军舰。1863年6月，亨利·华尔瞒着清政府将军舰低价卖给美国北方联邦政府。北军将“浙江”号更名为“郁金香”号，将“江苏”号更名为“吊钟花”号，而吨位最大、火炮最多的“大清”号则维持原名不变。“大清”号为北军立下赫赫战功，直到1865年1月26日清晨遭南军突袭，被炮火烧成灰烬。

《当世界年轻的时候：参加西班牙内战的中国人（1936—1939）》

追忆远逝的国际主义情怀

倪慧如（Nancy Tsou）、邹宁远（Len Tsou）夫妇，旅美华裔科学家。两人均出生于中国大陆，成长于台湾，1969年赴美留学，后在美国工作。

中国志愿军的可贵，就在于他们超越国界的正义行径，而阻挡中国志愿军的历史公布，正是那狭隘的地域观念使然。

西班牙内战[1]是20世纪一场很有名的战争，毕加索名作《格尔尼卡》就是表现北部历史名城格尔尼卡[2]被轰炸后的惨况，法国作家阿尔贝·加缪等大人物也参战过，西班牙诗人加西亚·洛尔卡[3]甚至被杀了。还有一些作家写了动人的作品去追忆这场战

---

[1] 1936年7月17日，西属摩洛哥驻军首先发动叛乱。次日，西班牙陆军总参谋长佛朗哥从海外领土加那利群岛（Canary Islands）宣布发动军事政变，1939年4月1日获胜后结束内战。内战期间，西班牙第二共和国政府获得苏联和墨西哥的援助，佛朗哥则得到纳粹德国、意大利王国和葡萄牙的支持。西班牙内战被认为是二战的前奏。

[2] 格尔尼卡（Guernica）位于西班牙东北部巴斯克自治区，1937年4月26日遭到希特勒秘密支援佛朗哥的秃鹰军团（Condor Legion）长达三小时的密集轰炸。这是人类历史上第一次对不设防城市进行的地毯式轰炸，造成大量平民伤亡和大规模破坏。

[3] 费德里戈·加西亚·洛尔卡（Federico García Lorca，1898—1936），西班牙诗人、戏剧家，1936年8月被右翼分子暗杀。

争，比如聂鲁达[1]的长诗《西班牙在我心中》，奥威尔[2]的小说《向加泰罗尼亚致敬》，海明威的小说《战地钟声》甚至被改编成电影。

毕加索油画《格尔尼卡》（1937年作）

为什么这么多文艺界大腕关注西班牙内战？这与当时世界环境的一种独特的气氛有关。令人意外的是，西班牙战场居然有中国人的身影！看完《当世界年轻的时候：参加西班牙内战的中国人（1936—1939）》，我非常震撼。倪慧如、邹宁远夫妇从事的是自然科学研究，却有着非常强烈的国际主义精神，就像他们笔下充满国际主义情怀的人物一样。自从看完西班牙内战纪录片《正义之

[1] 聂鲁达（Pablo Neruda，1904—1973），1971年诺贝尔文学奖得主。智利共产党员，1936年任智利驻马德里领事期间，因涉足西班牙内战被迫离职。1939年被任命为智利驻巴黎领事，帮助大量西班牙难民前往智利定居。

[2] 乔治·奥威尔（George Orwell，1903—1950），英国左翼作家，曾在BBC（英国广播公司）任职。1936年年底赴西班牙参战，1938年根据自己在西班牙的经历出版《向加泰罗尼亚致敬》（*Homage to Catalonia*）。

战》，他们就开始留意有关国际纵队[1]的信息。1986年，他们在一本纪念册里看到三个像是中国人的名字，此后十几年费尽千辛万苦到世界各地追寻中国志愿军的蛛丝马迹，终于写出这本非常好看的报告文学。

2011年夏，邹宁远启程去希腊。他所在的美国船只“无畏的希望”号要与其他国际船只会合，组成一支“自由船队”，挑战以色列对加沙地带的封锁。这次由20个国家的十一艘船只组成的联合行动，在全世界是很重要的新闻。因为以色列一年前野蛮攻击了一支希望突破加沙封锁线的国际船队，杀害了至少九个人。[2]此事在国际上引起广泛关注，可惜中国媒体似乎不太在意。凡是很有国际主义精神的东西，今天中国人似乎不太在乎了。是时候重温一下中国人最

[1] 1936年9月，共产国际决定组建国际纵队，招募中心设在巴黎，以各国共产党员为核心力量。第一支国际纵队成立于1936年10月，成为西班牙第二共和国正规军的一个旅，11月8日开赴马德里前线。国际纵队是共和军倚重的主力之一，共有三分之一成员牺牲在西班牙战场上。1938年10月，根据西班牙政府的决定，国际纵队开始陆续撤离西班牙。

[2] 2010年5月31日，以色列海军在地中海上的公海袭击了由土耳其、爱尔兰、美国、瑞典和希腊的六艘船只组成的“自由加沙船队”，造成至少九人死亡、数十人受伤。为了继续输送人道主义救援物资，由各国人道救援组织筹组的“自由船队2”计划于2011年7月5日从希腊港口向加沙地带进发，遭到希腊政府和以色列政府拦截。

熟悉的白求恩[1]医生了，了解什么叫作“纯粹的人”。

要了解什么是国际主义精神，最好的起点是认识西班牙内战。1931年，西班牙推翻王朝统治，迈入民主共和。但西班牙第二共和国[2]非常不稳定，1936年重新上台执政的左翼共和派组成人民阵线，希望对这个非常保守的欧洲国家做重大改革。当时西班牙各方面都被过去的权贵阶层和教会垄断，资源分配非常不平均，人民阵线希望打破旧体制，比如改变土地政策，于是触碰到既得利益集团的神经。1936年7月，佛朗哥[3]将军发动政变，四天内攻占了西班牙三分之一的领土。

佛朗哥是一个法西斯主义者，跟希特勒、墨索里尼是同一派人

[1] 诺尔曼·白求恩（Norman Bethune，1890—1939），加拿大共产党党员，著名胸外科医师。1936年至1937年投身于西班牙内战，1938年率领由加拿大人和美国人组成的医疗队抵达中国。1939年因手术中被细菌感染转为败血症，病逝于河北唐县。

[2] 1873年2月11日，西班牙第一共和国成立，1874年12月因波旁王朝复辟被推翻。1931年4月14日，西班牙国王阿方索十三世（Alfonso XIII）被迫退位，西班牙第二共和国成立。1939年4月，西班牙第二共和国在内战中覆亡，后在法国成立流亡政府，1977年7月1日正式解散。

[3] 弗朗西斯科·佛朗哥（Francisco Franco，1892—1975），军人世家出身，1935年任西班牙陆军总参谋长。内战期间当选为西班牙国民军总指挥，1939年内战结束后就任国家元首，直至1975年11月因冠心病复发身亡。

物。内战结束后，他成为军事独裁者，统治西班牙30多年。当时西班牙是欧洲最不自由、最不民主的国家，没有言论自由、出版自由和新闻自由，很多屠杀事件被当局掩饰，大家提都不敢提。比如格尔尼卡大轰炸，佛朗哥政权推说是共和派的人干的，其实是纳粹德国兵团做的军事实验。本来佛朗哥军事政变的胜算并不大，希特勒、墨索里尼就派兵支援他，顺便在西班牙领土做各种新型武器和新式战术的实验，把格尔尼卡轰炸成了人间地狱。

西班牙第二共和国受到欧洲法西斯联军的攻打，国际社会支持它吗？答案是普遍不支持。军事将领发动政变要推翻民选政府，而且带有极右翼法西斯主义意识形态，正邪实在太分明了。英、美等西方国家以所谓“中立”“不干涉”为由，禁止输出武器给交战双方，实则是拒绝支援西班牙政府。私人企业可不管什么禁令，20世纪30年代美国很多大企业都站在法西斯阵营那边，比如通用汽车和福特汽车提供12,000辆卡车给佛朗哥，德士古公司（Texaco）以优惠的贷款方式运售350万吨汽油给佛朗哥，杜邦公司（DuPont）出售很多炮弹给佛朗哥。相反，西班牙民选政府因为武器禁售令，很难得到国际军事援助。

全世界很多人看不下去了，于是组织了20世纪历史上最可歌可泣的国际纵队。两千名来自法国、比利时、德国、波兰、英国、美国、中国等国的志愿军组成第一批国际纵队，于1936年11月8日抵达马德里，立即投入激战。两天内，三分之一的国际志愿军阵亡。这批志愿军战斗之英勇、纪律之严明，成为后来者的典范。两年间，共有四万多名来自53个国家的国际志愿军到西班牙参战。作家、艺术家、知识分子、工人、医生等各种各样的人汇集西班牙，跟当地的反法西斯人士并肩作战。1938年9月，西班牙政府决定解散国际纵队，希望以此换来西方国家的支援，让德、意法西斯从西班牙撤军。没想到西方国家还是不干预，西班牙第二共和国不久覆亡，西班牙进入佛朗哥军事独裁的黑暗时代。

国际纵队主要是一些左派人士，他们信仰国际主义，认为当一个国家出现违反人道主义的现象，就必须介入干预。美国志愿军格雷伯（Kenneth Graeber）晚年回忆说，当年他们从法国边境跨越比利牛斯山[1]，当领队告诉他们脚下踩的就是西班牙领土时，大家的直觉反应是开始唱《国际歌》。格雷伯说："二十几国语言，一齐唱着同一首歌，我们就像亲兄弟一样。这是我一生中最激动的时刻，以后我再也没有这种体验了。"

---

[1] 比利牛斯山脉（Pyrenees），欧洲西南部最大的山脉，东起于地中海，西止于大西洋，为法国与西班牙的天然国界，山中有小国安道尔（Andorra）。

国际纵队志愿军

《当世界年轻的时候》这个书名起得很好，当时真的有一批天真单纯、纯粹讲理想的中青年，并不是因为祖国遭遇外敌入侵，也不是祖国号召他们从军，只是因为一个遥远而陌生的国度发生了不正义事件，就跑去那里跟人家打仗。他们不会讲当地的语言，亦无亲朋好友在那里，纯粹是出于一腔义愤，听到号召就拍案而起。以今天的眼光来看，这叫作“很傻很天真”。1996年，当300多名国际纵队的老战士回到巴塞罗那，几万名西班牙人挤上街头为他们送水、撒花、鼓掌，热泪盈眶地欢迎这些曾为西班牙抛头颅洒热血的人。

现在有很多人歌颂国际志愿军，例如日本人很崇拜白井（Jack Shirai）。这是国际纵队唯一一名日本志愿兵，从美国旧金山前往西班牙参战。当年安排白井当厨师时，他起初很恼火：“我到西班牙是来打仗的，可不是来端锅子的！”大家说煮饭和打仗一样重要，还发给他一把枪，他才勉强同意。有一次送饭到战地，这位“带枪的厨子”被流弹击中后身亡。后来有很多日本人研究他，为他拍纪录片，在东京无名战士公墓为他立碑。为什么呢？日本当时是法西斯国家，竟然有日本人在境外投入反法西斯战争，这不仅是一个光荣的发现，更是一个民族救赎的象征。

反观中国志愿军，今天有谁记得他们？这本书提醒了一段被中国人遗忘的光荣历史，也提醒了一种被今天中国人忘记的先辈身上特有的精神气质。当时中国正饱受日军侵略之苦，自顾尚且不暇，居然有中国人关心世界另一端也在遭受法西斯主义者欺负的外国人！这有点不可思议吧？原来当时很多人认为，无论在哪里参加反法西斯战争，其实都差不多。

对国际纵队志愿军来说，中国战场和西班牙战场的性质一样。1938年，《救国时报》[1]特制一面红色锦旗，用毛笔写下一首诗献给西班牙前线的中国志愿军："东战场，西战场，相隔几万里，关系文化的兴亡。咱们所拼命的，是对侵略的抵抗。咱们要贯彻的，是民主的主张。你们为西班牙伟大民族而受伤。你们流的血是自由神下凡的红光。你们的英勇消息，充满了我们的心腔。好比是冬天的太阳。你们打胜仗，便是我们打胜仗。请你们放心，祖国的责任有我们担

[1]《救国时报》是中国共产党在国外从事抗日宣传的机关报，1935年12月9日在巴黎创刊，前身为同年5月15日创刊的《救国报》，编辑部设在莫斯科。1938年2月10日暂时停刊，同年8月迁往纽约，与另一份中文报纸《先锋报》合并，直至1939年10月正式停刊。

当。向前创造吧！直等到法西斯消灭，民为王，有四万万同胞，欢迎你们回故乡。啊，何必回故乡？看，青天为顶，大地为底，二十八宿为围墙：人类是兄弟姐妹，全世界是咱们的家乡。”就连毛泽东也给西班牙人民致公开信说，要不是我们眼前有日本敌人，中国红军早就过去支援你们了。

大部分中国志愿军都是人在国外，一时不能回国抗日，于是跑去西班牙反法西斯。其中有一个人很特别，是从中国直接跑去西班牙参战。陈阿根（Aking Chan）是上海人，20世纪30年代因为帮助中国共产党组织工会，受到国民党追捕，情急之下逃到一艘法国货轮当厨师助手。厨师是个越南人，不仅会讲法语，还会讲五种中国方言，有一肚子学问。厨师告诉陈阿根，西班牙正在内战，德、意法西斯正以大批军火兵援叛将佛朗哥，而西方国家袖手旁观、见死不救，如果法西斯在西班牙得逞，全欧洲就要遭殃了，一场世界大战即在眼前。厨师劝陈阿根说，你赶紧去西班牙抵抗法西斯。厨师为什么自己不去呢？厨师说他已加入部队，正奉命前往莫斯科受训。传说这位厨师就是越南的大人物胡志明[1]！

国际纵队从西班牙撤出时，法国政府很不友好，把他们关在集

[1] 胡志明（1890—1969），早年做过教师、海员和杂役，1920年加入法国共产党，后来成为越南共产党、越南民主共和国和越南人民军的主要创立者和领导人，曾任越南民主共和国主席兼政府总理。

中营，过了一段时间才陆续遣送回国。眼看西班牙就要沦陷了，很多人就向中国志愿军打听中国抗日情形。他们觉得日本侵略中国就是法西斯，既然西班牙这边反不成了，就去中国战场继续反法西斯。于是有一批外国人跑到中国来抗日，其中有20多名医生，中国人称之为“西班牙医生”。其实这些人不是西班牙人，只是从西班牙来的医生。其中最有名的是谁呢？当然就是白求恩医生。

1939年中国志愿军从西班牙战场撤退后，与他国志愿军受困于法国戈尔斯（Gurs）集中营，身后是1938年朱德、周恩来、彭德怀赠送的锦旗

抗战时期，很多中国年轻人会唱《保卫马德里》[1]。这是当时一首流行歌曲，填词者、作曲者都是中国人，谈的却不是中国抗日。为什么当年中国人喜欢这首歌呢？虽然唱的是保卫西班牙首都马德

[1]《保卫马德里》，1936年由左翼作曲家麦新作词、吕骥作曲，曾被译为西班牙语、世界语、英语、法语、德语、日语、意大利语、俄语等。

里，反映的却是中国人的抗日情绪。当时中国年轻人普遍有一种国际主义情怀，觉得大家对抗的都是法西斯主义者，这种情绪不分国界。

当年国际纵队有一个中国人叫谢唯进，化名林济时（Ling Ching Siu）。他1919年赴法国勤工俭学，一去欧洲就是二十年。1926年，他加入旅欧中国共产党，在“国际反帝联盟”里参与国际秘书的工作。在希特勒上台前，德国共产党1927年在柏林体育场举办了一场支援中国的大会，只听全场挥拳狂呼：“打倒法西斯！打倒帝国主义侵略中国！”

身穿国际纵队军装的谢唯进

西班牙内战结束后，谢唯进于1940年回国，曾在北京担任空军工程部副部长。他的太太安娜·卡佩娜（Anna Kapeller）是苏联人，曾在空军卫生部当顾问。1958年，他们的儿子谢弥东去莫斯科念书。三年后，安娜也去了莫斯科，留下谢唯进一个人孤零零在北京。什么原因呢？恐怕是因为中苏交恶。在那个年代，他有一个苏联太太，政治处境可想而知。1963年，他被迫离职休养。1965年，他到四川南充干部休养所疗养，过着孤寂的生活。第二年，他收养了一个远房亲戚的女儿谢进珍。有“苏修”背景的人日子能好过吗？当时谢唯进被人叫作“谢老修”，养女谢进珍被人叫作“谢小修”。1975年，他到北京要求平反，折腾半天没有结果，还被查出患了癌症，死后多年才得以平反。

谢唯进生前保存有两大箱参加西班牙内战的文物和照片，临终前拼命整理这些资料，死后被谢进珍辗转捐给中国革命博物馆（今中国国家博物馆）。倪慧如夫妇想查阅这些资料，曾经给博物馆写了好几封信，甚至请台湾“中央研究院”副院长张光直[1]写介绍信，但始终杳无音讯。他们想研究中国志愿军，当然最好是回中国寻找线索，没想到在中国找资料处处碰壁。他们在欧美国家得到很多协助，就连西班牙军事博物馆都愿意帮忙查找资料，不料中国博物馆最难打交道。

倪慧如夫妇从谢弥东嘴里得知，原来中国革命博物馆想自己研究中国志愿军，如果让两个美国来的台湾人抢先出书，就会折伤他们

[1] 张光直（1931—2001），祖籍台湾，生于北京，美籍华裔考古学家、人类学家。哈佛大学人类学博士，先后任教于耶鲁大学、哈佛大学，1994年至1996年任台湾“中央研究院”副院长。

的骄傲。倪慧如夫妇感慨道："这是多么讽刺的骄傲！中国志愿军的可贵，就在于他们超越国界的正义行径，而阻挡中国志愿军的历史公布，正是那狭隘的地域观念使然。要是中国志愿军地下有知，不知会有多么伤痛。"

后来倪慧如夫妇终于见到副馆长，谁知对方态度很不友善。副馆长说："馆方想把谢唯进留下的东西整理出来，由馆方出钱，用谢弥东的名字出版。"副馆长希望他们夫妇掏腰包，逻辑是东西出版了，不就可以看到了吗？直到他们夫妇赠给馆方一套有关中国志愿军报道的缩微胶卷，副馆长才轻快地从椅子上站起来，脸上泛起微笑，在摄影师的闪光灯下，从邹宁远手上接过这份珍贵的礼物。此后再无这位副馆长的消息，那两箱被谢唯进视为比生命还宝贵的资料仍藏在博物馆里不见天日。

（主讲　梁文道）

《希特勒时代的孩子们》

一生被国家占有的人

古多·克诺普（Guido Knopp，1948— ），德国电视媒体人，拍摄过很多关于纳粹德国的电视纪录片。著有*Hitler's Holocaust*，*Hitler's Henchmen*，*Hitler's Hitmen*，*Hitler's Women*等。

20世纪三四十年代，德国的少男少女们完全被国家占有了。

做教育工作有时很困难，有时又很简单。在某些时代，一代甚至两三代年轻人很容易被共同引导到某个方向，很狂热地信仰某种主张，很狂热地投入某种运动。那个时候的年轻人就很好教育，例如希特勒时代的孩子们。

古多·克诺普博士是一名电视媒体人，拍摄过很多关于二战的历史纪录片。他在德国是一个富有争议的人物，有人认为他谈到纳粹问题时，忽略了德国百姓对纳粹的支持，总是把罪责推到某些大人物身上，为一般大众开脱责任。不知是否为了回应这种质疑，他访谈了1000多名在希特勒时代长大的德国人，同时做了很多历史档案研究，在《希特勒时代的孩子们》中大谈当年德国民众如何支持希特勒。这是一本很好的书，翔实记录了那个时代的情况，披露了很多鲜为人知的东西。

这本书谈一代人的历史，他们的父母不想阻止也阻止不了希特勒，而他们跟父母一样支持了希特勒。20世纪三四十年代，德国的少男少女们完全被国家占有了。1938年，希特勒宣布在他统治下的第三帝国[1]的孩子们，除了以德国的方式思维和行动外，什么都不用学习。这些孩子果然10岁就加入少年队，14岁加入希特勒青年团，而后加入纳粹党，然后加入青年义务劳动军和国防军，随后又被吸收进冲锋队和党卫队。希特勒说，他们一生都将不再有自由。

国家元首公开宣称年轻人从此不再有自由，这不明显是一种压迫吗？但是，这些被压迫者很兴奋。每年4月20日，即国家元首生日那一天，几百万德国年轻人发誓坚决支持“超级父亲”希特勒。纳粹党的宣传手段很厉害，成立一些旁支组织比如青年团，组织年轻人到全国各地旅游，让他们认识祖国山川大地，还组织大量军事操练、体育竞赛和团体活动，像夏令营一样，晚上有篝火晚会，恢复一些传说中的日耳曼人的传统，穿上传统服装，举行传统仪式，玩弄传统神话。这些人平常在街上穿着很酷的制服，很能吸引其他年轻人的好奇心。那些尚未加入青年团的人很羡慕，希望长大后像大哥哥、大姐姐一样帅气。

[1] 第三帝国即纳粹德国，指1933年至1945年在希特勒领导下的德国。希特勒计划建立一个德意志民族的日耳曼大帝国，即继神圣罗马帝国（962—1806）和德意志帝国（1871—1918）之后的所谓第三帝国。

当时很多德国年轻人向往这种集体生活，认为这样不仅很酷很帅，而且生活充实饱满，人生富有意义和价值。这些人都是真正的爱国青年，随时准备为祖国牺牲性命。在所谓的种族进化论的洗脑下，他们觉得自己肩负着引领人类前进的伟大使命。在魏玛共和国[1]时代，很多年轻人觉得生活空虚，在发达的市场经济社会里找不到人生的意义。日常生活庸庸碌碌，工作又充满强制性和不公平，他们忽然觉得法西斯是一条很好的出路。

与前辈和后辈相比，希特勒时代的年轻人所要忍受的东西更多，比如被人出卖，或者被人利用。很多年以后，他们仍然不了解当年在自己身上究竟发生了什么，埋头把能量全部用于战后家园重建和国家发展。直到1968年反叛的一代走上街头，他们才发现自己跟下一代的差距如此之大，双方存在如此激烈的冲突。希特勒时代的孩子们是失落的一代。

非常虔诚的宗教信徒有时会有一种神秘的体验，忽然之间好像自我消融了，天地合一了，人神合一了，迈入无限的宇宙能量之中。对很多人来说，融入大我、消融小我的感受是一种转化性的经验，是他们渴求的一种经验，只有达到那一点才圆满，人生才有意义。有时无须通过宗教或者灵性的修行，也无须经过哲学训练或者奇特的沉

[1] 魏玛共和国是德国历史上第一次走向共和的尝试，1918年德国十一月革命爆发后成立，1933年希特勒上台后名存实亡。

思，你就能体验到那种感受。很简单，你只要爱国就行了。国家有时候就是“大我”，当你消融进去，“小我”就不见了，你会觉得生命格外崇高、神圣。平时这种感觉难以言表，一旦“大我”通过一些活动比如大型群众集会呈现出来，你就会分外感动。

1932年10月1日，柏林波茨坦广场举行了一场非常重要的全国青年大会。本来希特勒没太大意愿去参加这个活动，但青年团的领袖向他保证说，你放心吧，年轻人非常踊跃，他们渴望见到你，你跟他们说说话，他们会很感动。果然，大批年轻人从德国各地骑自行车、坐卡车、乘火车或者步行来到广场。原以为只有五万人，结果来了七万多人，整座城市塞满了帐篷。亲历者说，以前他们大都在一个很小的组织里聚会，在这里第一次有了“整体”的概念和政治信仰力量的凝聚感。

当希特勒现身时，人群发出震耳欲聋的欢呼声。就连希特勒都被感动得流泪了，很煽情地对这些年轻人说：我知道你们之中有很多人的父亲失业流浪街头，你们很多人甚至不知道今天或几天后会有什么样的命运落到家庭身上，但是你们应该超越一切职业、等级、社会阶层，超越一切威胁要分裂你们的东西，去寻找并找到德国人的共同性。你们要保护它，牢牢地掌握它，不能让人把它从你们手中夺去。纳粹党的青年教育不是为了我们党的利益，而是为了德意志民族的利益。让别人嘲讽吧，让别人讥笑吧，你们就是德国的未来。

年轻人被纳粹洗脑后会互相竞赛，希望获得更高的荣誉。比如在类似军官预备学校的精英学校里，谁能获得一把代表荣誉的短剑，那就格外威风。他们在那里学什么呢？其实不用学太多东西。希特勒说得很清楚，最重要的是学好体育，不仅仅为了锻炼身体，培养吃苦耐劳的精神，而且为了学到一种更强的纪律感和竞争精神。竞争是法西斯很看重的东西。出于对进化论的粗俗理解，出于优胜劣汰的理由，他们认为精神病院的病人都应该毁灭，这些人只是在浪费公众资源，拖慢人类进化的脚步而已。

希特勒时代的男孩们上数学课时，碰到的问题居然是一架飞机从2000米高处以每小时108公里的速度投掷炸弹，炸弹将在多久后落地？就连研究拉丁语古典文学作品时，他们都能找出关于犹太人的荒谬争论。他们在精英学校接受训练时，会在结冰的湖面上凿两个洞，中间隔10米，从这个洞跳下去，再从那个洞游出来。当然会有人死在湖面下，活下来的人被认为是很纯种、很优秀的雅利安人[1]，很值得为自己骄傲，国家也为他们骄傲。女孩们则被教导说，你们的任务就是美丽和生育。女孩子要做的事情就是像雌鸟一样，为配偶而打扮，为配偶孵蛋，当配偶出去觅食时，站岗击退外敌。女孩子上大学

[1] 雅利安人（Aryan）属高加索人种，原是居于今俄罗斯西南部乌拉尔山脉附近的古代部落，后分成若干分支向欧洲和亚洲迁徙。德国纳粹分子以“雅利安”指称“高尚的纯种”，宣称金发碧眼的日耳曼人是雅利安人的典范，但这其实缺乏科学依据。

根本没有意义，应做好母亲看好家，为国家繁殖人口。

当然，年轻人不是傻子，再完整的意识形态也有裂缝，比如说日耳曼人都是兄弟民族，为什么德国人还要和具有日耳曼血统的英国人打仗呢？“劣等民族”犹太人两千年来遭受种种迫害和歧视，至今仍活得好好的，难道不也是很优秀的民族吗？有些德国青年拒绝投向纳粹的怀抱，做了一些反抗活动，比如组织“白玫瑰”[1]，听摇摆乐[2]，要过一种比较放浪、自由、浪漫的生活。这些人跟纳粹发生过严重冲突，有的被纳粹青年团折磨致死。

当时有一些年轻人也会提出质疑，比如精英学校的领导喝那么多酒，哪有资格来教育我们不能当酒鬼，要求我们锻炼体格呢？他们也不纯洁，拥有情妇，凭什么要我们做道德高尚的好党员呢？这样的意见有时会浮起，很快又被压制下去，因为大家要跟随主流。到了纳粹末日，十四五岁的娃娃兵遇到美军的炮弹被吓哭了，随着第三帝国一起崩溃。

（主讲　梁文道）

---

[1]“白玫瑰”（White Rose）是存在于1942年至1943年的非暴力反纳粹组织，主要成员后来遭审讯乃至处死。

[2]摇摆乐（Swing music）20世纪20年代发源于美国，让人一听便想随之舞动。1935年至1946年间达到巅峰，被称为“摇摆年代”。

记忆所系之处

《在欧洲：跨越二十世纪之旅》

谁在雕刻欧洲

黑特·马柯（Geert Mak，1946— ），荷兰记者、作家。阿姆斯特丹大学毕业，曾任编辑、教师，是荷兰国际知名度最高的新闻记者和非虚构文学作家之一。著有《阿姆斯特丹：一座城市的小传》《我父亲的世纪》等。

《在欧洲：跨越二十世纪之旅》是一本相当精彩的书，既有采访和见证，又有大量史料的搜寻，让我们看到欧洲过去一百年如何经历种种意识形态浪潮的洗礼，或者说是摧残。

民族主义、法西斯主义、共产主义和自由资本主义，大概是现代历史上四种最重要的政治意识形态，而这几股浪潮都源自欧洲。荷兰著名记者黑特·马柯在20世纪末周游欧洲一年，一方面考察历史，一方面报道现在，最终写出一部20世纪欧洲史。《在欧洲：跨越二十世纪之旅》是一本相当精彩的书，既有采访和见证，又有大量史料的搜寻，让我们看到欧洲过去一百年如何经历种种意识形态浪潮的洗礼，或者说是摧残。

近几年欧洲的情况不太妙，欧债危机引发大家对欧洲一体化前景的怀疑，很多人认为欧元区迟早会瓦解。我们知道欧元其实象征着一种梦想，这在人类历史上相当难得。作为现代民族主义的滥觞，欧洲居然打算放弃民族国家的形式，逐步走上统一之路，这是人类历史上前所未见的新实验。这个实验到底会不会成功呢？我们虽然不知道，但可以关心一下它产生的背景。今天我们看到欧洲似乎很平静，常常忘记它曾是七大洲中最为暴力的地方，前些年还发生过血腥的南斯拉夫内战。欧洲之所以想统一，最初并不是考虑市场统一的问题，而是不想再有暴力。

近代民族主义兴起后，欧洲仍然有过一段民族意识没那么强烈的时期，而那个时代的寿终正寝是在20世纪初。黑特·马柯有一句话很好玩："对英国来说，二十世纪始于一个葬礼。"在1901年2月1日举行的维多利亚女王[1]葬礼上，尾随灵柩者除了英国国王爱德华七世[2]，还有德意志皇帝、比利时国王、希腊国王等人，原来这些欧洲王室成员都是亲戚。维多利亚女王被人称为"欧洲的祖母"，临终前偶尔还能认出儿孙，叫出他们的名字。为她安排身后事的人，居然是德皇威廉二世[3]。这就是1901年的欧洲峰会，外交大体上是

[1] 维多利亚女王（Queen Victoria，1819—1901），1837年登基，在位时间长达64年。统治时期是英国最强盛的"日不落帝国"时代，被称为维多利亚时代。一生育有九个子女，多与欧洲各国王室成员联姻，因此获得"欧洲的祖母"的外号。

[2] 爱德华七世（Edward Ⅶ，1841—1910），维多利亚女王长子，出生当年被封为威尔士亲王，1901年1月22日维多利亚女王逝世后继位。

[3] 威廉二世（Wilhelm Ⅱ，1859—1941），末代德意志皇帝和普鲁士国王，腓特烈三世和维多利亚长公主的长子，维多利亚女王的大外孙。维多利亚女王临终前，他站在外祖母的床头并握着她的手，最后亲手把她放进灵柩。

王室问题。

18世纪中叶，卢梭写过一段很吊诡的话："格尔尼卡是地球上最幸运的城市。其市民在老橡树下举行代表大会，安排他们自己的事宜，他们总是做出最明智的决定。"这看起来像是一个原始的民主社会，巴斯克人[1]说他们都来自那里。2011年，西班牙巴斯克民族独立运动中一个很重要的组织"埃塔"[2]宣布永久放弃使用武力。黑特·马柯认为，"埃塔"之类分离主义者所信仰的民族主义其实很古怪，那是一种"旧与新的结合体，抵抗的结合体，亦是恋旧的结合体"，是19世纪民族主义潮流姗姗来迟的产物。当大部分欧洲人想告别民族主义时，这些分离主义者却想拥抱过去，甚至想象出一个不曾存在过的国度。

---

[1] 巴斯克人（Basque）的民族来源迄今尚无定论，有可能是欧洲旧石器时代居民的后裔，目前主要居住在西班牙中北部和法国西南部地区。西班牙境内的巴斯克人自13世纪就享有民族区域自治权，1876年被中央政府剥夺此项权利，1936年再度短暂获得民族自治权。因在西班牙内战中支持中央政府抵抗佛朗哥叛军，巴斯克自治政府所在地格尔尼卡于1937年4月26日遭佛朗哥的盟友纳粹德国大规模轰炸，后被佛朗哥政府取消自治权，直到1979年才获准成立巴斯克自治区。

[2] "埃塔"（ETA）成立于1959年，原为佛朗哥时期西班牙北部巴斯克地区的地下组织，后来发展为以暴力从事民族独立活动的准军事反政府组织，旨在通过武装斗争在西班牙及法国境内巴斯克地区建立独立的社会主义巴斯克国。该组织被西班牙、法国、美国和欧盟列为恐怖组织，曾数次宣布停火后又食言，2011年10月20日宣布将永久放弃武装斗争。

黑特·马柯认为："从历史的角度来看，无所谓什么'巴斯克省份'，它们一致奋起反抗法国或西班牙。巴斯克地区内部冲突至少同样严重，完全数不胜数。几乎每次大型冲突，包括西班牙内战，同时也是巴斯克内部战争。从族群方面来看，'巴斯克省份'同样含糊其词：由于移民浪潮，尤其是在过去五十年里，巴斯克自治区已经变成民族大杂烩，人们充其量只能靠巴斯克姓氏辨别'真正的'巴斯克人。因此，巴斯克民族主义带有殊死一搏运动的种种迹象：姗姗来迟，虚弱不堪，幻想着一个国度，它从未存在过，今后大概也不会存在。"这种说法很有趣。大部分民族独立运动都会想象出一个过去的美好天堂，仿佛他们曾经住在一个只有自己人的故乡，那个很纯正的天堂现在失去了，将来必须找回来。然而，真的是这样吗？

过去大家谈欧洲很少想到土耳其，其实在它还叫奥斯曼帝国的时候，有一个很特别之处就是宗教宽容，大家享有宗教信仰自由。当欧洲其他地方的异教徒正遭受迫害时，奥斯曼帝国的犹太人和基督徒通常平安无事。这个帝国的边境曾向犹太难民开放，1700万奥斯曼人之中竟有近500万犹太人和基督徒。当"土耳其之父"凯末尔[1]

[1] 穆斯塔法·凯末尔·阿塔图尔克（Mustafa Kemal Atatürk，1881—1938），出生于奥斯曼帝国塞萨洛尼基（今希腊境内），因一战后奥斯曼帝国的领土被协约国瓜分，遂发动和领导土耳其民族独立运动。1923年土耳其共和国成立后当选为第一任总统，大力推行政治、经济、文化、宗教改革，推动这个伊斯兰国家走向现代化，被誉为现代土耳其的肇建者。

建国之后，土耳其却成了一个坚定不移的民族主义国家，曾经进行过种族清洗，比如强制驱逐信仰东正教的希腊人。

今天欧洲仍有一些恶名昭彰的新纳粹分子，有时穿着过去纳粹党卫军的制服，在街上公然行纳粹礼，让大家非常厌恶。直到今天，意大利人对法西斯主义从未有过像德国那样痛彻心肺的反省，以至于人们在墨索里尼的出生地普雷达皮奥花150欧元即可买到党卫军军装，花20欧元即可买到崭新的黑衫，花两倍的钱即可买到配套的帽子和武装带。人们还可以去参观墨索里尼的墓穴，他躺在一口大石棺里，顶端是他那颗硕大的脑袋，脚边放着一些蜡烛，四周鲜花环绕，访客络绎不绝。墓穴的祈祷椅上还放着大大的游客留言簿，上面写着一千句“领袖，谢谢你！”的献词。这真是一个太奇怪的景象，而意大利居然能容许这样的事情发生！

意大利的法西斯主义跟德国的纳粹主义不太一样，比如墨索里尼1920年说过“意大利不知道反犹主义，我们相信永远无人知晓”。当然，他跟希特勒结盟以后想法就不一样了。黑特·马柯认为，意大利人从未培养任何对失落的“意大利”种族的怀旧之情，不像德国人那样渴望“日耳曼”种族和人种纯正的“亲属共同体”。这是因为几个世纪以来，意大利人口由伊特鲁里亚人、凯尔特人、希腊人、西哥特人、伦巴第人、法兰克人、撒拉逊人、匈奴人和其他民族变化混杂而成，所以他们并不特别迷恋“国家”这种东西，不像纳粹德国对“国家”有一种特殊情结。相反，意大利人过去在长达三个世纪里一直学着憎恨国家，因为对于普通意大利人来说，国家是一位外来者和压迫者，往往腐败无能。

法西斯主义肆虐欧洲的历史是不是真的可以翻过去了？黑特·马柯在柏林看到一个臭名昭著的会议室里挂着15位与会者的画像，在纳粹德国垮台之际，其中两人自杀，三人暴亡，九人受到很小的惩罚或者未受惩罚，只有阿道夫·艾希曼[1]后来被判刑。这些人到底是怎么逃脱审判的？纳粹罪行为什么没被彻底清算？更让人迷惑的是，当年纳粹主义为什么会占上风？盖世太保[2]何其小，黑特·马柯说史塔西[3]雇用10万人来看管1700万东德人民，而盖世太

[1] 阿道夫·艾希曼（Adolf Eichmann，1906—1962），纳粹德国前高官，曾任党卫队一级突击队大队长兼盖世太保犹太人事务部主任。1942年1月20日在柏林市郊出席万湖会议，会后成为执行“犹太人问题最终解决方案”的主要负责者，被犹太人称为“纳粹刽子手”。二战后流亡阿根廷，1960年被以色列情报机构摩萨德捕获，1961年在耶路撒冷受审，次年被施以绞刑。

[2] 盖世太保（Gestapo）即“秘密国家警察”，由纳粹德国党卫队控制。该机构存在于1933年至1945年间，拥有大量监狱和集中营，渗透并控制整个德国和德占区。

[3] 史塔西（Stasi）即“德意志民主共和国国家安全部”，存在于1950年至1990年间，总部设在东柏林。该机构充当秘密警察，口号是“我们无处不在”，至1989年约有600万东德人被建立过秘密档案。

保似乎只需4万至6万人就能统治约有8000万居民的帝国。这是怎么回事呢？答案是当时很多德国人真心拥戴希特勒，相信纳粹主义。因此，近年很多人认为德国不能把所有问题都推到纳粹党身上。很多德国人认为他们的忏悔还没有完成，但有些人不想再揭过去的伤疤。

不过，我们不能忽略德国人有时也是受害者。二战后东德立过一个纪念碑，上面有兴高采烈的德国妇女手捧鲜花，有高声欢呼的男人和孩子，还用大写字母写着“向苏联人民军致敬，感谢他们的解放”，而这根本就是一个谎言。当年苏联红军进入东普鲁士，宣传官用“士兵们，你们此刻在进入法西斯野兽的巢穴！”的横幅来鼓舞士气。那段时间约有200万名德国妇女被强奸，苏联红军领袖完全清楚正在发生什么，却未制止这种他们称之为“消极现象”的行为。当时德国出现了一场大移民潮，紧接着又发生了德累斯顿轰炸[1]。这是二战中最为惨烈的一次大轰炸，制造者就是打着“解放”旗帜的英美盟军。这起由英国人策划的空袭行动完全是针对平民，目的就是要炸死更多人。他们请专家核算哪栋建筑最好使用哪种炸弹，如何通过先用重磅炸弹炸开全部门窗来制造风暴性大火，并投下一些定时炸弹以

[1] 德累斯顿（Dresden）现为德国萨克森自由州首府，以前曾是萨克森王国的首都，素有“易北河上的佛罗伦萨”之称，被视为巴洛克风格的典型城市与德国东南部的文化中心。1945年2月13日至15日，英国皇家空军和美国陆军航空队联合发动针对德累斯顿的大规模空袭行动，造成大量建筑损毁及数万人死亡，至今仍是二战历史上最受争议的事件之一。

待炸死消防员和其他救援人员。英国人认为炸死德国平民就能在心理上拖垮纳粹德国，把这种大屠杀称为“心理轰炸”战略。

当时欧洲除了法西斯主义，还有一种很有吸引力的意识形态就是共产主义。早年俄国激进的知识分子几乎都是富家子弟，就连列宁也靠着祖父在喀山的产业生活多年，但他自始至终诅咒“乡村资本主义”的实行，这不是很有意思吗？我们在很多老电影里看到列宁1917年在彼得格勒（今圣彼得堡）演讲时，一上台群众就变得鸦雀无声，但据一位当年见证过列宁演讲的老妇人说，“最初几周人群中通常有几百人，他们全都大喊大叫。列宁将要开始讲话，他们就喊个不停。愤怒的，赞同的，一并发生。我们几乎就站在他身边，他说什么我们几乎一个字也听不清”。这才是历史真相。

在共产主义兴起之前，俄国是什么样子呢？末代沙皇尼古拉二世[1]原来跟英国王室有亲戚关系，娶了维多利亚女王的外孙女。尼古拉二世说英语时就像出自一位剑桥指导老师之口，他还受过公立学校礼仪的熏陶，人称“欧洲最彬彬有礼的人”。当然，我们知道他的下场是什么。沙俄行将覆灭时，生活好像一切如常。1916年9月17

[1] 尼古拉二世（Nicholas Ⅱ，1868—1918），俄罗斯帝国末代皇帝，亚历山大三世长子，1894年至1917年在位。1918年7月，尼古拉二世夫妇及其五个子女被布尔什维克秘密警察枪决，尸体被浇上硫酸和汽油销毁。

日，有位法国大使出席彼得格勒剧院新演出季开幕式时，见到了最漂亮的珠宝和最华丽的衣柜，宏伟的大厅椽木上挂满蓝色和金色挂毯，美女们明眸里闪耀着欢乐的光芒。大使在日记中写道："从正厅前座到最后一排，除了一大堆兴高采烈的笑脸，我什么也看不见。"尽管如此，大使还是感觉到大祸临门，"这一切欢天喜地而又不真实"。

这有点像柏林墙倒塌前夕给人的感觉。当时很多人预感柏林墙终有一天会倒塌，但谁也没料到它会垮得那么迅猛，就连西德总统理查德·冯·魏茨泽克[1]也深感意外。他说："1989年秋天，事态飞速发展。10月9日，一次教堂礼拜后，30万人参加了莱比锡静坐示威。俄国士兵在营房里按兵不动。一个月后，11月4日，至少有60万示威者聚集在亚历山大广场。"五天后，柏林墙倒塌了，没有杀戮流血，完全出乎他的想象。

理查德·冯·魏茨泽克的描述非常有趣："柏林墙倒塌后第二天，11月10日，星期五，我和柏林市长最先例行公事，穿过格利尼克桥。但那之后，我停不下来，我走遍柏林城，大家都目瞪口呆。最后，我来到波茨坦广场。如今，这里已经完全建好，但那时它仍是一片空地，边境线从中穿过。西边站着一小群人，他们在纳闷你是否可

[1] 理查德·冯·魏茨泽克（Richard von Weizsäcker，1920— ），官宦世家出身，1981年任西柏林市长，1984年当选为联邦德国第六任总统，1990年成为两德统一后首任总统，1994年卸任。

以穿过，我说：‘我想亲自看看！’所以我走过空地，径直走到东德守边卫士兵营，其中一名人民警察中尉走出来，认出我，敬了个礼，然后镇定地说：‘总统先生，向您报告，一切正常。’”这真是柏林才会出现的怪异景象！紧接着，东欧的共产主义政权像多米诺骨牌一样倒塌。当时普京只是德累斯顿一名不为人知的克格勃特工，为了销毁证据，他把太多文件塞入焚烧炉，结果引起爆炸。[1]

（主讲　梁文道）

[1] 1985年，普京被苏联部长会议国家安全委员会（简称克格勃，KGB）派到东德德累斯顿市从事谍报工作，公开身份是莱比锡“苏德友谊之家”主任。他当时领导一个由八名克格勃特工组成的情报小组，负责监视北约和东德。柏林墙倒塌后，他停止在德国的间谍工作并销毁所有文件，1991年结束特工生涯。

Swiss Watching: Inside the Land of Milk & Money

双面瑞士的光与影

迪康·贝维斯（Diccon Bewes，1967— ），英国旅行作家，现居瑞士。伦敦政治经济学院毕业，曾在出版社、杂志社、书店工作，现为全职作家。著有*Slow Train to Switzerland: One Tour, Two Trips, 150 Years and a World of Change Apart*等。

这本书给我的感觉就像是在描述一个不可能存在的国家。

欧盟形成后，原东欧国家很多年轻人跑到较发达的西欧去求职、生活和定居，移民人口越来越多，给当地社会带来很多难题。于是有些国家的右翼政党重新捍卫民族主义，甚至是一种沙文主义版本的民族主义。就连向来被认为自由开放的中欧国家瑞士，也开始声势浩大地反移民。[1]有趣的是，反移民人士声称外来移民暴增会影响瑞士的传统文化，但其实今天至少二三成的瑞士人曾经也是移民，20世纪60年代以后才移居到瑞士。

现在很多人去瑞士旅行，回来后会写很多游记，多去几趟也许就能写出比较有深度的游记，涉猎一些瑞士的风土人情。但坦白讲，如果你没有一双很好的观察者的眼睛，或者你住得不够久，不够耐心

[1] 2014年2月9日，由右翼政党瑞士人民党（SVP）发起的“反对大规模移民”公投结果是，瑞士公民以50.3%的微弱多数通过该议案。

和敏感，很多东西你是看不出来的。例如，瑞士人很喜欢穿红色鞋子，据说你在各大火车站待半小时，就能看见一二十双红色鞋子，这个比例超过世界上其他地方。为什么呢？不知道，总之就是这样。大家都说瑞士很干净，街上没有垃圾，但其实很多地方还是能看到口香糖和烟屁股。为什么呢？瑞士人的确非常爱干净，但他们不把这些东西当垃圾看待。

英国旅行作家迪康·贝维斯（Diccon Bewes）在瑞士居住多年，从一个外国人的角度来写瑞士，出过一本畅销书叫*Swiss Watching: Inside the Land of Milk & Money*（《瑞士观察：探秘“牛奶与金钱”之境》）[1]。书名“Swiss Watching”语带双关，包含“瑞士表”的意涵在内。这本书非常有趣，但又写得很深入，还有记者般的现场感，难怪被国际大报评为年度好书，非常受大家欢迎，连瑞士人都惊讶于一些以前没注意过的事情。

这本书一开头就引人入胜，说瑞士是一个拥有九种国名的国家，而且其中不包括英文国名“Switzerland”。瑞士有四种官方语

---

[1] 2010年初版书名为*Swiss Watching: Inside Europe's Landlocked Island*（《瑞士观察：探秘欧洲内陆岛》），被英国《金融时报》评为年度好书，2012年再版时更为现名。

言——德语、法语、意大利语和罗曼什语[1]，其中罗曼什语是古代拉丁语的一种方言，今天讲这种语言的瑞士人只有一两万。由于这个国家讲求平等，每个人都是平等的，每种语言也是平等的，哪怕使用人数很少也成为官方语言。这四种语言对瑞士各有一个正式和非正式的称谓，也就有了八个国名。瑞士又是一个特别讲礼貌的国家，有些人在公司里做了一辈子同事，彼此还是不直呼其名，而是称呼先生、女士，对于国家当然也要有一个很正式的称呼。这时候瑞士又展现出民主、平等、尊重的精神，要找一个让四大语言群体都能接受的通用国名。用英文国名不像话，那用什么好呢？我们看到瑞士法郎（Swiss franc）的货币代码是CHF，“CH”就是源于瑞士的拉丁语国名“Confœderatio Helvetica”[2]。拉丁语是一种已经死亡的语言，没有人在用，瑞士人觉得用这个国名对大家最公平。今天世界上恐怕只有瑞士还在使用拉丁语作为最正式的国名，这真是一个很奇怪的国家。

---

[1] 罗曼什语（Romansh）属印欧语系罗曼语族，通行于瑞士东南部格劳宾登州（Canton of Grisons）。罗曼语族是从意大利语族衍生出来的现代语族，主要包括从拉丁语演化而来的现代诸语言，但现代罗曼语族诸语言与古老的拉丁语已有很大差异。

[2] “Confœderatio Helvetica”（海尔维第联邦）这个名称来源于海尔维第人（Helvetii）。海尔维第人是公元前1世纪时主要分布于今瑞士高原及德国西南部的一支凯尔特民族部落，1798年至1803年建立海尔维第共和国，共和国解散后称为海尔维第联邦。1848年瑞士联邦成立后，采用拉丁语“Confœderatio Helvetica”作为官方国名，以示中立而不偏向任何一种官方语言。

瑞士到底有什么特别的呢？这本书给我的感觉就像是在描述一个不可能存在的国家。今天世界上怎么可能有这样一个国家存在呢？我们都说中国是大国，因此渴望被关注，渴望自己有分量。我们对一个大国应该是什么样子有一套自己的想法，这时候看看瑞士应该会大受刺激。这个国家告诉我们世界上有另一种生活方式，有另一种社会政治经济制度存在的可能性。政治是什么？政治有时候是一种想象的艺术，是一种关于可能性的艺术。政治并不是要告诉我们命中注定活在什么样的世界里，而是让我们想象有没有不同的生活方式和其他可能性。自古以来没有一套政治制度是永远不变的，说永远不变那是谎言。如果让我们凭空想象另一种尚不存在的理想生活方式，那听起来太像乌托邦，其实看看今天地球上已经存在的生活方式就能拓宽想象力。

很多人都在讲民主，那么到底什么叫民主？瑞士的直接民主非常有名，很像古希腊雅典式民主，是世界上少有的一个仍在那样做的国家。从商店应该几点关门，到建一座桥，再到重大法律的出台，瑞士人事无巨细都喜欢用公投方式来决策，一年大概要举行五六次公投。瑞士有26个州，其中内阿彭策尔州[1]保留有最传统的公投方

[1] 内阿彭策尔州（Canton of Appenzell Innerrhoden）是瑞士人口最少的州，总人口不到两万，面积全国倒数第二。每年4月的最后一个星期日，州内拥有投票权的选民会到首府阿彭策尔（Appenzell）参加“州民大会”（Landsgemeinde），制定法律和选举政府官员。瑞士曾经有8个州用这种形式来决定全州事务，目前仅有内阿彭策尔州和格拉鲁斯州（Canton of Glarus）保留这种传统。

式。每年4月的最后一个星期日，州首府那个典型的欧洲小城镇式的广场就会挤满人，不仅广场中心的喷泉旁边站满了人，广场周边的商店、餐厅也是一片人海，有一些人干脆坐在附近高楼或别人住宅的窗沿上。这些人聚在这里干吗？进行瑞士版的直接民主，参加全民露天公投大会。州议员将一个个议案提出来，由州民们举手表决，而不是匿名投票。很多男人还带着一把剑过来，因为过去剑被视为公民身份的象征，今天瑞士人仍然父传子子传孙，把剑当成一种身份的骄傲，用它来代替公民身份证参与投票。也就是说，把剑亮出来，你就能投票了。大家一个个议案地讨论，非常费时，一搞就是大半天。

迪康·贝维斯在内阿彭策尔州目睹过一次最刺激的公投，那是关于裸体健行的公投。瑞士全民热爱运动，迪康·贝维斯说他们简直是过度好动。这个州很多人觉得在那么美好的大自然中散步、登山，我们应该更自然些，干脆脱光衣服吧。越来越多的人这么干，后来就有人发起公投来讨论这到底合不合法。当然，这个议案那天被否决了，裸体健行在这个州是不被允许的，被抓到要罚款。让迪康·贝维斯佩服的是，有很多人当众举手支持这个议案。直接民主是需要勇气的，为了支持你所喜欢的议案，你得在认识你的人面前站出来。大家还要学会在投票结束后，文明地、礼貌地忘掉刚才谁举手支持什么。

瑞士这个国家讲求民主、平等，凡事都求共识，慢慢来讨论。

瑞士人典型的政治搞法是，几个居民在居委会说为了某件事要发起签名运动，然后就成立一个委员会来推动这项议案，筹到十万个签名就搞公投。整个过程非常缓慢，所以这个国家变化很慢，不是光速前进。权力一再分割使得国家相对稳定，在某种程度上保障了国家的安全。比如某个地方因为语言、宗教信仰不同，想脱离所在州搞独立，这在其他国家可能会演变成很麻烦的纷争，而在瑞士则按照公投程序慢慢来，多年以后大家什么气都消了，心平气和地讨论，最后和平地投票解决。

大家有没有听说过“瑞士总统”[1]？众人皆知美国有奥巴马、俄罗斯有普京，瑞士有谁呢？我们很难想出来，因为瑞士的总统是一年一任。这个国家之所以需要一个总统，可能只是因为有些国际场合比如其他国家的元首来访问，总得有个人出来当瑞士的代表，去跟人家握握手对不对？好，那就找一个人当总统吧。

瑞士最有名的人物可能不是国家元首，而是其他领域的人士。

[1] 瑞士国家元首一般不称“总统”，而称“联邦主席”。联邦主席是瑞士联邦委员会的七名成员之一，由瑞士联邦国会选出，任期一年，不得连任。严格来说，联邦主席并非瑞士的国家元首。瑞士最高行政机关是瑞士联邦委员会，全体委员为国家元首，联邦主席惯例上由七名委员轮流担任。除主持委员会会议及担任瑞士对外国家代表等特殊职责外，联邦主席并无高于其他委员的权力，只能称之为“同僚中的第一人”。

瑞士历史上有个名人叫亨利·杜南[1]，是红十字国际委员会的创始人，在某种程度上代表了瑞士的中立与和平主义。这本书讲了很多红十字会的故事，其中谈到很多失败的个案或者力所不逮的事情，不过大家都知道这个组织在一战期间为世界做了多少事情。今天我们看到国际红十字会、红新月会到处派发救助箱，里面装着一些很普通的物品，比如植物油、大米、绳索等，然而正是这些很不起眼的箱子挽救了数以亿计的生命。亨利·迪南的故事相当感人，他原来是个很成功的商人，跟很多国家的元首坐下来商讨过事情，是一个想要实现伟大事业的人，后来却因生意失败孤独地客死异乡。晚年他获得诺贝尔和平奖，但那个奖金他分文不动，死后捐给养老院等慈善机构，让一些没有钱的病人也能得到治疗。

当然，瑞士并不总是有美好的、阳光的一面。瑞士每次国民普查都会问一个问题：你们想到祖国时首先想到什么？答案不是阿尔卑斯山、冰河，不是风光如画的大自然，而是中立、安全与和平，这三样东西密不可分。但问题是，瑞士版的中立与和平有非常古怪的另一

[1] 让·亨利·杜南（Jean Henri Dunant，1828—1910），生于日内瓦，瑞士商人和人道主义者，1863年创立红十字国际委员会，被尊为"红十字会之父"，1901年获首届诺贝尔和平奖。出身于富商家庭，早年经商和从事慈善事业，后来忙于红十字会及其他人道救护事业而疏于管理企业，1867年因卷入一家信贷公司的丑闻而宣布破产，并被迫脱离红十字国际委员会，而后过着与世隔绝的清贫生活，1910年病逝于外阿彭策尔州海登（Heiden）养老院。

面。瑞士有悠久的雇佣兵传统，直到今天梵蒂冈的卫队仍然是瑞士近卫队[1]。瑞士过去有一个时期没东西可出口，当时还没有手表、“雀巢”、药物，就出士兵。瑞士人自古骁勇善战，一度大量输出雇佣兵，经常发现同胞在异国他乡为两个敌对的国家互相厮杀。瑞士后来慢慢变成一个中立国，但全民武装的传统从未变过。今天瑞士大约有240万把枪散布在各个家庭里，几乎人人都有枪。瑞士拥有全欧洲最高的用枪自杀率，奇怪的是很少发生美国那样的枪杀案。所以美国在讨论枪械管制问题时，常常拿瑞士作为参考。

瑞士是个全民皆兵的国家，所有青年男子都要服兵役，退役后要当预备役士兵，整个国家随时要能够动员20万人上战场。据说当年就是这种全民皆兵的传统、惊人的军事动员力量吓住了希特勒，所以他没有出兵侵犯瑞士。不过，残酷的事实是，瑞士跟纳粹邪恶同盟做过一些妥协。瑞士把整个国家武装得像碉堡一样，今天大家在登山铁路、冰河列车上面玩，不要忘记下面几乎全是炸弹，一有需要就会被炸掉。瑞士每座大楼底下全是防空洞，随时防备原子弹扔到它们头上。

---

[1] 瑞士近卫队是为保护梵蒂冈教廷和教皇的雇佣兵组织，1506年由教皇尤利乌斯二世（Pope Julius II）组建。1527年5月6日，神圣罗马帝国皇帝查理五世属下的军队哗变后洗劫罗马，瑞士近卫队为掩护教皇克雷芒七世（Clement VII）撤离而惨烈激战，189名士兵中有147人阵亡，获得绝对忠诚的评价，至今仍是梵蒂冈的保护力量以及仪式象征。

瑞士一面战战兢兢地维护和平，另一面是什么呢？输出武器。瑞士是世界上第四大武器输出国。瑞士军刀举世闻名，瑞士的枪械也很有名，就像他们的钟表一样制造得非常精准。一个国家怎么一方面出红十字会，说是要推动世界和平，另一方面又拼命输出杀人武器，让大家互相厮杀呢？瑞士这时候还标榜中立，卖武器不会只卖给A，同时也卖给B，两方都不偏帮，可谓“鹬蚌相争，渔翁得利”。原来瑞士中立、和平的另一个面目是实际，赚钱对它来说始终很重要，要不然怎能这么富裕呢？

（主讲　梁文道）

The Last Thousand Days of the British Empire

大英帝国垮在美国人手里

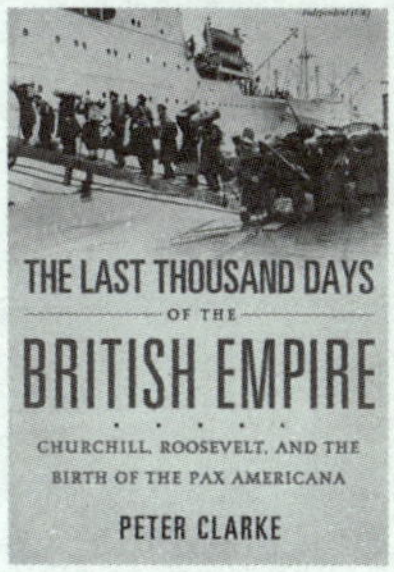

彼得·克拉克（Peter Clarke，1942— ），英国历史学家，英国科学院院士，曾任剑桥大学英国近代史教授。著有《希望与荣耀：英国，1900—2000》《为什么是凯恩斯？》等。

真正毁掉大英帝国的，其实是它最好的盟友——美国。

作为20世纪的历史见证人，我们是幸运的。过去很多庞大帝国的崩溃，对我们来说只是一种历史记载，或者仅是历史传说。人类历史上最庞大的帝国是大英帝国，它的崩溃却发生在我们这个时代。与罗马帝国、波斯帝国、元帝国不同，大英帝国的崩溃似乎悄无声息，乃至于被人遗忘了——咦，这个老牌帝国是怎么完蛋的?

The Last Thousand Days of the British Empire（《大英帝国的最后千日》）这本书很有意思。大英帝国的崩溃数得出最后一千天吗? 虽然有人认为香港回归中国才是大英帝国的正式终结，但英国历史学家彼得·克拉克认为，大英帝国的末路在1944年至1947年这一千天里已暴露无遗。首先是印度这颗被视为最不可缺少的“皇冠上的钻石”独立了，然后是巴勒斯坦失控了，大英帝国一步一步地垮掉了。

最具讽刺意味的是，英国卷入二战的目标之一是维护帝国的统治，然而从参战的那一天起，它就注定要崩溃。英国不仅仅是在反法西斯，当时它还是一个殖民帝国，希望打胜仗后能够继续存在下去。正如1940年丘吉尔上任时所说，他现在来当国王的首相，不是要见证大英帝国的崩溃，而是要维持它。这也是当年很多英国人的愿望。

英国参战前，丘吉尔在下议院说过一句名言："让我们勇敢地承担义务，这样如果大英帝国和她的联邦可以留存千年的话，人们仍然会这么说：'这是他们最光辉的时刻。'"问题是一打完仗，这个"千年帝国"就开始完蛋了。战后没多久，英国人就发现不对劲：怎么生活还是艰苦，仍实行食物配给制？怎么殖民地一个个独立了？怎么英国变成老二了，什么事都要仰美国人鼻息？英国人一下子掉进冰冷的现实。

这本书精彩地描述了英国人如何接受帝国的崩溃。彼得·克拉克用一种古希腊悲剧式的写法来写几个人物，比如丘吉尔拼尽全力想维护大英帝国，却只能眼睁睁看着它在他任内逐渐衰败。丘吉尔是英国历史上最著名的英雄人物之一，然而大英帝国就是在他手上走向终结的。这是他的过错吗？不是，是世界结构问题。我们在这本书里看到他相当可笑，常常回忆帝国过去的荣耀，想象美好的未来，却总是不顾现在。他有时候很可怜，比如常常写信给罗斯福，想跟这位美国总统交朋友，但罗斯福对他很冷淡，两人的关系并不像电影里那么好。

我们过去常常忽略澳大利亚、新西兰等国，当时它们作为大英帝国的自治领，也要派兵参战。它们在哪儿打仗呢？欧洲。太平洋战争就在它们家门口，居然是美军在帮它们打仗！它们为什么不在本土保卫家园，却跑到遥远的欧洲战场去帮英国打仗呢？这难道不是一场帝国战争吗？出于这个理由，有些美国人很不愿意援助英国，一再强调这不是为了维护大英帝国存续下去的战争。当时美国人很讨厌帝国主义，觉得干吗要帮大英帝国维护权益。

二战期间，英美国力悬殊已经显现。美国是第一大经济强国，通过《租借法案》[1]给英国提供了很多贷款和物资，于是著名经济学家凯恩斯[2]战后跑去跟美国商量，希望美国继续提供贷款，帮助英国渡过经济难关。当时工党政府要搞福利国家，整个英国经济几乎垮掉，全靠美国乃至加拿大支撑它。虽然贷款条件很优惠，但毕竟是欠人家债，所以英国人过了一段苦日子，直到2006年才全部还清。

---

[1] 美国国会通过的《租借法案》于1941年3月生效，旨在为反法西斯同盟国提供战争物资。美国共援助过中国、苏联、英国等38个国家，总值约500亿美元，其中英联邦受援最多，约占60%。

[2] 约翰·梅纳德·凯恩斯（John Maynard Keynes，1883—1946），英国经济学家，当今世界经济秩序的主要奠基人之一，被誉为“宏观经济学之父”“资本主义的救世主”“战后繁荣之父”。

当年为了换取美国的支援，英国让出很多殖民地给美国做基地。彼得 · 克拉克得出一个结论：真正毁掉大英帝国的，其实是它最好的盟友——美国。二战期间，英国极度依赖美国，不得不将权益转让给美国。在各个战场上，英美将军一吵架，美国将军绝对占上风。包括马歇尔、史迪威[1]将军在内，没有一个美军将领瞧得起英国人。史迪威将军在日记中说，跟他并肩作战的英军将领浑蛋透了，虚伪，无耻，最后还不都靠我们美国人打仗？大英帝国就这样垮掉了，垮在它“神圣盟友”手上。

（主讲　梁文道）

[1] 约瑟夫 · 史迪威（Joseph Stilwell，1883—1946），西点军校毕业，美国陆军四星上将，绰号“尖刻的乔”（Vinegar Joe），曾任中国战区统帅部参谋长、中印缅战区美军中将司令、东南亚盟军司令部副司令等职。

《帝国》

大英帝国是光明使者？

尼尔·弗格森（Niall Ferguson，1964— ），英国历史学家，现任哈佛大学历史系教授，并为多家媒体撰稿和制作电视纪录片。著有《文明》《巨人》《货币崛起》《虚拟的历史》等十多部著作。

大英帝国曾经留下一些光辉遗迹，但我们还要回头看看有无黑暗之心。

英国特拉法尔加广场[1]中央的纳尔逊纪念柱顶上的雕像是霍雷肖·纳尔逊[2]将军。这位著名海军将领当年率领英国皇家海军，在特拉法尔加角海战中打败拿破仑领导下的法国和西班牙联合舰队。此役之后，英国海军几乎控制了全世界的海洋。维多利亚女王继位时，英国海军战舰约240艘，船员4万人。大英帝国凭借如此小规模的海

[1] 特拉法尔加广场（Trafalgar Square）位于英国大伦敦威斯敏斯特市（City of Westminster, Greater London），为英国群众集会和政治游行的重要场所。19世纪初开始兴建，原名威廉四世广场，1830年更为现名。标志性建筑是1843年竖立的纳尔逊纪念柱，以纪念1805年在特拉法尔加海战中阵亡的霍雷肖·纳尔逊将军。

[2] 霍雷肖·纳尔逊（Horatio Nelson，1758—1805），英国海军中将、子爵。1771年加入英国皇家海军，曾参加美国独立战争，1803年出任地中海舰队总司令。1805年10月21日，英国皇家海军与法国和西班牙联合舰队在西班牙特拉法尔加角外海面相遇后决战，霍雷肖·纳尔逊阵亡。

军，一度统治着全球约四分之一的疆域和人口。

纳尔逊纪念柱

霍雷肖·纳尔逊雕塑

自美国2003年发动伊拉克战争以来，有一些学者和政治人物毫不讳言地说，美国就是这个时代的帝国，美国就是新的大英帝国。这种说法不足为奇，中国人老早就称之为美帝国主义。这些人提到“帝国”一词丝毫没有愧色，觉得这是个很正面的字眼。他们认为美国应该老老实实承认自己是个帝国，而且沿着这条路线好好走下去，这样对全世界都有好处。比如有一些人认为，由于美国在海外驻扎了强大的军力，全球的海上贸易才得以畅通无阻。甚至有人认为，中国买了那么多美国国债，等于交了保护费，使美国出动庞大的海军保证中国产品源源不断地输往全球。

这种所谓新保守主义的说法，其中有一股声音来自史学界，英国历史学家尼尔·弗格森就是一员健将。他在中国内地很红，《帝国》让很多读者耳目一新，没想到帝国主义还有正能量。现任美国哈佛大学教授的他回首故国，觉得过去大英帝国干得不错，而美帝国现在做得还不够好，所承担的帝国责任还不够多。

今天应该如何看待大英帝国的遗产呢？它究竟给世界带来了悲剧，还是造福了世界？正如《帝国》英文标题 *Empire: How Britain Made the Modern World* 所言，尼尔·弗格森认为现代世界是由大英帝国制造的。比如印度号称世界上最大的民主国家，它的精英学校、文员机构、军队、新闻机构和议会制度，无不带有清晰可辨的英国模式的烙印。英语也许是英国过去三百年间最重要的一项出口，今天有3.5亿人以英语为第一语言，约4.5亿人以英语为第二语言，地球上大约每七人当中就有一人会说英语。

假如真如尼尔·弗格森所言，大英帝国造就了现代世界，比人类历史上任何一个殖民帝国都更仁慈、文明，那么如何解释一些自相矛盾的行为呢？比如18世纪和19世纪时，英国皇家海军在大西洋打着废除奴隶贸易的战役，到处逮捕贩卖奴隶的船只，但与此同时在亚洲公然贩卖连英国人自己都不能接受的鸦片。英国海军一只手以人道为由释放黑奴，另一只手却强迫中国人接受毒品，这让我们无法接受所谓新保守主义史观。大英帝国曾经留下一些光辉遗迹，但我们还要回头看看有无黑暗之心。

曾经名扬四海的英国皇家海军的前身是谁？海盗。当年英国打不过海上霸主西班牙，就放任很多海盗去侵扰西班牙船队。这些海盗是否忠心于英国呢？介于是与不是之间，因为他们打劫西班牙商船不是要为国争光，而是为了牟利。海盗传统是大英帝国殖民扩张的一大动力。当时西班牙、葡萄牙、法国等殖民国家都沿用中央集权制度，而英国很早就转为议会民主制。当王权被削弱，议会就强大。当时英国还不是全民普选，有选举权的是上流社会或经济富裕的既得利益阶层，这些人可以为了私利而操纵国策。大英帝国海外扩张的好处并非全部落入国王手中，而是像海盗分赃一样分给参与冒险的人，既得利益者也就更有动力去殖民扩张和巩固成果。

大英帝国海外扩张有一个很重要的后盾——金融制度。当时英国效法荷兰，建立股市交易和银行系统，可以通过民间融资筹集海外扩张经费。比起竞争对手法国，英国夺得海上霸权有一个关键的优势——借贷能力。英国三分之一的战争经费不是来自国库，而是通过融资获得的。也就是说，英国要跟人打仗，大家就买国债来投资，打胜仗就有回报。打胜仗后，大家都发财了，资金也就越滚越大，军力增长自然更可观，胜出的机会也就更多。

大英帝国海外扩张的成本，也就是国债的利息，实际上是由英国贫困家庭负担的。当时主要的应税货物包括烈酒、红酒、啤酒、丝绸、烟草、蜡烛、肥皂、淀粉、皮革、窗户、房屋、马匹和马车，这些税负最终都转嫁给了消费者。那么，谁收取了这笔利息呢？少数精英阶层，主要是英国南部一些债权人，约有20万个家庭将财富投入这种高收益的“基金”之中。问题是18世纪英国百姓的税负比法国重得多，为什么大革命发生在法国而不是英国呢？这是英国历史上一个谜题。

另一个谜题牵涉到美国独立战争。到17世纪70年代，英属北美殖民地差不多已是世界上最富有的地方，人均收入至少与英国本土持平，而且分配更为平均，支付的税收也更少。为什么率先反抗英国殖民统治的不是牙买加奴隶，而是日子几乎过得比英国人还好的北美殖民地臣民呢？其中一个原因是美国人比较有权利意识，觉得他们同样向英国纳税，在议会却没有足够的代表权。大英帝国的殖民地制度存在种族歧视，允许白人占主导的地方发展成自治领，比如加拿大、澳大利亚、新西兰，允许它们存在公民社会，反之则不管什么天赋人权。享有较大自治权、有较强公民意识的北美殖民地较早闹独立，也就不足为奇了。

二战后大英帝国崩溃，留下的只是断壁残垣。尼尔·弗格森为此帮腔：“大英帝国真正伟大、真正高贵之处在于，它付出了沉重的代价才获得了胜利。最后，为了阻止德国人、日本人和意大利人建立它们的帝国，英国人不惜放弃了自己的帝国。难道这样的牺牲，还不足以洗清大英帝国的其他罪恶吗？” 尼尔·弗格森认为，虽然大英帝国卷入了众多小战役，但总体上维持了全球和平，并在广大地区实行了法治。如果取而代之的是纳粹德国和日本，不知情况会有多糟呢！大英帝国纵然可恶，但它比其他帝国好多了。虽然它也做了很多坏事，毕竟还给世界留下那么多遗产。他也承认大英帝国并非毫无污点，比如常常不能履行所鼓吹的个人主义自由的信仰，尤其早期奴役和贩运过原住民，甚至进行过种族清洗。但他认为不可否认的是，大英帝国在19世纪引领着自由贸易、资本的自由流动、废奴运动和自由劳动力运动。

尼尔·弗格森提到一个令人好奇的问题：当年大英帝国在印度只有900名英国文员和7万名英国士兵，这些人管理着一个有2.5亿名印度人的国度，究竟是怎么做到的呢？有人认为并非英国公务员多么优秀，而是他们背后有可以随时随地跟伦敦保持联系的现代沟通方式，比如电报。大英帝国为全球现代化通信网络的发展投入了巨额资本，当时世界各地的海底电缆就是由它铺设的。当然，那是为了维持它对各个殖民地的有效统治。

尼尔·弗格森认为，19世纪40年代至20世纪30年代，如果没有大英帝国，全球不会出现那么大范围的自由贸易。自由贸易正是今天我们所追求的东西，也是中国经济得以崛起的重要条件。如果英国在19世纪下半叶就放弃殖民地，这些市场的关税势必提高，大搞贸易保护主义。比如美国和印度独立后，都采取了高度保护主义政策，一度引发经济危机。

尼尔·弗格森还认为，如果没有大英帝国，1914年以前不会有那么多劳动力在全球范围内流动，自然也不可能出现全球收入差距的缩小。虽然20世纪90年代的跨境资本流动比19世纪90年代的规模更大，但其中很多海外投资发生在发达国家之间，比如1996年只有28%的境外直接投资流向发展中国家，而1913年该比例为63%。也就是说，在大英帝国掌控世界期间，大量资金和人力资源愿意往发展中国家流动，因为那里保持了政治与法治的稳定。现在叫美国人移民到伊拉克或阿富汗，他们可不愿意，而以前英国人很愿意去那里冒险，因为有一个帝国在背后撑腰。

从这个角度来看，尼尔·弗格森认为今天的美国有问题："这是一个不敢称自己为帝国的国家。这是一个抗拒的帝国。"他认为不管承认与否，美国都已经承担了一些所谓全球责任，认为自己不仅有责任向恐怖主义和流氓国家发起战争，而且有责任向海外传播资本主义和民主的好处。如同过去的大英帝国一样，美帝国不厌其烦地以自由的名义行动，尽管自身利益明显被放在首位。但是，美帝国缺乏向落后地区输出资金、人口和文化的动力，尽管那些地区迫切需要这些东西，而一旦它们的需求被忽视，它们将成为危及美帝国安全的最大威胁。尼尔·弗格森对美国的要求是什么呢？好好继承我们大英帝国吧。

大英帝国曾经控制了人类历史上最多的土地和人口，殖民统治技术也被很多人认为最成功。此外，今天的议会民主制、司法独立精神、自由贸易体系等，都跟大英帝国时期执行的政策有联系。然而，大英帝国的遗产是否真像尼尔·弗格森所说的那样光明灿烂呢？

（主讲 梁文道）

Ghosts of Empire: Britain's Legacies in the Modern World

大英帝国的黑色遗产

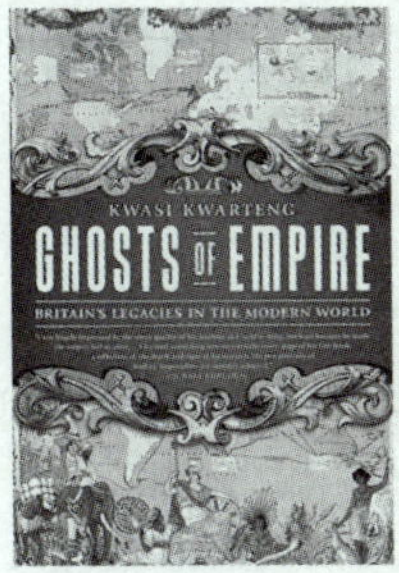

夸西·科沃腾（Kwasi Kwarteng，1975— ），生于伦敦，父母是加纳移民。曾就读于英国著名贵族中学伊顿公学，后获剑桥大学经济史学博士学位。做过金融分析师、记者，现为英国保守党议员。

大英帝国的成功之处，恰好也是导致它失败的原因。

有意思的是，每个国家的政治家学历背景都不太一样，比如中国一般是理工科出身，美国多半是律师出身，英国则是文史出身。因此，英国政治家大多能写点东西，有时甚至写得不错。比如英国保守党议员夸西·科沃腾（Kwasi Kwarteng）是剑桥大学经济史学博士出身，写了一本畅销书叫*Ghosts of Empire: Britain's Legacies in the Modern World*（《帝国余魂：现代世界的大英帝国遗产》）。

一看夸西·科沃腾的名字，就知道他不是白人。没错，他的父母是加纳[1]人，他是前英国殖民地臣民的后代。顾名思义，保守党议员应该是思想比较保守，政治立场比较右翼。不过，你不要以为

[1] 加纳（Ghana）位于非洲西部，因盛产黄金，在殖民地时期被称为“黄金海岸”。1897年全境沦为英国殖民地，1957年宣布独立，现为英联邦成员国。

他跟尼尔·弗格森一样歌颂大英帝国的光明面。歌颂帝国主义的多半是美国人，或者像尼尔·弗格森那样很美国化的英国人。英国三大政党[1]都不太喜欢大英帝国的历史遗产，包括首相戴维·卡梅伦[2]。卡梅伦曾指出，今天巴基斯坦如果有什么问题，那很可能是过去大英帝国留下的不好遗产。夸西·科沃腾也喜欢谈大英帝国的黑暗遗产。

保守党人的历史观比较实际，喜欢个案研究而不是笼统分析。夸西·科沃腾选了几个前英国殖民地的样本——伊拉克、克什米尔、缅甸、苏丹、尼日利亚和中国香港地区，看看大英帝国如何管理殖民地。尼尔·弗格森夸赞大英帝国了不起，仅用900名英国文员就能管理庞大的印度——当然，他们还要依靠印度本土公务员或编外人员协助管理。在夸西·科沃腾看来，这正是问题所在：大英帝国扩张得太快，以这么小的岛国控制世界上那么多地方，管理不可能很严密。大英帝国的成功之处，恰好也是导致它失败的原因。大英帝国的成功之处是什么？弹性管理。英国喜欢根据各个殖民地的不同需要保留一些当地传统，尊重当地文化，有时甚至采用间接统治。在这种管理文化下，英国殖民者尽量不跟当地人发生太激烈的冲突，当然也还是发生

[1] 英国三大政党是指保守党、工党、自由民主党。

[2] 戴维·卡梅伦（David Cameron，1966— ），祖母为英国国王威廉四世私生女的直系后裔。曾就读于伊顿公学、牛津大学，2005年成为英国保守党党魁，2010年当选为英国首相，成为英国近二百年来最年轻的首相。

过血腥的战争和屠杀。

英国派驻殖民地的官员享有自由裁量权，虽然要向伦敦殖民地部负责，但他们出去之后往往是“将在外，君命有所不受”。缅甸是一个假的独立王国，这是大英帝国很常见的做法：实际上控制着人家，名义上给人家保留一个独立王国的身份。在当时的英国殖民体系下，缅甸归印度事务部管理。印度事务大臣伦道夫·丘吉尔勋爵[1]居然可以不经英国议会讨论，就擅自宣布废止缅甸独立王国的地位。当年他下了一纸文书，大意是：根据女皇的命令，现在我们宣布原来由缅甸国王所统治的地方再也不在他的统治下，变成了女皇陛下的领地，顺女皇之意交由她派驻印度的总督来看管。连他的儿子丘吉尔首相都说，这大概是历史上同类文件之中最短的一个。

英国殖民地官员怎么可以霸道到这种地步？因为他们享有很大的自主权。他们都是些什么人呢？不是从伊顿公学[2]就是从哈罗公

[1] 伦道夫·丘吉尔勋爵（Lord Randolph Churchill，1849—1895），英国公爵后裔，曾就读于伊顿公学。1885年6月出任印度事务大臣（Secretary of State for India），11月发动第三次英缅战争，次年元旦宣布兼并缅甸，使之成为英属印度的一个省。

[2] 伊顿公学（Eton College）由英国国王亨利六世创建于1440年，为英国最著名的贵族中学。这所私立寄宿制男子中学以“精英摇篮”“绅士文化”闻名于世，是英国王室成员、政经界精英的培训地。

学[1]出来的，然后入读牛津大学、剑桥大学，都非常聪明，也非常傲慢。这些人有时也会种下恶果，比如南、北苏丹问题[2]就是大英帝国留下的“遗产”。他们自作聪明地将苏丹分成南北两部分来治理，终于在苏丹独立后留下尾大不掉的灾难性后果，最终演变成内战。

（主讲　梁文道）

[1] 哈罗公学（Harrow School）创建于1572年，为英国最负盛名的私立学校之一。这所私立寄宿制男子中学的学生多为富家子弟，著名校友包括英国首相丘吉尔、印度总理尼赫鲁、约旦国王侯赛因等。

[2] 苏丹位于非洲东北部，1899年沦为英国和埃及共管的领地，实际上成为英国殖民地。1956年脱离英国殖民统治，成立苏丹共和国，2011年分裂为北苏丹、南苏丹两个独立的国家。英国自1902年就开始酝酿苏丹南北分治，1939年颁布“南方禁区法令”，在法律上正式确认南北分治政策。二战后，英国唆使南方亲英人士提出南北分治的要求，企图将南苏丹并入英属“东非联邦”或独立建国。南、北苏丹原本在种族、宗教、文化等方面存在较大差异，英国的插手加剧了双方的冲突。

《记忆所系之处》

法国：集体记忆制造品

皮耶·诺哈（Pierre Nora，1931— ），法国历史学家，法兰西学院院士。曾任教于巴黎政治学院、法国高等社会科学研究院（EHESS），以研究法国国家认同与记忆闻名。

记忆所系之处的形成是一种记忆与历史之间的游戏，不断化身变形，或者死灰复燃。

“睡狮”“东亚病夫”等形象是中国人集体记忆的一部分，由此形成一种国家认同。我们有时故意用负面的认同来激发雪耻的欲望，比如提起“东亚病夫”并不是要贬低自己，而是想通过表面上的自贬来振作士气。集体记忆的形象并非一成不变，从其流变脉络能看出一个国家走过什么样的历程。

20世纪80年代，法国历史学家皮耶·诺哈在思考一个问题：如何书写法国史？由他主编的《记忆所系之处》是法国史研究领域震撼人心的一部巨著，提出了国家认同与记忆的新观念，影响了国别史研究的视角。全书共3卷7册，出版于1984年至1992年间，收录了上百位法国当代一流学者的135篇长文，共计5000多页文字。出版界很少有人有心力全译这部皇皇巨著，中译本也仅选译9篇文章，好在已将全书的主要观点呈现出来。台湾版译者戴丽娟[1]是皮耶·诺哈的弟子，两人一起商量和选编篇目，应该是很可靠的一个译本。

埃菲尔铁塔

这部书主要探讨法国人一连串的集体记忆，以及那些记忆如何产生与变形，以此来探究法国到底是一个什么样的国家。帮一个国家书写历史当然很困难，能否找到新角度呢？皮耶·诺哈认为，所有法国史著作都有一个共同点：自始预设法国是一个由众多真实事物聚合而成的有机体，而这些真实事物有待历史学家加以梳理。但皮耶·诺哈更感兴趣的不是所谓真实事物，而是一些想象层面和象征层面的事物。比如埃菲尔铁塔[2]不只是一座建筑物，它还是法国的国家地标，是全世界对浪漫花都巴黎的印象。这里面有我们投射进去的情感

[1] 戴丽娟，法国高等社会科学研究院历史学博士，现任台湾“中央研究院”历史语言研究所副研究员，研究兴趣为法国近现代史、世界史、人类学史。

[2] 埃菲尔铁塔（Eiffel Tower）位于巴黎市区塞纳河畔战神广场，1889年3月竣工，被法国人昵称为“铁娘子”。塔高300米，1930年以前为全球最高建筑。

和想象，皮耶·诺哈称之为记忆。

记忆与历史似乎密不可分，其实二者有很大区别。记忆黏着于一些东西之上，比如抽象的观念或者实际的物体。历史档案馆似乎收藏了很多记忆，只有当我们的想象力赋予那些东西某种象征性的光环时，它们才能变成记忆所系之处。也就是说，记忆所系之处的形成是一种记忆与历史之间的游戏，不断化身变形，或者死灰复燃。并非所有的历史事件都是记忆的重点，比如一个闻所未闻的考古遗址，现在被发现了，它是一种历史上的重要，而不是记忆上的重要。庄周墓也很重要，但它不如曲阜孔林在中国人的记忆中那么重要，因为后者已变成中国人身份认同的一部分。

传言法国大革命期间有一组著名口号令全世界大受鼓舞：自由、平等、博爱。当时法国人真的喊着这组箴言吗？不。当年法国人特别偏爱三连组的概念，比如“自由、平等、正义”“自由、理性、平等”，唯独没有“自由、平等、博爱”。也就是说，将“自由、平等、博爱”视为法国大革命的口号是误传。当年法国人主要追求自由与平等，这两个东西像双胞胎姐妹一样相辅相成，因此很多雕塑、画像总是用两个女神般的人物来象征，博爱是后来追加进去的。这组名词已经超越了法国大革命的范畴，在过去二百年间不断流传变形，成为法国人身份认同的一部分。这就是所谓集体记忆。

埃菲尔铁塔于1889年巴黎世界博览会前夕完工，当时非常不受法国人欢迎。很多人觉得这是另一座渎神的巴别塔[1]，也有人觉得这样的钢铁建筑物非常丑陋，会破坏巴黎美丽的市景。居斯塔夫·埃菲尔[2]辩护说，这座高塔也有实际用途，可以进行天文、气象、物理等方面有意思的观察，在战争时期能让巴黎与法国其他地区保持联系。他认为这样的当代科学精华在城市里建立起来，难道不是能让巴黎备感荣耀吗?

20世纪前夕，埃菲尔铁塔成为巴黎进入钢铁时代的象征。尽管它在世博会结束后被保住了，至少20年内不会被拆除，但大家仍众议纷纭。它曾经是巴黎前卫的象征，不料钢铁建筑很快就被混凝土建筑取而代之，变成旧时代的象征。大家开始嫌弃它土气，但又对它产生怀旧感，习惯了它的存在。正如罗兰·巴特[3]所言，在巴黎任何角落都能看到它，它成了这座城市无处不在的固定风景。登上塔顶，

---

[1] 巴别塔（Tower of Babel），《圣经》中人类计划兴建的通天塔，上帝以变乱天下人的语言横加阻挠，致使人类因无法沟通而中途停工。希伯来语“巴别”含有“变乱”之意，巴别塔的停建在宗教艺术中象征人类狂妄自大，最终只会落得混乱的结局。

[2] 居斯塔夫·埃菲尔（Gustave Eiffel，1832—1923），法国建筑师，埃菲尔铁塔的设计者。早年作为桥梁设计专家闻名于世，并设计制作了美国纽约自由女神像内部的钢铁支架，1887年1月始建埃菲尔铁塔。

[3] 罗兰·巴特（Roland Barthes，1915—1980），生于诺曼底，9岁随寡母移居巴黎，为法国文学批评家、哲学家、符号学家。

你又能俯瞰整个巴黎。渐渐地，它跟这座城市紧密相连，外省人去巴黎旅行必到那里拍照，必定带着印有铁塔的明信片回去。铁塔的图像出现在各种广告里，甚至有拟人化的漫画，冰冷的钢铁建筑变得那么可爱，变成浪漫的象征。

在构建法国国家身份的一大堆象征事物当中，不能不提环法自行车赛[1]。2012年发生了震惊国际体坛的大新闻：自行车名将兰斯·阿姆斯特朗[2]因为卷入兴奋剂问题，被剥夺了过去七届环法自行车赛的荣耀。阿姆斯特朗曾经备受尊崇，因为他的殊荣来自全世界最重要的自行车赛事。法国《机动车报》（*L'Auto*）1903年举办这项赛事，最初只是为了吸引广告，没想到后来会成为举世公认的法国文化遗产。

环法自行车赛的概念很有趣，发起人亨利·德斯格朗吉[3]称之

[1] 环法自行车赛始创于1903年7月，是世界知名的公路自行车多日分段赛，路线经由法国全境及邻国部分地区。除两次世界大战期间中止外，一般于每年7月举行，平均赛程超过3500公里。

[2] 兰斯·阿姆斯特朗（Lance Armstrong，1971— ），美国公路自行车赛职业车手，1996年被诊断出患有睾丸癌，康复后自1999年至2005年获环法自行车赛七连冠。2012年10月，国际自行车联盟（UCI）认可美国反兴奋剂机构（USADA）的指控，宣布褫夺阿姆斯特朗七届环法赛事冠军头衔，追回300多万美元的奖金，并且终身禁赛。

[3] 亨利·德斯格朗吉（Henri Desgrange，1865—1940），法国自行车赛手、体育新闻工作者。1903年任法国《机动车报》编辑时，听取同事的建议后，发起组织了首届环法自行车赛。

为一种颂扬国土的形式。法国学生从小到大被灌输一个概念：法国国土有天然的疆域，两边有大海，另有三边是天然的山地，整个国家就像一个漂亮的六边形。环法自行车赛环绕法国一周，等于把整个国家搬上体育舞台。他们在赛事期间宣传法国各地自然风光，参赛车手简直是在用自己的肉体量度法国国土。

常有记者报道称，参赛车手每骑完一段赛程，就会歌颂当地的风景多么迷人。面对阿尔卑斯山、比利牛斯山这两个“恶魔”时，有人称之为“残酷的怪兽”。然而，这种挑战性证实了天然边界的正当性，它们对每一个如同猎物的车手虎视眈眈，给人一种无法跨越的印象。法国安顿于高山与大海之中，就这样被保护着。这些疆土不仅风景优美，而且带有历史记忆，比如到了奥尔良，自然要提起“圣女贞德”[1]。这场体育赛事变成对法国国土和人文历史的歌颂。

环法自行车赛是一个全国性仪式，承袭了几十年的传统，最后一段赛程总是由法国共和国卫队夹道伴随，宛如为车手们别上红肩章。自行车赛的大队经过某地时，地方当局和百姓也会搞庆典，仿佛将这场国际赛事变成一场民间运动。每个地方的仪式都有差异，像是

[1] 圣女贞德（Saint Joan of Arc，约1412—1431），原为法国乡村少女，在英法百年战争（1337—1453）期间率领法军对抗英军的入侵，被法国人视为民族英雄。因1429年率军解奥尔良之围，被称为“奥尔良姑娘”。1430年5月被俘，后遭火刑处死，1920年被梵蒂冈罗马教廷封圣。

在歌颂法国文化的多样性。尽管各国车队都跑来参赛，似乎冲淡了一些国族色彩，其实不然。

媒体的介入加强了这场赛事的消费性质，大家觉得它充满了欢快的情绪。今天主办单位搞庆祝活动时，不再像当年谈什么道德展望或教育计划。最初环法自行车赛含有教育意义，希望散布一种运动强身的新思想。现在不必费此一举，何况车手不再是过去那种工人般壮健的车手，而是懂得组织车队、拉赞助的企业家型车手。如今环法自行车赛变成在露天舞台举行的一场大派对，而且有了自己的历史记忆，比如说到某个赛段就会记起某位车手在这里身亡，或者某位传奇车手从这里开始冲刺……当一个集体记忆有了自己的记忆，就成为一种仪式。没错，环法自行车赛已变成法国乃至全世界的一个仪式。

（主讲　梁文道）

《时尚的精髓：法国路易十四时代的优雅品位及奢侈生活》

时尚王国蝶变史

若昂·德让（Joan DeJean），耶鲁大学博士，曾任教于耶鲁大学和普林斯顿大学，现为美国宾夕法尼亚大学法语教授。17世纪及18世纪法国文学与文化研究者，著有多部有关路易十四时代法国文学、历史及文化方面的著作。

直到今天，法国人还在享受着路易十四给他们的福利。

很多人误以为现在时尚的生活方式直到现代才出现，其实是源自历史。今天以法国品位为代表的时尚生活方式，早在300多年前的路易十四[1]时代就有了。路易十四在位时间长达72年，这在世界历史上少有。这位法国君主为什么对时尚感兴趣呢？因为在他执政期间，法国经济蓬勃发展，文化也比较发达，所以他才有闲情逸致去做一些很时尚的事情。

路易十四本身就是一位时尚达人。由于头发比较稀疏，他喜欢戴假发，引来达官贵人乃至平民百姓效仿。他个子很矮，据说不到一米六，所以喜欢穿高跟鞋。有一次，他看见小镇上一个老鞋匠做的鞋

---

[1] 路易十四（Louis XIV，1638—1715），路易十三长子，5岁登基，自号太阳王。早年通过战争扩大疆域，使法国成为当时欧洲最强大的国家，法语成为欧洲外交和上流社会的通用语言。晚年因战争失利声誉受损，法国经济也遭受沉重打击。

子很漂亮，试穿后感觉非常舒适，就把这个小鞋店变成宫廷御用鞋店。现在女人穿裙子喜欢露出美丽的大腿，这也始于路易十四时代。路易十四觉得自己的大腿很漂亮，就经常找裁缝修改衣服以展露腿部曲线，这在法国宫廷掀起一股风潮。

路易十四画像（1701年）

路易十四热爱时尚生活，喜欢展示漂亮的服饰以及各种各样的东西，所以经常在宫廷里举办舞会、晚宴，邀请达官贵人前来参加。他的记性非常好，如果有人没来出席，前途将会受影响，所以没人胆敢不参加。对一些达官贵人来说，这是一个很大的经济负担，因为要花很多钱去置办行头。为了取悦国王，他们不得不倾尽血本。

今天哪怕再高级的商店，我们也可以随意浏览和挑选商品，这种购物方式直到路易十四时代才出现。过去顾客只能远远地看着商品，隔着柜台跟店主对话。现在全世界任何大城市都一样，如果没有漂亮的橱窗，简直难以想象。然而，今天我们逛商店，有多少人知道这样精美的、豪华的装潢跟300多年前的法国有关系？今天中国人出国旅游会花很多钱买包、手表、香水、化妆品等，有多少人知道这些东西的历史可以追溯到几百年前？在欣赏时尚生活方式的同时，品味一下它的历史文化内涵也蛮有意思。

路易十四不仅在时尚方面开了先河，而且对巴黎的改造也做出很大贡献。巴黎本来就是一座很漂亮的城市，很有历史内涵，很有文化魅力，但路易十四还嫌不够完美。比如塞纳河[1]本来就风景如画，但他觉得缺少一样东西——天鹅，于是从国外引进大批天鹅放在河边，让人们从那儿经过就能看见美丽的天鹅。

经过路易十四的努力，法国将时尚变成一种产业，大量出口时尚商品。直到今天，法国人还在享受着路易十四给他们的福利。全世界只有法国可以用小小的香水等时尚商品来拉动经济，来跟外面的世界进行贸易。在这方面，法国是独一无二的，尽管

[1] 塞纳河（Seine），流经巴黎市中心的法国第二大河，全长776公里。它是巴黎的母亲河，河中的西岱岛在公元前3世纪就有巴黎西族（Parisii）人居住，巴黎（Paris）由此得名，两岸建有罗浮宫、爱丽舍宫、埃菲尔铁塔、凯旋门等重要建筑。

意大利等国也在这样做。能够将自己的时尚生活、时尚文化普及全世界，让所有人都用同样的审美标准来欣赏自己，只有法国才能做到。

（主讲　杜平）

《华盛顿的假牙：非典型的十八世纪指南》

一滴水颠覆一个世界

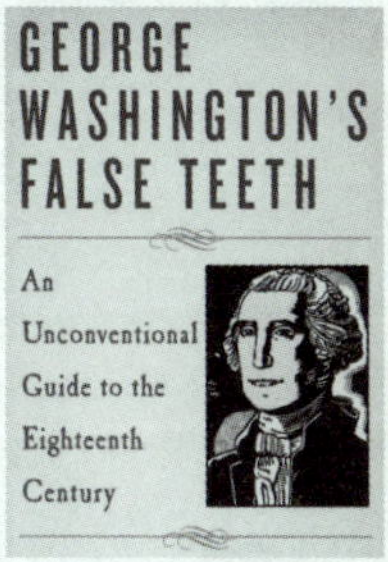

罗伯·丹屯（Robert Darnton，又译罗伯特·达恩顿，1939— ），美国历史学家，研究专长为18世纪法国文化史。2007年从普林斯顿大学荣休后，担任哈佛大学图书馆馆长。著有《屠猫记：法国文化史钩沉》《法国大革命前的畅销禁书》等。

他带领美国赢得了独立战争，却输掉了另一场战争——口腔里的战争。

美国国父乔治·华盛顿总是抿着嘴，这是他的一个标准表情。他带领美国赢得了独立战争，却输掉了另一场战争——口腔里的战争。1789年就任美国首任总统时，他整个口腔只剩一颗牙齿！他不能哈哈大笑，否则满嘴假牙恐怕会掉下来。牙病是困扰18世纪欧美人的噩梦。

乔治·华盛顿画像

《华盛顿的假牙》书名很有意思，内容也很有趣。整本书是在讲华盛顿的假牙吗？完全不是。它可不是你想象的那种八卦历史书，而是由学术论文和散记构成的严肃著作。作者罗伯·丹屯（中国内地译为罗伯特·达恩顿）是我非常心仪的一位历史学家，现任哈佛大学图书馆馆长，写过很多阅读史著作。他特别关注书籍作为认识历史的一种手段，这使得他与众不同。

这本书研究的是罗伯·丹屯最擅长的主题，即探照18世纪欧洲启蒙运动一些不为人知的角落。“华盛顿的假牙”的故事只不过是个引子，用来提醒我们若想了解那个年代的真实情况，就不能用今天的眼光套回去看，应该去了解当时人是如何感知世界的。比如自古以来都有人牙痛，但对于牙痛的感受及其处理方式，古人与今人有很大差别。

《新闻在巴黎：早期信息社会》是这本书最长的一篇论文，探讨在没有互联网、Facebook、微博的年代资讯是如何传播的，比如在1789年法国大革命爆发前，老百姓是如何渐渐改变对国家的看法，从中央集权制度下的王朝臣民变成共和国公民。当时的信息传播方式跟现在不一样，比如巴黎有一个很有名的沙龙叫作杜布莱夫人公寓，很多人会到那里聚会，聊一些到处听来的八卦。那些八卦消息事先记录在一个大登记本上，这些人聚会时逐条讨论真伪。这本八卦记录簿由杜布莱夫人的仆人备办，那位仆人可能是法国历史上第一个新闻记者。

我们今天怎么知道当年这些故事呢？这要归功于法国警察部门。当年法国警察常常乔装便衣，在大街小巷的咖啡馆、理发店、沙龙听老百姓闲谈，有点像今天的网络警察在网上收集舆论，分析潜在的危险信息。

据当年法国密探记录的档案显示，1729年路易十五[1]的王后即将临盆，咖啡馆里喜气洋洋，大家热望诞生一位王太子。有人说，先生们，如果上帝惠赐我们法国王太子，你们将看到巴黎和整条河流燃烧的烟火！人人为此祈祷。王后不负众望生下王太子，巴黎人欣喜若狂，终于盼来了王位继承人。国王路易十五与民同乐，来到百姓中间一起庆贺这一国家盛事。然而，20年后密探汇报的消息完全变了。在一个假发制造商的店里，有人当着一位军官的面大声朗读对路易十五的攻击，说陛下被无知且无能的大臣们所支配，而且陛下跟一家五姐妹[2]的风流韵事冒犯了人民的道德观念，再这样下去的话，法兰西会万般不幸。

---

［1］路易十五（Louis XV，1710—1774），路易十四的曾孙，5岁登基，15岁时与21岁的前波兰公主玛丽·蕾捷斯卡结婚，共育有二子八女。王太子路易1765年早逝，未能登上王位，由儿子继承大统。

［2］路易十五拥有众多情妇，除了蓬帕杜尔夫人、杜巴丽夫人等著名情妇，还与内勒一家五姐妹中的四位有染。

当时法国百姓渴望知道国家正在发生什么，却又缺乏可靠的消息来源，因为市面上流通的报纸全是政府的喉舌。在这种情况下，当然谣言四布。大家将讽刺时弊的词塞进流行歌曲里，就像今天微博段子的格式、句法不变而内容不断变换一样，一传十，十传百。在这样一个谣言网络里，国家的统治权威荡然无存，为后来的法国大革命奠定了道德基础。

（主讲　梁文道）

《建筑变形记——从帕德嫩神庙到哭墙，13则时间写下的传说》

建筑物的秘密生命

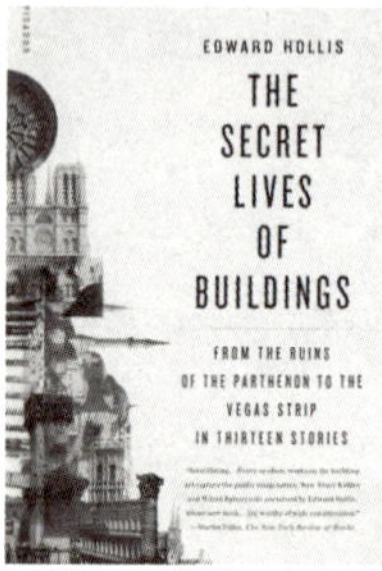

爱德华·何利斯（Edward Hollis，1970— ），英国建筑师，专精于改造历史建筑，现执教于爱丁堡艺术学院。著有*The Memory Palace: A Book of Lost Interiors*。

所有著名建筑物都埋藏着很多历史断层，使之有了谜一样的感觉。

1797年，法国在巴黎举行了一场盛大的凯旋仪式，迎接远征意大利归来的拿破仑。[1]威风凛凛的法军带着四处劫掠来的战利品，其中有四匹扬蹄飞奔的青铜骏马。铜驷马雕像[2]后来被放在巴黎卡鲁索凯旋门[3]顶上，非常符合古罗马时代的典型做法。罗马帝国时

[1] 1796年3月，拿破仑被任命为意大利方面军总司令，次月率军出征以粉碎第一次反法联盟，1797年2月大败奥地利军队。

[2] 铜驷马雕像是古希腊人或古罗马人的作品，5世纪时被拜占庭皇帝搬到君士坦丁堡（今伊斯坦布尔），用于装饰君士坦丁堡赛马场。1204年，威尼斯人参与第四次十字军东征时劫走铜驷马雕像，把它放置在圣马可大教堂正门顶部。1797年，铜驷马雕像被拿破仑掠夺回巴黎，曾放置在卡鲁索凯旋门顶上，1815年归还圣马可大教堂。20世纪80年代初因空气污染严重，改用复制品替代，原件放在教堂圣殿内展出。

[3] 卡鲁索（Carrousel）凯旋门位于罗浮宫前面的卡鲁索广场，1806年为纪念法军击败俄奥联军的奥斯特里茨战役而兴建，1808年落成。

代出征凯旋的将军，人们几乎都会为他建造一座凯旋门，门上通常有四匹拉着战车的骏马雕像。

拿破仑从哪里抢来铜驷马雕像呢？威尼斯。拿破仑垮台后，这件战利品物归原主。今天圣马可大教堂[1]正门顶上的铜驷马雕像是件复制品。铜驷马雕像原来是用来干吗的？每年在耶稣升天节[2]那天，威尼斯共和国[3]的最高长官公爵会来到圣马可大教堂，庆祝海上帝国的辉煌成就。在“致宁静之美的共和国”活动中，威尼斯人有一个很夸张的仪式：公爵乘船出海，然后将手上的戒指丢到运河里，这叫作“威尼斯人与大海的契盟”或者“威尼斯人与海的婚礼”，表明威尼斯人对海洋亘古不变的深情，而海洋也愿意接纳威尼斯人在上面遨游。仪式结束后，四匹青铜骏马仿佛成了威尼斯人的战车，撒蹄驰骋回到人世间。

有趣的是，铜驷马雕像原来并不在威尼斯，而在另一座辉煌的城市——君士坦丁堡。威尼斯很多好东西都是从那里抢回来的。君士

[1] 圣马可大教堂（Saint Mark's Basilica）位于意大利威尼斯市中心的圣马可广场，因教堂内埋葬有耶稣门徒圣马可的遗骸而得名。前身始建于828年，几经修复和重建，曾为中世纪欧洲最大的教堂，收藏大量艺术品。

[2] 耶稣升天节是最古老的基督教节日之一，定于复活节后第四十日。

[3] 威尼斯共和国是意大利北部威尼斯人的城邦，存在于697年至1797年间。1797年拿破仑率军入侵威尼斯，随后割让给奥地利，1805年至1814年曾归属拿破仑统治下的意大利王国。

坦丁大帝[1]曾经修建了一座大型赛马场，里面遍布古代雕塑，其中之一就是铜驷马雕像。然而，君士坦丁堡也不是这组雕像的原主人，据说是从罗马移植过来的。君士坦丁堡的构建仿自另一座城市，即永恒而神圣的罗马。古罗马人很喜欢修建凯旋门来庆祝军功，门上多半立有四匹骏马雕像。罗马人有个说法：被君士坦丁堡搬过去的铜驷马雕像，原来也不是放在罗马，而是放在希腊。古希腊人有一件著名雕塑：亚历山大大帝[2]乘着一辆驷马双轮战车飞奔在大草原上，征服了他的对手波斯国王。亚历山大大帝非常喜欢这件由他心爱的雕塑家利西波斯[3]创作的雕塑。铜驷马雕像可能就是这件作品的一部分。

圣马可大教堂

巴黎卡鲁索凯旋门

[1] 君士坦丁大帝（Constantine the Great，280—337），第一位尊崇基督教的罗马帝国皇帝，拜占庭帝国的创立者。330年将罗马帝国的首都从罗马迁至拜占庭，更名为新罗马，后人称之为君士坦丁堡。

[2] 亚历山大大帝（Alexander the Great，前356—前323），马其顿国王，曾师从亚里士多德。20岁继承王位，随后统一希腊，横扫中亚，荡平波斯帝国，占领埃及。33岁时暴毙于巴比伦，一手创立的亚历山大帝国很快被手下军事将领瓜分。

[3] 利西波斯（Lysippos），古希腊雕塑大师，亚历山大大帝的御用雕塑家。据载一生创作了约1500件青铜雕像，均已失传。

铜驷马雕像

铜驷马雕像到底来自何方？不知道，我们只知道它曾经在历史上多次转手。历史永远都是被偷回来的。这组雕像在不同建筑物辗转流变的故事，出自一本非常精彩的书——《建筑变形记》。英国建筑师爱德华·何利斯在书中介绍了13座西方建筑，从雅典卫城的帕提侬神庙[1]到非常现代主义的曼彻斯特休姆环楼[2]，再到如今成

[1] 帕提侬神庙（Parthenon，又译帕特农神庙、帕德嫩神庙）位于雅典卫城的最高处，是希腊全盛时期建筑与雕刻艺术的代表作。始建于公元前447年，1687年毁于战火，至今仍无法恢复原貌。

[2] 休姆环楼（Hulme Crescents），位于英国曼彻斯特休姆街区的大型居民社区，为欧洲最大的廉租房项目，可容纳一万三千人以上。该社区兴建于1972年，因供热、卫生、安全等方面存在严重的设计缺陷，1984年被曼彻斯特市政府废弃，1994年被拆毁。

为领土争端的耶路撒冷哭墙[1]。英文版的标题*The Secret Lives of Buildings*（《建筑物的秘密生命》）比较有意思，仿佛在说所有著名建筑物都埋藏着很多历史断层，使之有了谜一样的感觉。当一座建筑物活过几百年的岁月，怎么可能没有任何变化呢？

这本书最有趣的话题是威尼斯。威尼斯共和国虽然以商立国，但它有时更像海盗，很多东西都是偷抢回来的。这个国家最后衰落了，沦为一个巨大的主题公园，成为游客拍照的布景板。今天在威尼斯定居的人口远远少于涌进来的游客，于是这座城市成为一个传说。成为传说之后，它就可以被利用了，比如澳门威尼斯人度假村酒店[2]。这个酒店完全模仿威尼斯来建造，有人工运河，河上有凤尾船，有船夫在唱歌，有小桥，还有能变换天色的天花板。

爱德华·何利斯的文笔很好，像讲故事一样，有时甚至虚构一些东西。比如他提到一名西方商人站在中南海紫光阁的东方高官面前，这座雕梁画栋的建筑让人想起当年的帝王气势。白手起家的美国

[1] 哭墙（Wailing Wall），又称西墙（Western Wall），位于耶路撒冷旧城圣殿山（Temple Mount）山下西侧，为犹太教第二圣殿护墙的残存遗址。千百年来，散落世界各地的犹太人一回到耶路撒冷，都会来这里哭泣和祷告。

[2] 澳门威尼斯人度假村酒店（The Venetian Macao-Resort-Hotel），美国拉斯韦加斯威尼斯人酒店的复制版，以威尼斯水乡为主题，里面充满威尼斯特色的拱桥、小运河及石板路。

亿万富豪谢尔登·埃德森[1]浅笑说，真是皇家气象。他面对的东方高官是谁呢？当时主管港澳事务的中国副总理钱其琛。事件是真实的，虚构的是钱其琛的心情、语气等。

谢尔登·埃德森的威尼斯人酒店[2]所模仿的威尼斯，不再是那个喜欢抢劫的共和国，而是一个让人度假之处，仅此而已。美国酒店大亨们互相比赛如何改造"赌城"拉斯韦加斯，他们发现很多人不是来赌钱，于是兴建了一些本质已被彻底改变的旅馆，让旅馆本身成为吸引游客的旅游胜地。他们把这座被沙漠包围的城市变成"欲望的绿洲"，改造成小巴黎、小纽约，甚至带有加勒比海风情。他们所做的一切，都是为了回应游客情感与心理的欲望。除了满足欲望，这样的建筑还有什么可取之处呢？不知道，知道也没有意义。

（主讲　梁文道）

[1] 谢尔登·埃德森（Sheldon Adelson，1933— ），美籍犹太人，美国拉斯韦加斯金沙集团主席兼行政总裁，拉斯韦加斯威尼斯人酒店和澳门威尼斯人度假村酒店的创始人。

[2] 威尼斯人酒店（The Venetian），位于美国内华达州拉斯韦加斯大道上的赌场酒店，1999年5月开业，由拉斯韦加斯金沙集团持有。

音乐使人自由

《古典音乐的不古典讲堂》

门外汉也敢听古典音乐

盖瑞斯·马隆（Gareth Malone，1975— ），生于伦敦，英国合唱指挥、电视节目主持人。大学期间攻读戏剧，毕业后在英国皇家音乐学院进修声乐。著有*Choir: Gareth Malone*。

我们的确需要训练才能鉴赏古典音乐的妙处，然而又不需要学习太多东西。

很多人觉得古典音乐是一门远离普罗大众的艺术，是一种需要学习才能听得懂的音乐。我们的确需要训练才能鉴赏古典音乐的妙处，然而又不需要学习太多东西。我觉得最好的学习方法是多听，同时阅读一些入门指导书。

《古典音乐的不古典讲堂》是一本很有趣的书，作者盖瑞斯·马隆在英国是个红人。他是一个很有名气的合唱指挥，也帮BBC制作一些电视节目。他经常在节目里训练一帮不懂音乐的人，使他们成为能演唱艺术歌曲的合唱团成员，在他的指挥棒下演出很漂亮的曲目。

盖瑞斯·马隆非常幽默，知识也相当渊博，是个音乐行家，于是写了这本书来教普罗大众如何欣赏古典音乐。但凡这种入门指导书，必会提供一些有趣的冷知识（trivia）。例如，为什么交响乐团首席由小提琴手来担任？一部分原因是出于实用：小提琴手的脸能左右移动，而且琴弓高举在半空，能用动作跟其他乐手沟通。为什么交响乐团上台演出通常都穿黑色礼服？盖瑞斯·马隆半开玩笑地说，因为便宜，流汗也看不出来，黑色还有时髦的意味。

古典音乐其实有很多让人耳熟能详的旋律，但是一首几十分钟的交响曲往往会把人弄晕，一点也找不到熟悉的感觉。如果旋律一进入你的耳朵，就像虫子钻进大脑一样，“耳虫”进去就出不来了，那你就是记住了。有时候古典音乐的精彩之处恰恰是旋律，变化多端，一点也不沉闷。如果你觉得沉闷，那是因为你抓不住旋律线。如果给你一连串指示，却不告诉你目的地，那你肯定记不住那些指示。也就是说，心理预期有助于你判断旋律的走向。聆听几个音符，你就能分辨出国歌和小夜曲，那是因为你将以前听过的音与现在听到的音相联结，已经记住这两种曲调的音符模式。

这本书附有YouTube视频网站很多音乐链接，用一些示范音乐来说明较为复杂的东西，比如挂留音（Suspension）。挂留音是一种和声方式，比如你唱一段旋律，另一个人向你靠近，在唱到同一个音阶的临近音符时，两个音符中间会产生不和谐，即挂留音。为什么要制造不和谐音呢？因为这样音乐才会有张力。想象一下12车道的高速公路，你的音在快速道，我的音离你两车道之遥，如果我变换车道，把车开到你旁边，近到可以彼此瞪着对方，我们当中有一个人肯定会开远一点。

这本书提到很多音乐趣闻，比如早期指挥家不是拿指挥棒，而是用棍子在地上打拍子。法国宫廷有一位指挥家不慎被棍子插穿脚板，得坏血病死了，后来就改用指挥棒以解除这种风险。

（主讲　梁文道）

《音乐的极境：萨义德音乐随笔》

炫技让音乐沦为娱乐道具

萨义德（Edward W. Said，1935—2003），生于耶路撒冷，美国文学理论家与批评家，同时也是乐评家、钢琴演奏家。哈佛大学博士，曾任哥伦比亚大学教授。著有《东方学》《文化与帝国主义》等。

钢琴是一个塑造知觉的工具，而不是发出时髦声音的道具。

写乐评是件复杂的技术活，需要把声音的表意符号翻译成文字，让读者知晓你听到了什么。想让乐评不枯燥，不显得太技术性，需要一种综合的、抽象的功力。乐评人要能够从评论对象身上找到话题，然后进行自信的探索，将其上升到一个更高的层面。在这方面，有一个人做得非常好，他就是爱德华·萨义德。

萨义德闻名于华人世界，主要是因为他的《东方学》一书开创了现在流行的后殖民理论。萨义德是当代文艺理论领域最重要的人物之一，2003年因白血病去世。他的兴趣非常广泛，除了正儿八经的哥伦比亚大学教授身份，他还参与巴勒斯坦建国运动，同时还是著名乐评人。

看过他的自传《乡关何处》的人都知道，萨义德对音乐领域非常熟悉，能够找到外行看不出来而内行又写不出来的某种文化关联。

比如他谈及18世纪及19世纪欧洲古典音乐大师级人物身处欧洲殖民帝国的社会背景，他们的创作会跟帝国主义一点关系都没有吗？他找到了这种文化关联，结果得罪了很多人，说他是不是想侮辱我们崇拜的大师，认为这些大师都是帝国主义的走狗和帮凶。其实他想说的是，艺术创作与艺术家所处的环境不可能毫无关联。我们并不会因此抹杀这些大师的艺术贡献，因为每一代人都有自己的局限。萨义德不能接受瓦格纳[1]的反犹太主义和法西斯美学倾向，但这并不妨碍他对瓦格纳音乐艺术的欣赏。

《音乐的极境》是萨义德去世后出版的乐评集，收录了他过去几十年在美国老牌左派杂志*The Nation*和其他报刊发表的乐评。萨义德对音乐喜欢到什么程度呢？他的遗孀在序言中提到，1983年1月，“我们的儿子瓦迪发生非常事故，对我们这个家庭，那是很恐怖地和死神擦肩而过。我们得知瓦迪严重感染而需要住院那天，我吓得全身瘫痪。爱德华承受了那个消息，半小时后，说我们既然有当晚音乐会的票，应该准备出门了。我留在家里，既害怕，又困惑，爱德华去了音乐会。多年后，我才明白，他面对死亡的恐惧时，寻求音乐对他多么重要”。1991年，他被诊断出罹患白血病，音乐更是成为他寸步不离的伴侣。1998年夏天，他必须接受一场严酷可怕的实验治疗。

[1] 威廉·理查德·瓦格纳（Wilhelm Richard Wagner，1813—1883），希特勒最偏爱的德国作曲家，其作品在以色列遭禁演。

当时海力克[1]已排定以14场音乐会演奏巴赫[2]的管风琴作品，他就把治疗日期与音乐会错开，每场必到，还写了一篇乐评。

萨义德狂热地爱着音乐，因此毫不客气地批评一些现象，比如他非常讨厌演奏家炫技。他见过索尔蒂[3]指挥布鲁克纳[4]的作品，大肆抨击说“指挥过无数场音乐会、上过无数次电视，以及经过无数篇奉承为他叫好的文章之后，索尔蒂在指挥台上的角色如今是三分之一馆子领班，三分之一马戏团驯狮员，三分之一40年代和50年代好莱坞音乐剧想象的那种‘大师’”。索尔蒂那些咻咻有声的动作，脑袋的起起落落，挥舞、戳刺、猛扑以及要命的装模作样，完全毁掉了布鲁克纳的艺术。

在萨义德的笔下，炫技不仅仅是演奏家缺乏内涵的表现，更是

[1] 海力克（Christopher Herrick，1942— ），英国管风琴演奏家，1998年受邀参加纽约林肯中心艺术节，连续14天在爱丽丝·塔利厅（Alice Tully Hall）演奏巴赫所有管风琴作品。

[2] 约翰·塞巴斯蒂安·巴赫（Johann Sebastian Bach，1685—1750），德国作曲家，管风琴、小提琴、大键琴演奏家。出身于音乐世家，终身为教会和宫廷服务。生前默默无闻，死后被尊为西方现代音乐之父。

[3] 乔治·索尔蒂爵士（Sir Georg Solti，1912—1997），原籍匈牙利，1972年加入英国国籍并获封爵士。曾担任美国芝加哥交响乐团音乐总监长达22年，是有史以来获得最多格莱美奖的指挥家。

[4] 安东·布鲁克纳（Anton Bruckner，1824—1896），奥地利作曲家、管风琴演奏家，其宗教音乐作品被誉为奥地利教会音乐的典范。

一个复杂的社会问题。现代演奏家的技巧越来越好，因为学校的训练让每个人拥有一身华丽的技巧，但风格其实大同小异。萨义德对这种专业化训练非常不满，认为今天的音乐人已丧失前辈那种深刻思索音乐与文化之间的联结的能力。今天还有多少作曲家、演奏家像贝多芬那样热爱阅读康德的哲学呢？

奇怪的是，当越来越多的演奏家靠华丽的技巧、夸张的台风获得明星般的地位时，为什么音乐似乎反而衰落了？萨义德首先批评音乐比赛，认为大部分获奖者的演奏没意思。“音乐比赛是炫技生涯的起跳板，对钢琴演奏的专门化也有促成之力。经营这些比赛的，大多是各路慈善事业家、音乐家、音乐会筹办人的奇异组合，而他们每每喜欢培养一种必胜主义。大多数比赛里发生的事情都令我瞠目，与我所见略同的人看见这种必胜主义，不禁想起运动比赛的世界，在那个世界里，服用安非他命和类固醇来提升成绩已成家常便饭。”

萨义德很欣赏肯普夫[1]的演奏，认为在他身上，“技巧是为发现服务的，钢琴是一个塑造知觉的工具，而不是发出时髦声音的道具”。这句话写得真好！他认为“肯普夫的弹法并不自以为是，也不

[1] 威廉·肯普夫（Wilhelm Kempff，1895—1991），出身于音乐世家，德国钢琴家、作曲家，被视为贝多芬、舒伯特等人钢琴作品的权威演奏家。

以力道给人印象，但我们感觉到他在实现他对音符的解读，很像我们在一段漫长的时日里学习一件音乐作品，逐渐了解它，终而——套用一个漂亮的说法——‘会之以心’”。

萨义德想探讨的不只是音乐技巧问题，更核心的问题是音乐能不能帮助我们探索世界。他最崇拜钢琴家古尔德[1]，而我们知道古尔德是个怪胎，1964年在职业生涯的高峰期抛弃音乐会舞台，躲进录音室录制唱片。古尔德无法再忍受已经成熟到腐烂的古典音乐演奏环境——拥有经纪人，大量巡回演出，明星般地在众目睽睽下出场。当然，他不巧又投入另一种资本主义产业——唱片业的怀抱。

萨义德认为古尔德也会炫技，但他“和绝大多数手指神奇的同行不一样，他的技巧不单纯是要给聆听者/观众印象，终而疏离他们，而是将听众拉进来”。也就是说，古尔德拒绝让钢琴成为在舞台上娱乐大家的工具，而是将它开发成一种引领大家深刻思考的中介。

（主讲　梁文道）

[1] 格伦·古尔德（Glenn Gould，1932—1982），加拿大钢琴演奏家，被公认为巴赫在20世纪的最佳代言人。早年热衷于音乐会演出，1964年以后专注于录制唱片，被视为20世纪最独立不羁的钢琴怪杰和艺术隐士。

《外国音乐在外国》

打造文化名城靠绵绵心意

陈丹青（1953— ），生于上海，画家、文艺评论家。当过知青，1978年考入中央美术学院油画研究生班，后留校任教。1982年移居美国，2000年回国定居，曾任清华大学美术学院教授。著有《退步集》《纽约琐记》《无知的游历》等。

正是这一份对文化人的绵绵心意，使得音乐一代一代地传衍下去，城市文化一代接一代地延续下去。

画家陈丹青是一个乐迷，2002年出过一本书叫《陈丹青音乐笔记》。当初拟定的书名是《外国音乐在外国》，比所谓“音乐笔记”好玩多了。新版终于改回原来的名字，而且收录了四篇新文章，是他后来跑去欧洲几个城市听音乐会和参访音乐家故居的感想。正如书名所言，他是在外国寻找外国音乐。

我们知道奥地利首都维也纳是历史名城，中国也有很多历史名城，比如曾经传言要重现宋朝古都汴京辉煌的开封。当年维也纳也有拆迁问题，茨威格[1]在回忆录《昨日的世界》中写道：当首演过莫

[1] 斯蒂芬·茨威格（Stefan Zweig，1881—1942），生于维也纳，奥地利犹太裔作家，1938年移民英国。因痛心精神家园欧洲遭法西斯毁灭，1942年2月与第二任妻子在巴西服毒自尽。著有《人类的群星闪耀时》《一个陌生女人的来信》等。

扎特歌剧《费加罗的婚礼》的老城堡剧院[1]面临拆毁，整个维也纳社交界像是在参加葬礼；当伯森道尔夫音乐厅[2]也将拆毁时，最后的演出闭幕了，观众鼓掌，哭泣，全场灯光关闭后，没人离开座位。

茨威格说："当我们是大学生时，曾为了反对拆毁贝多芬临终的寓所而用请愿书、游行和文章进行斗争，在维也纳，这类具有历史意义的每一幢房屋的拆除就像从我们身上夺取了一部分灵魂。"这话说得真重！历史建筑已成为当地人灵魂的一部分，所以维也纳人集体难过，要站出来抗争。对比中国城市的做法，陈丹青忍不住评论道："除了地名，我们的都市在乎灵魂？！"

写到参访音乐家故居的经历时，陈丹青的笔法很独特，写得很漂亮。比起贝多芬故居，舒伯特[3]故居当然不可能那么热闹。那是

---

[1] 城堡剧院（Burgtheater），奥地利的国家剧院，1741年由玛丽亚·特利莎（Maria Theresia）女王兴建。原位于米歇尔广场，1888年迁移至戒指路。莫扎特有三部歌剧在此首演，《费加罗的婚礼》于1786年5月1日首演，由他亲自担任指挥。

[2] 伯森道尔夫音乐厅是一个专供演奏室内乐用的小音乐厅，肖邦、勃拉姆斯等音乐大师在此举办过音乐会，许多著名四重奏也在此首演。

[3] 弗朗茨·舒伯特（Franz Schubert，1797—1828），生于维也纳，奥地利作曲家，早期浪漫主义音乐的代表人物。出身于教师家庭，曾当过三年教师，1816年辞职后没有固定工作，经常靠朋友接济。31岁时病逝于哥哥的公寓，被安葬在偶像贝多芬的墓旁，1888年一起迁到维也纳中央公墓。

一个平民院落，因为舒伯特生前的境遇不好。陈丹青感慨道："在平民的陋室，舒伯特成为舒伯特，人的禀赋无可估量。记得他的人，自会记得他。……楼梯角有一间偏房，如中国任何小单位的传达室那么小，出售舒伯特的纪念册和数量不多的碟。一个在第八第九交响乐中沉毅雄强的舒伯特，与这覆着井盖的院子，与纪念馆将要锁门下班的时刻，何以对应。"

只要住过维也纳，或者死在维也纳，当地百姓就不会忘记这些艺术家。陈丹青去公墓寻访音乐家的墓地时，觉得与那些华贵的墓地相比，贝多芬、舒伯特的墓实在是简朴。"看看周围数十倍之多的豪华墓葬，音乐家生前的世俗地位即便不能说卑微，也绝非显要。以舒伯特的境况而能有这等配置雕刻的墓，他哪来这笔钱。今天，大片贵重墓葬或有墓主的隔代家眷前来看看，平日里，唯世界各地的人民专意专程寻过来，为音乐家之墓献上花束——舒伯特墓台甚至放着一罐可口可乐，一枚胖胖的红色塑料心，印着'I love you'字样，想必是孩童的敬献吧……"

在萨尔茨堡[1]的莫扎特故居参观时，陈丹青看到一张据说是莫

[1] 萨尔茨堡（Salzburg），萨尔茨堡州首府，奥地利第四大城市。莫扎特1756年出生于老城粮食胡同（Getreidegasse）9号，直到1773年移居维也纳。

扎特小时候睡过的童床，床上躺着一个玩具婴儿，盖着小棉被。他忍不住评述道：“有哪位艺术家被天然地认作孩子吗？莫扎特确乎是这世界最金贵的男孩。世人爱他，请他变回婴儿，乖乖躺在童床上，身旁环绕着儿童的世界。只有他的纪念馆会有很小的孩子听由大人领着，高高兴兴进来玩。天才被认知的一面总是符号：贝多芬老在生气，勃拉姆斯[1]永远苦恼，瓦格纳不可一世，肖邦病怏怏，海顿[2]像个宫廷的小领导——莫扎特躺回家乡的童床了，一头金发，仰面瞧着天花板。”是的，这就是大家心目中的莫扎特。

在维也纳参观海顿故居时，陈丹青看见二楼一间小小的北房被辟为勃拉姆斯专室。原来当地政府闭馆修缮时，念及勃拉姆斯崇敬海顿，就把他的遗物取来放在海顿故居里。陈丹青说：“海顿一定乐意收留的，他可惜没听到勃拉姆斯的《海顿主题变奏曲》，写得多么正派，多么好啊！维也纳后人真懂得体贴音乐的列祖列宗，特意将勃拉姆斯列为海顿家族的一员，也是这份敬意与体贴，当年的维也纳人实现舒伯特的梦想，将他葬在贝多芬身旁。”

---

[1] 约翰内斯·勃拉姆斯（Johannes Brahms，1833—1897），德国音乐史上最后一位有重大影响力的古典作曲家。生于汉堡，逝于维也纳，葬于维也纳中央公墓。

[2] 约瑟夫·海顿（Joseph Haydn，1732—1809），奥地利作曲家，曾在奥匈帝国显赫家族担任30年宫廷乐长。维也纳古典乐派的奠基人，被誉为“交响乐之父”和“弦乐四重奏之父”。

正是这一份对文化人的绵绵心意，使得音乐一代一代地传衍下去，城市文化一代接一代地延续下去。这靠的不是什么英明的领导决策、宏大的经济发展规划，只是一份心意而已。

（主讲　梁文道）

《音乐使人自由》

日本愤青玩文艺反叛

坂本龙一（Ryuichi Sakamoto，1952— ），日本作曲家。曾为四十余部电影配乐，其中《末代皇帝》的电影配乐获奥斯卡金像奖、金球奖及格莱美奖，还为1992年巴塞罗那奥运会开幕式谱曲并担任指挥。

音乐似乎也能处理某种观念问题，只不过是用另一种语言而已。

音乐发展到极致时，就跟哲学论著一样含有智力探索的意味，远不止情绪的抒发和刺激那么简单。在20世纪七八十年代的日本，著名音乐人坂本龙一就跟一些前卫思想家比如左翼学者柄谷行人[1]非常要好，常常在一起对话。为什么不同领域的人能聊到一块儿？因为跟他们聊天时，坂本龙一发现自己在音乐领域也思考过类似的问题。音乐似乎也能处理某种观念问题，只不过是用另一种语言而已。

港台文艺青年很喜欢《音乐使人自由》这本书，但我看过之后相当失望。坂本龙一或许还算不上国际大师级人物，但他在流行音乐、电影配乐、爵士乐、实验音乐方面成就不错。像他这么有料的

[1] 柄谷行人（Kojin Karatani，1941— ），日本思想家、文艺批评家，曾在日本高校任教，并担任耶鲁大学和哥伦比亚大学客座教授，2006年荣休。著有《日本现代文学的起源》等。

人，而且书名很吸引人，我以为他会谈很多关于音乐的事，结果发现只是一本流水账般的自传。

比较有趣的是，坂本龙一的成长背景让我们窥见20世纪50年代出生的日本小孩如何学音乐。有一次，幼儿园放暑假，要求学生轮流把学校发的兔子带回家照料，培养对生命的责任感。新学期伊始，老师对全班同学说，照顾动物好不好玩？请大家把照顾兔子的感受编成一首歌，歌词、旋律都要自己写。坂本龙一说他写的歌词很普通，类似“兔子有双红眼睛”的句子，然后编成曲子唱出来。后来老师帮他们录成唱片，一人一份。

坂本龙一当时很震撼，第一次体验到什么是音乐。饲养小白兔固然让他印象深刻，把这件事编成歌曲的冲击更强烈。两种原本八竿子打不着的东西，现在有了关联。歌曲中的兔子与现实中咬他的手、让他清理大便的那只兔子有关系，但又截然不同。这时他就碰到一个影响他未来音乐人生的重要问题：音乐与现实感受的关联究竟是如何发生的？这正是音乐的神奇之处，可惜他谈得不多。

小学钢琴老师看出坂本龙一有音乐天赋，建议他也学作曲。他就拜在重量级的音乐老师松本民之助[1]教授门下，每周上一次作

---

[1] 松本民之助（1914—2004），日本作曲家，时任东京艺术大学教授。

曲课。同学多达几十人，从小学生到高中生都有。20世纪六七十年代，日本的艺术资讯很丰富，坂本龙一迷上了约翰·凯奇[1]、白南准[2]等先锋艺术家的风格。玩音乐是当时中学生非常流行的活动，他也跟人家一起玩自由爵士乐。

高中第一堂现代国文课上，老师说自己的日本古典文学造诣很深，但也爱读西方哲学，每天凌晨四点就起床，抓紧时间读黑格尔的《精神现象学》。受这位老师的启发，一批学生也喜欢读胡塞尔、海德格尔、德里达的哲学著作。坂本龙一读不下去康德、黑格尔，倒是读德里达很有兴味，真是挺牛的。

当时日本中学生就在这种非常文艺的气氛下成长，虽然很反叛，但只是一种文艺上的反叛。他们看不惯很多老人家，例如对日本现代音乐界第一大师武满彻[3]很不满。上高中时，坂本龙一跟一群朋友边喝酒边说：让我们仿效中国人民解放军的精神，一起来解放被

[1] 约翰·凯奇（John Cage，1912—1992），美国先锋派古典音乐作曲家，偶然音乐、电子音乐的先驱，作品追求个性自由、无视权威。

[2] 白南准（Nam June Paik，1932—2006），生于首尔，美籍韩裔艺术家，被誉为“视频艺术之父”。20世纪50年代在东京学习音乐，后赴德国进修，1958年结识约翰·凯奇后深受影响，1964年移居纽约。

[3] 武满彻（Toru Takemitsu，1930—1996），日本作曲家。生于东京，不久随家人移居中国大连，八岁回日本读书。作品既受西方音乐的影响，又受日本传统音乐的影响，充满东方哲学韵味。

资本主义操控的音乐！我们要用音乐为劳工服务！武满彻这家伙居然使用日本乐器，太保守了，明显是想恢复民族主义。这是右倾，来，我们去斗他！坂本龙一于是在武满彻的音乐会门外发传单，一看见他就马上跑过去问，你在作品中加入日本元素到底是什么意思？武满彻很耐心地跟他谈了30分钟，结果他很感动，被大师的人格征服了。这似乎是很多愤青的结局，说起来挺失败的。

（主讲　梁文道）

《凝望——我眼中的海飞兹》

再完美也有错的时候

雪莉·克鲁斯（Sherry Kloss），美国小提琴家。1974年成为海飞兹大师班的学生，1980年被任命为首席助理，协助管理大师班，被视为海飞兹的传人。

海飞兹是一个追求完美的音乐家，所谓完美就是绝对尊重原谱。

很多人认为，20世纪最完美的小提琴家非海飞兹[1]莫属。完美的意思是说，他技艺娴熟，几乎没有拉错的时候。当年他刚出道，小提琴大师克莱斯勒[2]在台下就跟同行慨叹道，回去把我们的小提琴都砸了吧。

---

[1] 雅沙·海飞兹（Jascha Heifetz，又译亚莎·海菲兹，1901—1987），美国小提琴家。生于俄国维尔纽斯（今属立陶宛）犹太人家庭，1925年加入美国国籍。3岁随父亲学琴，后入音乐学校进修，幼年即登台演出，被誉为“小提琴家的楷模”“小提琴家眼中的小提琴家”。1931年曾在北京、天津、上海演出。1972年因右肩手术终止演出生涯，晚年致力于小提琴教育事业。

[2] 弗里茨·克莱斯勒（Fritz Kreisler，1875—1962），生于维也纳，美籍奥地利小提琴家、作曲家。4岁学小提琴，7岁公开演出，以音色优美著称。1912年，11岁的海飞兹在柏林爱乐乐团的协奏下，以成熟的演技演奏柴可夫斯基的《D大调小提琴协奏曲》，博得克莱斯勒大加赞赏。

海飞兹

雪莉·克鲁斯是海飞兹的传人，一位小有名气的小提琴家，事业重心可能是放在教学上。海飞兹在她眼中是个什么样的人呢？过去我们谈海飞兹，一般谈他的音乐造诣，忽略了他晚年花很大心力在音乐教育上。音乐大师未必是好老师，在雪莉·克鲁斯看来，海飞兹是一个很好的老师。

海飞兹晚年在美国南加州大学开大师班，有幸通过面试的学生都是演奏家或音乐老师。大家想想看，一个近乎传说的人物来指导你，你会有什么感觉？雪莉·克鲁斯写道，每一堂课都笼罩在近乎神奇的光芒中，对我来说，最非比寻常的时刻莫过于老师进行示范演奏的时候。他会以贵族般高雅的风度从椅子上站起来，慢慢走到他的小提琴盒那儿。在这个过程中，从他身上散发出的威严使我们所有人目不转睛，视线无法从他身上移开。

练习小提琴奏鸣曲时，很多老师会请一位钢琴师伴奏，但海飞兹要求所有学生都要学钢琴，平时要用钢琴演奏小提琴协奏曲的管弦乐团伴奏部分。他用汽车收音机的天线当节拍器，边听演奏边打拍子，提醒学生的拍子是否正确。他有时候像指挥一样指挥整首乐曲前进，渐渐把人带入一个庄严的领地。

海飞兹有时候会处罚学生，谁做错事就罚款，然后把钱丢进储蓄罐里，为图书馆添购新书。有一次，跟他旗鼓相当的小提琴大师米尔斯坦[1]在当地举行演奏会，海飞兹让听过演奏会的学生举手，没去的学生每人罚5美元。此外，罚款项目还包括标记太多指法和弓法的乐谱、看上去破破烂烂的乐谱等。

海飞兹是一个追求完美的音乐家，所谓完美就是绝对尊重原谱。一个学生演奏布鲁赫[2]的《苏格兰幻想曲》时，有人对由总谱改编的钢琴谱中的一个音符提出疑问：到底是C调还是升C呢？有个学生自告奋勇说，录音带里是升C。海飞兹问是谁的录音，学生说是

[1] 内森·米尔斯坦（Nathan Milstein，1904—1992），美国小提琴家。生于乌克兰敖德萨犹太人家庭，1943年加入美国国籍。7岁学小提琴，对音准的表现技巧和准确性仅次于海飞兹，有“小提琴贵族”之称。

[2] 马克斯·布鲁赫（Max Bruch，1838—1920），德国浪漫乐派作曲家、指挥家、音乐教育家。《苏格兰幻想曲》作于1879年至1880年，首演后被尘封半个多世纪，海飞兹的演绎大促其流行。

您自己。原谱写的是C调，海飞兹发现自己错了，马上说看来我拉错这个音已经很多年了。

海飞兹是一个讲究仪表的人，很有贵族气派。他会教学生如何穿着得体，太胖的学生每减一磅体重，即可获得25美元的奖励。他有时会说一些很厉害的话，比如问学生为什么要去参加音乐大赛，音乐又不是体育。他偶尔也会演奏一些当代作曲家的作品，出于两个原因：一是希望他们不要再写了，二是提醒自己是多么欣赏贝多芬。

（主讲　梁文道）

《黑白溢彩——荷洛维兹的艺术》

没有非凡技巧的非凡大师

邵颂雄，祖籍广东番禺，生于香港。中学毕业后负笈加拿大，获多伦多大学哲学博士学位，现任多伦多大学助理教授。研究领域为汉藏佛学思想、东方哲学与文化交流，业余研究古典音乐。

荷洛维兹说，经常有人问我关于我的所谓非凡技巧，其实我没有什么非凡技巧。

中国乐迷都知道柏林爱乐乐团有多牛，在国际乐坛享有帝王般的地位，但你知道它曾经在一位钢琴大师面前卑躬屈膝吗？20世纪80年代有一位钢琴家去柏林演出，他已很久未登台表演，而且年事已高，大家觉得这是一个难得的机会。音乐会门票很快售罄，柏林爱乐乐团很多成员买不到票，死命哀求给他们加座位。他们还去找这位钢琴大师说，求您跟我们合作一次，时间、地点、曲目随便您挑，即使与我们原定的演出日期冲突，我们也立即取消来配合您。这么牛的钢琴家是谁呢？荷洛维兹[1]。

---

[1] 荷洛维兹（Vladimir Horowitz，又译弗拉基米尔·霍洛维茨，1903—1989），生于俄国基辅（今属乌克兰），美籍钢琴家。幼年随母亲学钢琴，早年演出时经常弹断琴弦，被誉为“电与光的钢琴家”，一生获得24个格莱美奖。

荷洛维兹

《黑白溢彩——荷洛维兹的艺术》是一本由华人书写的专著，很罕见，也很精彩。作者邵颂雄的本行不是搞音乐，而是研究汉藏佛学思想，业余爱好是弹钢琴和研究音乐。假如你喜欢荷洛维兹，或者喜欢音乐，看这本书一定获益良多。当然，我们不可能成为荷洛维兹，只能仰望他。就像当年阿什肯纳齐[1]在自己的演奏会上说，他要赶着去听荷洛维兹的音乐会。

乐评经常说荷洛维兹的技巧太好了，他的演奏光芒四射。到底什么叫技巧呢？很多人以为背好谱，表情夸张，动作引人注目，会炫技就叫技巧好。邵颂雄称之为技术，而技巧是更高层次的东西。钢琴

[1] 弗拉基米尔·阿什肯纳齐（Vladimir Ashkenazy，1937— ），生于苏联高尔基市（今俄罗斯下诺夫哥罗德市）犹太人家庭，钢琴演奏家、指挥家，曾获肖邦国际钢琴比赛亚军等多项国际大奖。1972年加入冰岛国籍，后移民英国。

大师里赫特[1]晚年演奏时，不但紧盯琴键，而且坚持看谱演出。这种名家风范对如今流于花哨的表演应当有所启迪吧。

何谓上乘的技巧？邵颂雄认为：从理论上说，技巧只是表达音乐的一种工具；从实际演奏来说，一切技巧的表现都应从属于音乐的表达，应由你的音乐理念来决定你所需的技巧。这话说得非常精准！从这个角度来看，荷洛维兹的技巧好，并不表示他不犯错，他曾经开玩笑说我又不是海飞兹。海飞兹是完美主义者，而荷洛维兹经常犯错，只不过他弹得太快，我们有时候听不出来。

荷洛维兹说，经常有人问我关于我的所谓非凡技巧，其实我没有什么非凡技巧。能于琴键上下快速游走于音阶的技巧，这是必须具备的，但听不了两三分钟便叫人发闷。他对记者说，你看见那个角落的钢琴吗？那个乐器除了能发出响亮与柔弱的声音，还能奏出强弱之间许多层次的声响。能营造出不同声响，我才称之为技巧。

荷洛维兹钢琴艺术的最大特色是，音色如调色板般丰富多彩，以及近乎不可思议的变化。都是一样的琴键，为什么别的钢琴家弹不出这种效果呢？邵颂雄曾经试弹荷洛维兹生前用过的一部施坦威

[1] 斯维亚托斯拉夫·里赫特（Sviatoslav Richter，又译里希特，1915—1997），生于乌克兰，俄罗斯钢琴家，演奏时从头到尾盯着琴谱。

钢琴[1]，发现琴键很轻，也就是反应很快。在这种情况下，你要弹出非常丰富的音色其实很困难。就像法拉利高级跑车并不好开，因为你踩一下油门，它的灵敏反应就够你受的。这种美学观使得荷洛维兹有他的局限，比如他弹贝多芬就不被看好，而他自己也不愿弹。很多前辈大师知道自己的局限在哪里，不像今天有些人动不动就把一个作曲家所有的曲目都弹一遍。

独特美学观的背后，需要有很深厚的人文底蕴。大音乐家斯克里亚宾[2]曾经对年轻的荷洛维兹说，你要培养良好的学养，多读文学作品，多看书画，多听钢琴之外的音乐作品，千万不要只顾练琴。

（主讲　梁文道）

[1] 施坦威钢琴（Steinway），1853年由以“制造最好的钢琴”为宗旨的施坦威公司开始生产，100多年来成为国际顶级钢琴演奏家的首选。荷洛维兹是施坦威钢琴的拥护者，最珍爱一部1940年出厂的编号为CD314503、身长九英尺的施坦威大琴。

[2] 亚历山大·斯克里亚宾（Alexander Scriabin，1872—1915），俄国作曲家、钢琴家，无调性音乐的先驱。

《西班牙琴弓》

音乐能阻止暴力吗？

安卓玛蒂·罗曼诺拉丝（Andromeda Romano-Lax，1970— ），生于芝加哥，自由记者、旅行作家、业余大提琴手，现在美国阿拉斯加大学安克雷奇分校教写作。著有*The Detour*等。

音乐能帮助坏人做坏事，为什么不能阻止坏人行恶呢？

电影里经常出现这样的画面：纳粹军官在钢琴前很愉快地弹着舒伯特、贝多芬，一转身就下达命令处死犹太人。这些似乎很有文化的人，为什么如此残酷？难道高雅的艺术在他们身上起不到陶冶性情的作用吗？像希特勒那么喜欢古典音乐的人，居然做出那么泯灭人性的事情，音乐到底有什么用呢？音乐能感动一个邪恶的人吗？音乐能阻止暴力吗？

音乐到底为了什么而存在？当音乐面对政治的纠缠，到底能做什么呢？这是《西班牙琴弓》要探讨的核心问题，小说主人公菲利武·德拉哥的原型是西班牙大提琴家卡萨尔斯[1]。20世纪有三位

[1] 帕布罗·卡萨尔斯（Pablo Casals，1876—1973），西班牙大提琴家、指挥家，大提琴音乐艺术一代宗师。生于加泰罗尼亚，幼年学钢琴、小提琴，11岁改学大提琴。13岁时偶然发现巴赫失传已久的六首《无伴奏大提琴组曲》总谱，25岁时公开演奏其中一首，震惊世界乐坛。

非常重要的器乐演奏家：小提琴家海飞兹、钢琴家荷洛维兹和大提琴家卡萨尔斯。很多人认为，是卡萨尔斯提振了大提琴的地位，使之得以与小提琴、钢琴并驾齐驱。也有人认为，卡萨尔斯是大提琴音乐史上的革命家。今天被视为大提琴音乐圣经的巴赫《无伴奏大提琴组曲》，在他之前从未有人把它列为演奏会曲目，只是练习曲而已。

卡萨尔斯

卡萨尔斯是个充满传奇色彩的人物。他虽然获过西班牙王室的赏识，但他不是保皇派，反而同情西班牙共和国。在法西斯主义横行的时代，他对抗西班牙大独裁者佛朗哥。他一生似乎跟政治摆脱不了关系，但又有一种纯粹为艺术而艺术的心意。夹在20世纪初叶复杂的政治局面与单纯的艺术渴望之间，卡萨尔斯到底是一个什么样的人呢？他是著名反法西斯斗士，宣布罢演以示抗议，这不是像梅兰芳蓄须明志[1]吗？卡萨尔斯说他一点都不想当英雄，尽管媒体都说他是英雄，是个有良心的音乐家。

安卓玛蒂·罗曼诺拉丝原本想为卡萨尔斯立传，后来发现写成小说更有趣。她虚构了一个人物去隐射卡萨尔斯，还虚构了几个人物穿插其间，让我们看到20世纪欧洲音乐与政治虚实交错的关系。这种虚构的小说不同于历史小说，后者要有所本，不能写得太离谱。把历史虚构成小说，作者是想通过扭曲、拆解、重组历史素材来表达自己对某段历史的诠释。

小说主人公菲利武·德拉哥最初学的是小提琴，第一次有机会登台演出时，居然把小提琴当大提琴来拉，结果全场笑翻了。因为他当时满脑子想的是大提琴。第一次看见大提琴演奏时，当大提琴家在琴弦低处演奏一个渐强音，他产生了一种奇怪的感觉，既快乐又慌乱，仿佛抱着一只猫，听它打着呼噜跟他迎合。那种感受越来越强烈，好像大提琴颤动的声音钻进他的体内，在他胸口开了一个小洞。

[1] 1937年日本占领上海后，“四大名旦”之首梅兰芳以外出演戏为由，携家率团赴港。1941年日军侵占香港，他就蓄胡子息影舞台。1942年回沪后，他被迫卖画为生，抗战胜利后才重新登台演出。

像真正的伤口一样，那种痛楚非常具体，他担心五脏六腑会从那个洞里掉出来。大提琴是他听过的最像人声的一种乐器，包含他所知的一切，以及更多他所不知道的东西。

跟现实中的卡萨尔斯一样，菲利武·德拉哥是被大提琴所选择，而不是他选择了大提琴。他后来终于有机会学大提琴，顿时觉得世界缩小了，变得更明亮，像一块木头烧成炽红的木炭。他第一次睡醒之后就知道该做什么，周遭尚未探索的城市已经不在他的心上，椅子周围的一圈空间就是他的家，半径决定于他手背拉弓的动作。练到中午，他的尾椎神经开始刺痛，他已经尽力了，可以原谅自己不能做得更多。

当年菲利武·德拉哥到巴塞罗那学大提琴，老师教了他两年琴，自己却从来不拉。老师说，我为有权势的人演奏，看见过他们在我的大提琴声中哭泣，第二天却以残酷无情的手段统治，我为工人们演奏，看见他们并不因此而更有养家糊口的能力，我问自己这有什么意思？菲利武·德拉哥说，那你一定不爱音乐，如果你爱音乐，会为了音乐本身而演奏。老师说，世界上有哪样东西是为了它本身而存在？菲利武·德拉哥说，美就是为它自己而存在。

音乐只为音乐而存在吗？菲利武·德拉哥曾经跟钢琴神童和法

国小提琴家组成三重奏，到处巡回演出，出道成名了。后来他们遇到一次火车恐怖袭击，法国搭档被炸死，后被匆匆运回巴黎下葬。寻访老搭档的墓地时，他们发现那里正在为一战期间死去的一个人举行迟到的哀悼会，那人至今仍有人为他献花，而他们的老朋友却默默无闻。他们开始讨论将来想怎么样，是光秃秃被人遗忘，还是轰轰烈烈被人铭记呢？菲利武·德拉哥觉得无所谓，钢琴神童则觉得有所谓。

西班牙内战时，佛朗哥无法一举从北非率领叛军回到西班牙，希望希特勒给予援助。希特勒本来兴趣不大，当佛朗哥将军的密使来访时，他刚看完最喜欢的指挥家富特文格勒[1]指挥的瓦格纳歌剧《尼伯龙根的指环》，当晚就规划了一场比佛朗哥所要求的更大的攻击计划。希特勒称之为“神火作业”，取自瓦格纳歌剧的音乐主题。

卡萨尔斯思考道：音乐能帮助坏人做坏事，为什么不能阻止坏人行恶呢？他见过纳粹集中营有一些犹太音乐家在奏乐，似乎是在安抚大家的灵魂，其实是不是等于让大家更顺从地接受命运

[1] 威廉·富特文格勒（Wilhelm Furtwängler，1886—1954），德国指挥家、作曲家，1922年起担任柏林爱乐乐团音乐总监。早期反抗希特勒的文化政策，直到1935年受聘于帝国文化部。1942年为庆祝希特勒的生日演奏贝多芬第九交响曲，此举遭世人诟病。

呢？在这样的灾难面前，音乐到底能做什么呢？在集中营里，还能写诗吗？

（主讲　梁文道）

图书在版编目（CIP）数据

我读：陪你读到世界尽头 / 凤凰书品编；梁文道主讲.
— 长沙：湖南文艺出版社，2015.5
ISBN 978-7-5404-7113-2

Ⅰ. ①我… Ⅱ. ①凤… ②梁… Ⅲ. ①书评—中国—现代—选集 Ⅳ. ①G236

中国版本图书馆CIP数据核字（2015）第055795号

上架建议：大众文化

我读：陪你读到世界尽头

编　　者： 凤凰书品
主　　讲： 梁文道
出 版 人： 刘清华
责任编辑： 薛　健　刘诗哲
监　　制： 蔡明菲　潘　良
特约编辑： 汪　璐
营销编辑： 李　群
版式设计： 姜利锐
出版发行： 湖南文艺出版社
（长沙市雨花区东二环一段508号　邮编：410014）
网　　址： www.hnwy.net
印　　刷： 北京鹏润伟业印刷有限公司
经　　销： 新华书店
开　　本： 880mm × 1230mm　1/32
字　　数： 206千字
印　　张： 11.5
版　　次： 2015年5月第1版
印　　次： 2015年5月第1次印刷
书　　号： ISBN 978-7-5404-7113-2
定　　价： 35.00元
（若有质量问题，请致电质量监督电话：010-84409925）